台嶼符紋籙 著

守護の心神

推薦序　分量有如定海神針的軍事戰略輕小說

時序來到未來的某一日，亞洲太平洋地區情勢風雲詭譎，戰事一觸即發，首當其衝的太平洋島鏈諸國紛紛整頓軍備，各國的領導人則是各懷鬼胎：

未來的中國在國家最高領導人羽日主席的帶領下，已成美國之外的第二大經濟體，為了洗刷甲午戰爭「敗在海上」的汙名，積極整頓海軍，以國家統一為終極目標，在官員一片歌功頌德聲中，勝利似乎手到擒來。

俄羅斯總理是位世界級的戰略高手，他隱身幕後，占住戰略的制高點，左手翻雲右手覆雨，私下卻是個宅氣沖天的動漫迷。

美國現任總統原是位腰纏萬貫的商人，又稱大亨，當他面臨國家經濟衰退，以及中國的快速崛起，他心中打的如意算盤是挑撥中日兩國對戰，美國便可左右逢源，從中得利。

北韓的胖子，是美國整個計畫中的犧牲品，但以他不按牌理出牌的個性，一切是否會按照大亨總統所想的進行？

台灣總統愛貓小姑，這位貌不驚人，可以完全隱身在人群中而不被發現的低調領導者，她在一片山雨欲來的風聲中，竟然選擇了按兵不動，坐山觀虎鬥，是因為她手中握著足以左右戰事的最後一張王牌，所以氣定神閒，又或是因為她沒有選擇？

日本的安山首相，他在各方強國的夾縫中游刃有餘，他貌似謙恭，身段柔軟，暗地裡卻已做好應戰的準備，他以新式的「分布式殺傷」為主要戰略，採購巡弋飛彈，研發新武器，其中的「零式戰機」，也是本書主角——望月心一郎，就此橫空出世，嗯，是的，就是字面上的「橫空出世」。

望月心一郎生於昭和二十年，東京大空襲時，他的住家付之一炬，心一郎懷抱著無法保護妹妹神佑子的遺憾而死於熊熊烈火中，這份遺憾感動（？）了某位神祇，於是讓心一郎「為了愛，轉生成沒有武裝的最強戰機」。

正當熱心的鄉民們忙著提醒心一郎：

醒……

醒醒吧……

醒醒吧，你沒有妹妹。

與妹妹神佑子相似度高達87%的空軍飛行員神佑子軍官出現在心一郎的停機坪。

所以他真的有妹妹。

面對著一觸即發的局勢，轉生成戰機的心一郎立誓，這一世他定要守護妹妹神佑子。

但是他的敵人不只有相互角力的人類，地區的神魔得知消息後也紛紛加入戰局。日本的澐之護女神率領著風神雷神與四大明王；台灣史上最強的阿美族女巫阿蜜堤領著小小小（簡稱三小）章魚及呆魚法師

（筆者強烈懷疑此人就是原作者分身），雙方在戰事開打前即有一場短兵相接。

究竟這場戰役將會如何發展，強國勢力間的拉扯，又將如何牽動在夾縫中太平洋島鏈諸國？且看作者以專業的知識以及輕小說式的詼諧筆法娓娓道來……

這是台嶼符紋籙的第三本實體小說，作者在網路小說創作平台起步期間，號稱是台灣歷史「百曉生」，任何關於台史的問題，只要提出來，十分鐘後就能獲得詳盡的解答，內容甚至比Google還要精確。以台嶼符紋籙如此淵博的知識，與寫作技巧不斷精進下，果然實體作品《秘符承傳歿世脈》，《妖襲赤血虎茅庄》初試啼聲就十分令人驚豔。

現在作者以全新的題材出發，《守護之心神》有著輕小說的輕鬆詼諧，歷史小說的詳細考據，還有寫實小說的嚴謹推論，述說一個氣勢磅礡的故事——別被書中的專有名詞給嚇著了，以作者幽默的筆法，就算是對軍事武器不熟悉的讀者（就如軍武白癡筆者我），也可以毫無窒礙地閱讀。

儘管這是一部幽默輕快的故事，讀後除了莞爾一笑，其實還有不斷縈繞的餘韻。身在台灣，台海之戰我等自是首當其衝，當大國之間以己身利益而爭戰，卻以台灣子民的安危為籌碼，我們無法選擇出生地，只能怨嘆何其不公。讀完《守護之心神》，像是在驚濤駭浪中，看到某個至高無上的力量，在太平洋上空投下一枚定海神針。

所謂「歷史給我們的唯一教訓，就是我們無法從歷史中得到任何教訓」，誠然斯言。

如此原創性高，兼具知識與娛樂性的罕見傑作，推薦給身在亞洲太平洋地區的所有讀者。

POPO資深作家　鎮遠

目次

寫在前頭

關於甲午海戰的勝敗因素，有各種原因。

但在最關鍵軍備戰術上的不同，則是北洋水師選擇了305MM的傳統巨砲主義，而日軍跟上了海戰思維的革新，以120MM快砲為決戰利器。

在生還之『來遠』艦大副、張哲溁的生動描述中可知關鍵：

「我開巨炮一，敵可施快炮五；如不命中，受敵已多，我又無快炮以抵。」

輕視快砲，卻自我感覺良好，對革新傲慢。其傲慢的終點、致遠、經遠、超勇、揚威、廣甲於黃海被擊沉。來遠、靖遠被擊沉於威海衛。鎮遠、濟遠等十餘艦被俘，定遠於劉公島自沉。結算日方主力僅四艘損毀，北洋水師幾全軍覆沒。

無獨有偶，歷史輪迴。

在一百多年後，中、日兩國又極可能在海上兵戎相見。巧的是，恰好在關鍵的時刻前夕，海戰思維又出現革命性的轉變。

其革命性戰術名為Distributed Lethality，被翻譯成『分布式殺傷』。

分布式殺傷在二〇一五年一月由Thomas Rowden在美國海軍年會時提出。幾乎在同時，軍方為了取信高層，還安排了戰斧巡弋飛彈攻擊水面目標的測試。之所以選擇這款飛彈，是因為與這套戰術的使用，有著密不可分的命運。

以戰術型戰斧巡弋飛彈（Block IV）射程一千六百公里，巡弋速度約九百公里而言。由發射到目標區，其間約一～二小時。

如果依照二〇一五年一月的實彈測試所示，由一架戰機先對敵方艦隊做偵查，則後方的艦隊發射戰斧巡弋飛彈後，可以趁這段時間遠離戰場做整補。而最前方戰機則負起飛彈導引，以及組織末端攻擊的任務。

在今日美國，戰斧巡弋飛彈普遍布置於神盾級驅逐艦上。以勃克級神盾艦而言，有接近一百個MK41發射管。即使只裝一半戰斧巡弋飛彈，另一半是防空和反潛用。四艘神盾艦的編隊，就能發射將近二百枚戰斧。而過去的紀錄，戰斧的每一波攻擊總是少則數十，多則上百。

於是戰場的節奏完全改變，不是戰艦與戰機的捉對廝殺。反而發射飛彈的神盾艦，有點像二次世界大戰的航空母艦般。在一千多公里外派出自殺飛機（戰斧）之後，先撤到安全地方整補，再進行下一輪的攻擊。

而最前線，則可能是由隱形戰機或電戰機，指揮飛彈的進攻。這個時代（二〇一八），還沒有水面艦艇能一次應付三位數飛彈的致命（Lethality）攻擊。唯一的方法，似乎只有將編隊打散（Distributed）游擊，以提高生存率。

或許因此，這套戰術常出現**「戰爭遊戲規則改變者」**這樣的說法。

而更不可思議的是，這新時代戰術革命，讓當代最強的美國海軍也盡全力在追隨著。在中方的認知中，卻成了「不起眼」或「模仿中國海軍所為」？

於是這篇故事結局，以解放軍大敗坐收。

除非中方能正視這場海軍戰術改革，不然戰事的結果，將與本作品的推測相去不遠。

本篇創作以二〇一五年開始，到作品完成時間二〇一七年七月。展現了美、中、日三國對於新時代海戰的解讀，作為推斷根本。同時記錄了在這段時間，中方對於海軍戰術革命的傲慢。

這傲慢會否一直持續到未來，真正的大戰來臨？

本人也想知道答案，但除非中方能正視這場海軍戰術改革，不然戰事的結果，將與本作品的推測相去不遠。

本人台嶼符紋籙，致力將台灣歷史寫成奇幻輕小說。這次不意與未來戰爭交錯，如有巧合，純屬意外。

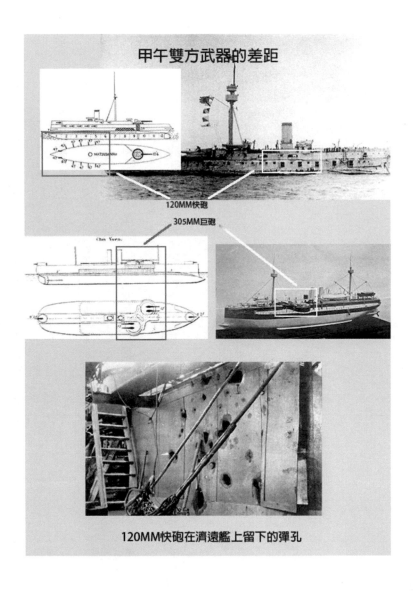

甲午雙方武器的差距

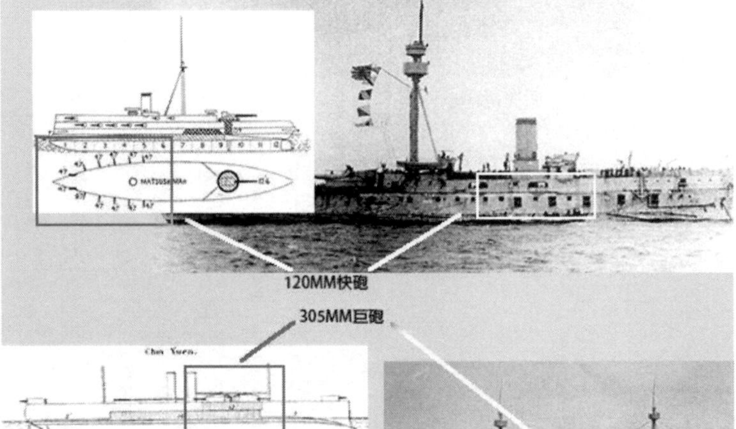

120MM快砲在濟遠艦上留下的彈孔

序章、不滅的守護

昭和二十年（一九四五）三月九日，美國的B29轟炸機飛越東京上空進行大規模的空襲。這一日被後世稱為「東京大空襲」，超過八萬人當場被燒死，總傷亡人數超過百萬。是除了原子彈之外，傷亡最慘重的單一軍事行動。

數不盡的汽油燒夷彈，落在以木材為主的民宅區。轟然爆炸後。烈火燎原之勢無可阻擋，瞬間吞食整排街道的房屋。

卻有一名少年想衝進燃燒的屋內。幸好有人及時阻止，然而少年竟不領情，還執意要衝入火場。

「放開我！我妹妹還在裡面啊！」

「不要命啦！火那麼大，有人也早就被燒死了啦！」

「不！我一定要去救她！神佑子！神佑子！」

猛然間，少年掙脫了好心的膀臂。也不顧高溫就衝入了著火的屋內。

「神佑子！神佑子！回答我啊！」

在烈焰四竄，濃煙瀰漫的環境中找人，本來就是極其危險的任務。但是少年卻不顧安危，只急著找人。

等意識到自己也有生命危險時，已經深陷在熊熊火場的深處了。一根著火的梁柱砸了下來，雖然沒有打中，揚起的震波卻讓少年倒在地上。接著炙熱的高溫與濃煙捲來！少年只能再咳嗽幾聲，就失去了行動的力量。

「啊、沒辦法了嗎？」

只覺得全身癱軟，呼吸更像是已經堵塞停滯了。只奇怪的是，大腦在這一刻卻是清晰無比。

「所以、結束了……我『望月心一郎』，十五歲的人生。就要結束了……」

如同傳說的一樣，心一郎將死之際，一生回憶如走馬燈閃過。原本是武士世家，卻是自幼體弱多病，無法繼承家傳的武藝。雖說父母都不在意，心一郎自懂事以來，一直感到愧疚。

然而五年前，出現報答的契機。

父親在陸軍的同事，在執行公務時喪生。對方的妻子已去世很久了，家中只留下一個女兒，望月夫婦在討論之後，決定扶養。

於是七歲的神佑子，就這樣來到了家裡。

喪失至親的小女孩，又在陌生環境時，神佑子一開始表現非常的畏縮。但這模樣，卻讓總是在家人保護之下的心一郎，反而興起了要守護妹妹的念頭。對神佑子付出了加倍的關心，似乎也得到了回應。不知不覺中。心一郎成了神佑子最依賴的人。

看到兩人形影不離的模樣，望月夫婦有時就會不經意地，描繪了兩人的未來。而至少、心一郎也曾這樣想過，會照顧神佑子一輩子。

但現實、總是比人類想像的還殘酷。

隨著戰爭越打越烈，父親在南洋失蹤了，估計沒有生還的希望。

而一年多前，母親也因為重病倒下。在臨終時吩咐心一郎：「你只有一件工作，就是照顧好神佑子。」

現在……一切都成空了……

不禁流下一滴眼淚，但淚水似乎瞬間就被高熱給蒸發了，更因為再也吸不到氧氣，喉嚨與肺都痛苦的抽搐著。只是那悔恨，早已超越了肉體的痛苦。望月心一郎用盡僅剩力氣大喊：「神啊、請讓我再守護神佑子一會吧！」

卻在絕望中，聽到神祕之聲：「如果、不用人類的身分，可以嗎？」

沒有想到居然有人回話？是幻覺吧。望月心一郎的意識逐漸薄弱，也無法再分辨是否幻覺，大叫道：「我答應！只要能再守護神佑子，就算我不能再做人也可以！」

神祕之聲：「那就轉生非人之物，去守護心愛的女人吧！」

語音一落，心一郎的眼前，只剩無限的黑暗，與冰冷……

◆

耳邊卻似乎聽到、若有若無的呼聲：

「此乃天命！」

◆

「電源補充完畢，啟動！」

女子聲：「我國未來的希望、最強的戰鬥機、甦醒吧！」

望月心一郎心想著：「甦醒？是叫我嗎？」

卻無法動彈。而且感覺奇異之極，全身肌肉僵硬，感受不到一點溫度。又沒有運動過度後，所導致的痠痛。而且這感覺、似乎……

「手腳冷得和金屬一樣！」

還設法理解狀況，心一郎忽然感到身體中，似乎有股冷泉在體內流動。直竄入腹部後，卻激發了更猛烈的作用。

「胃脹氣嗎？但這也太激烈了吧。」

這感覺從未有過，那股冷泉不斷地流到腹內。隨即像是爆炸一樣發出高熱與力量。而隨著這股力量擴散到全身，四肢百骸更出現了麻癢的感覺，像是有無數螞蟻再來回走動一樣。但也不是癢到無法令人忍受，相反的，心一郎竟然還覺得這種麻癢，就像是天生自然的一樣。

當這股麻癢回到頭部時，心一郎終於「看」到了東西。

【動力機關回饋　ＯＫ】

【右升降舵回饋　ＯＫ】

【左升降舵回饋　ＯＫ】

【油壓系統回饋　ＯＫ】
【右方向舵回饋　ＯＫ】
【右機翼、副翼回饋　ＯＫ】

這些文字、一行一行、發出綠光，閃過眼前。似乎是自己發出的聲音，但又不是依照自己的意志所發出。讓心一郎升起一種莫名的恐懼，忍不住要大聲呼救。但這才發現，自己不只無法發出聲音，甚至連嘴巴或舌頭都沒有。

【電戰系統01回饋　ＯＫ】
【電戰系統02回饋　ＯＫ】

◆

【電戰系統90回饋　ＯＫ】
【電路回饋　ＯＫ】

綠字飄過，瞬間已超過數百行，最後也終於停下了。只剩一個小白點，在眼前一閃一閃。最後……

【主電腦　啟動】
【心忍特零　全機啟動】

這一瞬間，超過人類一生所能閱讀數量的文字與數字，夾著線條圖形與照片影像，開始飛快的「塞入」腦中。只能用「塞」這個字，因為這是不由得人選擇的行動，資訊單方面的不斷流入。但說也奇怪，就算資料再多。也沒有平常人閱讀過量，總會出現的頭昏腦脹反應。心一郎現在的閱讀速度不只是一目十行，只怕已是一目千行、萬行。更是過目不忘，每一行每一項的每一個字，都能清楚地記在腦中。

而同時，另一個聲音也閃過心中：「那你就轉生非人之物，去守護心愛的女人……」

心一郎：「所以、我變成了、一台機械！原本的望月心一郎，死在那次空襲的大火了。而現在，轉生成了機械？」

終於知道了自己的處境！而剛剛所聽到的那個女子聲音又開始講話。

「這、就是我們日本的最後守護，唯一戰勝的希望！」

這人說話的同時，橘色文字閃過。

【光學偵蒐系統　啟動】

【3D成像系統　啟動】

雖然這是心一郎首次聽到的名詞，但也感到自己身上有某項物件在運作，隨即身旁一片光亮。

「應該不是現在才開燈的，而是『我』現在才睜開眼睛吧。」

理解自己已成為某種機械的心一郎，開始用異於前世的邏輯思考。

超量的資訊在腦中迴盪，於是知道自己身上有「光學偵測儀」這樣的部位，能夠用來「看」到東西。但實際上的影像，卻是還融合得全身覆蓋的「智慧蒙皮」，以及所謂「雷達」所收集的情報後，在「主電腦」合成立體的影像。這樣複雜的動作，但心一郎卻自然的像是張開眼皮，由瞳孔接受光線一樣，沒有任何的思考就完成了。

「說到底，轉生了阿。」

終於開始體認，自己已不是人類。

而經過確認，身在一個寬敞的室內。四周並沒有家具，很像是工廠或倉庫，卻沒有一點灰塵。周圍有幾個人圍著自己……自己……

「飛機……嗎？」

看起來很像是飛機，但是和望月心一郎所知道的截然不同。連螺旋槳也沒有，看起來像是扁平的鐵塊，這種東西怎麼可以稱為「飛機」呢？

「雖然表面上，這是屬於ATD-X計畫中的『心神』實驗機。但實際是傾全國之力，製造出來的智慧型隱形戰機。不但具備最佳的氣學動力外型，以及能避免雷達反射的不連續曲面。最重要的，就是能自我學習的『類人工智慧』！如今，我們要在偽裝之下默默地完成戰鬥準備。」

說話的，是一個帶著眼鏡，年紀約三十出頭，身著軍服的……女人？

在心一郎的時代，雖然也有聽過女性軍官，但實際看到還是第一次。而電腦資料庫，更主動的投射出相關訊息。

【隱之雷特別行動小組　古式村弍中校】

看起來是個位階很高的軍官，而且神情所展示的剛毅與堅強的氣質，正是因為身體虛弱而被少年隊排除的望月心一郎，最羨慕也最欠缺的那種精神。

忽然這時，金屬的表皮傳來些許感覺。原來是有人伸手撫過機體。那出手之人一開口，竟然也是個女子……而且心一郎更覺得，聲音似乎熟悉？

「報告長官！這架戰機……似乎沒有安裝機砲。機翼、機腹下都沒有吊掛飛彈的載點。而且機體上的，也不像是美國隱形戰機所用的內置式彈倉？」
古式村弌：「沒有錯、神佑子中尉，妳的觀察非常仔細。」
神、佑、子！
影像聚焦在那位女子！年約二十，俐落的短髮，襯托出一身朝氣的女子。
【飛行員　電戰官　望月神佑子中尉】
已不能稱之為人類的心一郎，此時卻感覺到劇烈的情感，取代血肉的電路與板金都共鳴，甚至發出了人類也能感知的些微震動。
但卻沒人注意這點，因為場中的最高長官發言，還更為震撼！
古式村弌：「是的，各位。這架戰鬥機自開始設計，就沒有想要裝上任何的武器。」
一架沒有武裝的戰鬥機？這種突破既有的概念，讓現場氣氛騷動，不安與懷疑一時蔓延。
心一郎卻只注意其中一人，雖然年紀有差，雖然其神情已非要人保護的弱小幼女，但是卻萬分的肯定！
「這的確是神佑子！真的是神佑子！」
如果還有眼淚，現在心一郎一定會大哭出來。但現在只能任由一種名為「激動」的電流，在這鋼鐵身軀中流竄。
古式村弌則全不理會眼前的質疑，反而笑著說到：「沒有聽錯呦，這架戰機沒有任何武裝。但我敢和各位保證，這是集今日頂尖科技於一身，當代最強隱形戰鬥機！」
「名為『心之忍特別電戰機、零號』，代號『心忍特零』。」
語氣平和，卻流漏自信的說服力。

而這時的心一郎，更讓可稱為「決心」的訊息，充斥全身的迴路。
「我要守護神佑子！」
這是最堅定、絕不容質疑的誓言！
「這一次！我一定要守護神佑子！」

ATD-X心神原型機開發紀要

二〇〇六年　開始「智慧蒙皮機體構造的研製」
二〇〇七年　進行20%模型機驗證
二〇一〇年　智慧蒙皮與瓦片式相控陣雷達天線研究完成
二〇一一年　日本TRDI（防衛裝備廳）發表23DMU／24DMU／25DMU構型圖
二〇一四年　日本TRDI（防衛裝備廳）正式公布了ATD-X心神原型機，但其構型與23DMU／24DMU／25DMU截然不同，預定2015年試飛。
二〇一五年　原定ATD-X心神原型機試飛延後。十一月上旬TRDI（防衛裝備廳），公佈了F-3戰鬥（26DMU）的設計。
二〇一六年四月二十二日上午　ATD-X心神原型機於愛知縣的小牧基地首度試飛。
相關資料連結：https://ja.wikipedia.org/wiki/X-2_%E8%88%AA%E7%A9%BA%E6%A9%9F%E3%83%BB%E6%97%A5%E6%9C%AC）

海戰思維的革命01

在二十世紀中期逝世於東京大空襲的望月心一郎，卻轉生成為二十一世紀的隱形戰鬥機「心忍特零」。

在初日的紛亂過後，原班人馬又聚集在停放的機棚內。而接受自己狀況的心一郎，注意力仍是放在神佑子上。

「論年紀，應該不對……在東京大空襲時，神佑子只有十二歲而已。」

但根據資料，現在是二十一世紀。眼前的神佑子卻僅僅二十出頭，年齡怎樣都不對。心一郎忽然湧出極度的悲傷！

「所以、我和神佑子，都沒能逃出那場大火？」

以當時的狀況，本就沒有生還的可能。但心一郎還是忍不住湧出想哭的情緒，只是這一世身為戰鬥機械，根本也沒有淚腺。

「即使接受了現實，但還是會感傷阿。那現在的情況是……神佑子也轉世了嗎？」

這個想法讓心一郎稍感安慰！而且人類實在很微妙，即使年紀有差，但不管是面貌，或者聲音，都確定是所熟知的神佑子。只是那種堅毅的神韻，就與以前的小女孩模樣截然不同了。

「是因為做了軍人嗎？」

電腦的迴路還在無用的轉動時，領導人、古式村弎中校已號令集合了。機棚內設置了桌椅和簡報用的投影白幕，並要各人就座。

古式村弎：「不用特別強調也應該知道，在這『隱之雷特別行動小組』內的每一個人，都是航空自衛隊的頂尖成員。」

說話同時，古式村弎取出智慧手機按了兩下。

【藍芽系統　啟動】

【投影器　連接】

心一郎已經能夠習慣身為機械的功能了，這動作是透過遙控操作，連結了外部的機械。

古式村弎：「嗯、當初多作一些功能，果然是對的。」

神佑子：「做那麼多東西，還不如裝顆飛彈來的實際。」

說話時連部隊的階級尊稱都免了，顯示心中的疑慮已到達極限。

而且另一個身材肥矮的男子，有著短髮和沒剃乾淨的鬍渣，展現一種絕不屬於軍人的邋遢。更用可稱為揶揄的口吻接著說道：「對啊！不如裝上雷射砲吧，這樣還能對付外星人和怪獸呦。」

【飛行員　電戰官　毒蝮虎次郎中尉】

這虎次郎引發了一些笑聲，但其中幾人卻是暗暗擔心。

「神佑子還可說是質疑，這傢伙簡直是無禮了……」

弄得不好，一定會被重重處罰的舉動，但虎次郎依舊嘻皮笑臉。

另一個女子的問話，卻讓現場的氣氛為之凍結。

「請問長官，既然沒有武裝，那是為了進行『特攻』任務嗎？」

【飛行員　電戰官　東鄉蒼月中尉】

從筆直挺拔的端正坐姿，也可感受到東鄉蒼月那高人一等的身材，以及一絲不苟的個性。心一郎更有種莫名的恐懼，這個女人的眼光不但銳利，而且似乎沒有任何溫度。

其發言更是比武士刀還要鋒利！上一世紀大戰後期，曾出現以「神風」為名的特攻戰術。飛行員駕著滿載炸彈的戰機衝向敵艦，進行悲壯的自殺攻擊。這種想像，讓現場一時間安靜無聲。

古式村忒似乎早已預感有這一問，還微笑觀察眾人反應，才緩緩說道：「不是呦，那根本浪費人才。」

聽到這答案似乎鬆了一口氣，但還是疑點重重。在座另一位男子似乎理解的點點頭：「那麼、是偵查任務嗎？」

【飛行員　電戰官　高進武雄中尉】

東鄉蒼月：「非常合理，考慮到大家都有電戰官的資格，而且這『心忍特零』是雙座設計，也符合偵查機的格局。」

古式村忒：「不是呦。」

這副高興自己惡作劇成功的嘻皮笑臉，只怕和虎次郎有的比了。古式村忒：「剛剛就說過了，這一架可說是有史以來『最強的戰鬥機』啊！雖然ATD計畫在一開始時，有設想具備內置飛彈倉的23DMU和24DMU設計。但各位眼前這預定實戰的、呵呵呵……沒有武裝。」

邊欣賞他人迷惑的眼神，古式村弎打開了資料。仍是一臉笑意的說道：「當然我會好好地向你們解釋清楚啦。不過在這之前，你們要先理解一個重點。」

嘻皮笑臉再次升級，古式村弎：「那就是，地球是圓的。」

相信在場沒有人不能理解這句話吧？但是結果卻是所有人的五官都湊在一起，嘴張得大大的，與白痴無異。除了說話者之外，只有一人……

古式村弎：「東鄉中尉似乎能理解嗎？看妳一點動搖的表情都沒有。」

東鄉蒼月：「報告長官，我不了解。」

古式村弎：「咦？」

東鄉蒼月：「但長官不是要說明嗎？」

這招不應之應確實厲害，古式村弎心想也玩夠了，收斂了態度之後開始正式的解說：「好吧，先複習一下基本戰術。現代的海戰，不論是由戰機或是戰艦發動攻擊，最重要的武器不是火炮也不是魚雷，而是『飛彈』。」

這次所有人都點了點頭，除了東鄉蒼月，仍是毫無表情。

古式村弎繼續說道：「而飛彈之所以有別於火箭與砲彈，是因為飛彈是一種可以依照導引，鎖定目標攻擊的武器，因此效能遠勝於其他的傳統武器。但自從上世紀六〇年代飛彈成為主流後，就遇到一個無法突破的問題……」

東鄉蒼月：「地球是圓的。」

豪不吝嗇的掌聲，來自豪不做作的古式村弎：「bravo!沒錯，就因為地球是圓的。所以直線的雷達波，難以偵測水平線下方的敵人。這限制了依賴雷達指引的飛彈射程，尤其是以船艦為發射平台的，一般而言只有一百多公里左右。例如魚叉飛彈（AGM-84）射程是93ＫＭ，而著名的飛魚飛彈（Exocet）射程也只有96ＫＭ。」

虎次郎：「可是、不是有很多飛彈，號稱射程有幾百公里的嗎？」

古式村弎：「你知道那是怎麼做的嗎？接著！」

說話時，古式村弎將一支筆高高拋丟。依照原意，應該是想讓筆從吊高的拋物線落下，然後砸中虎次郎的頭。但可惜控制不佳，落點距目標差的老遠，反而是另一人伸手接住了。

神佑子：「高度！用高度克服地球弧線！」

掌聲再次響起，古式村弎：「沒錯！我們小組沒有笨蛋阿。利用高度，讓飛機或飛彈越過海平線鎖定目標，的確是可行的做法。最佳範例是印度的『布拉莫斯（Брамос）』反艦飛彈。具備了１２０公里射程的傳統掠海模式，與高彈道的３００公里模式。」

高進武雄：「這種設計，好像常見於具備超音速能力的飛彈阿？」

這一次回答問題的，卻是東鄉蒼月：「拉高彈道，等於宣示飛彈本身的位置。於是唯有用高速度，強行突破對方的防衛網。」

古式村弎：「東鄉中尉說得不錯，這個方法等於要和防衛系統比快，說到底並不是非常聰明。阿、接著話題說，我們先來看一個一樣不太聰明的做法吧。」

投影上顯示的是一顆，在這時代稍有軍武知識的人，都熟知的飛彈。

高進武雄：「這是美國的戰斧巡弋飛彈（Tomahawk cruise missile）。」

古式村弎：「沒錯，一九九一年與伊拉克的戰爭中首次登場，以ＧＰＳ全球衛星定位系統導向，能攻擊一千公里以外目標的飛彈。當年第一波的攻擊，就用了一百枚戰斧，發射成功率是95％，命中率是85％。」

神佑子：「但是這種飛彈攻擊陸上的目標很好，能用來攻擊海上移動的船艦嗎？」

虎次郎：「這麼說來，ＰＳ的遊戲、彩虹七號，有一個用巡弋飛彈攻擊快艇的橋段。」

「……」

虎次郎：「怎麼？這些遊戲的考據都很認真的啊！」

古式村弎：「搞不好沒錯喲！戰斧巡弋飛彈，曾經有過專門攻擊船艦的反艦型號。分別是艦射型的RGM-109B，以及潛艇發射型UGM-109B。這裡有一九八〇年代的實彈演習中，飛彈命中靶艦連續鏡頭。」

一面說，古式村弎一面操作投影，放映飛彈相關資料與擊中實況影片。

高進武雄：「可是在最近的軍事演習中，似乎都沒有見到類似的實彈演練阿。」

古式村弎：「不愧是在國際聯合演習中全勝，獲得『擊墜王』稱號的高進中尉。沒錯！這款型號自一九七二年開始研發，一九八〇年在美國海軍服役，但一九九〇年代後期便除役了。」

神佑子：「是因為造價太昂貴嗎？」

眾所周知，這幾年美國的經濟不好。如為了節省軍費支出裁撤昂貴的武裝，是理所當然的選項。

古式村弎：「雖然那也是理由之一，但不是主要原因。因為這和今天主題有關，我就解釋得清楚一點吧。要進行超越船艦雷達的極限的長距離攻擊，對艦型戰斧飛彈，需用衛星導航系統先到達交戰區域，然後進入盤旋搜尋的模式。直到能識別敵人，才進入主動導引。請看當時美國海軍用的解說圖。」

似乎是無懈可擊的設計，而且也經過驗證了。但是古式村弎卻接著說道：「最大的敗筆在於，效率非常低。而且缺乏有效的中途導引，反艦型戰斧需要反覆搜索與確認，浪費有效射程與時間，也不確保一定會命中。實際上，就因為效率太低，所以當時的人都沒想到，這一套系統如果『非常有效』的時候，其實會『改變戰爭遊戲規則』！」

「那就是今天主題、分布式殺傷——Distributed Lethality。在二〇一四年六月由Thomas S. Rowden，在SURFACE WARFARE：TAKING THE OFFENSIVE專題討論會中，首次提出的想法。」

「先說一下，這英文的翻譯，應該是錯誤的！」

古式村弎：「英文是Distributed Lethality，被翻譯成『分布式殺傷』，但其實是錯的。有人看出問題嗎？」

居然考翻譯？雖然在座的外語能力都不錯，但還是抓不到重點。

但東鄉蒼月卻領悟了什麼，深深地吸了一口氣才說道：「報告長官，這翻譯的確有問題。Distributed是分散成小組的意思，但Lethality卻不是單純的殺傷而已，而應該是『致命的』。正確的翻譯應是『致命的小隊』！而且……」

遲疑了一下，但東鄉蒼月看到長官眼中鼓勵的神情，於是繼續說道：「而且以文法而言，這是形容詞配名詞的基本，卻沒有指向性。所以很可能，這種『致命的小隊』不只對敵人，相對於自己也是一樣致命。」

啪、啪、啪、啪、啪、啪。

這番推論，再次受到了古式村弎鼓掌獎勵。但有別於一貫的輕浮，雙掌不徐不緩，卻很有力的拍擊。同時收斂了笑容，雙眼精光四射，更讓眾人知道，真正的重頭戲要來了。

古式村弎：「在二〇一五年一月二十七日，一艘驅逐艦[1]在美國外海[2]進行實彈測試，一枚戰術型戰斧飛彈在飛行期間，透過空中平台更新資訊，命中海上移動的標靶。這裡要特別強調『空中平台』這一點，請各位注意看美國海軍網站公布照片。」

古式村弎：「同時二〇一五年一月在雜誌[3]上，出現分布式殺傷應對衝突的戰術解析。由於當前的局勢，因此著重在衝突中如何應對敵方反航母介入。而其中，最重要的就是這張解說圖。」

當這張圖示展現時，神佑子忍不住輕輕地「啊」的一聲。隨即開口問道：「請問長官，在畫面上方的F35閃電二式（F35 Lightning II），有什麼特殊意義嗎？」

虎次郎：「現在的艦隊上空，應該都有戰鬥機護衛著吧。」

空防乃是海上艦隊生存的關鍵，是這時代一般常識。

但古式村弎卻眼盯著神佑子好一會，才說道：「看來我們這小組，女人比男人要聰明的多啊。沒錯！在F35閃電二式的身上，有兩項非常重要的科技。首先是超越傳統『雙向數據鏈』的『無線通訊與多功能資料鏈路（Multifunction Advanced Data Link），簡稱ＭＡＤＬ』。能夠在戰場單位、甚至是發射後的飛彈間，無線進行大量資料更新與操控。」

神佑子：「ＭＡＤＬ？能對發射後的飛彈，進行資料更新與操控？」

喃喃自語幾次後，神佑子猛地吸一口氣，叫道：「戰斧巡弋飛彈！」

---

1 USS Kidd DDG-100

2 地點在San Nicolas Island。

3 U.S. Naval Institute 二〇一五年一月號。

虎次郎：「怎麼了？」

對於隊友的遲鈍，神佑子也感到不耐煩了：「你剛剛沒在聽嗎？在二〇一五年一月二十七日的實彈測試，用的就是戰斧巡弋飛彈。」

面對質疑，虎次郎也不改嘻皮笑臉的回應：「有、有、有、而且這飛彈很厲害嘛。能夠攻擊一千公里外的目標，當年還曾經一口氣發射一百多枚……」

說到一半，不正經的表情整個凝結。

而身為隱形戰機的心一郎，不只偵測到眾人的心跳、血壓與體溫上升。更感到自己的電路中，有種莫名的雜訊在迴響著。

神佑子：「所以當年的反艦式戰斧巡弋飛彈，是因為缺乏效率而被淘汰。但是今天卻能利用MADL的指揮，一次計畫大規模的反艦飛彈，進行長距離的攻擊。是這個意思嗎？」

現場一時無聲，但所有人都明白這所代表的含意。

東鄉蒼月：「這將意味著，射程超過一千公里的反艦飛彈時代來臨。」

高進武雄：「不只是距離！如果是配備垂直發系統的戰艦，例如金剛級護衛艦[4]或是亞里勃克級驅逐艦[5]，都有九十具以上發射管。即使只用一半做攻擊，也是不得了的火力。而且……」

高進武雄一面說著，其他人也轉過頭來聆聽。卻赫然發現這位原本看來像是知識文青一般斯文的男

4 日本こんごう型神盾護衛艦。
5 Arleigh Burke class destroyer

子，此刻竟渾身散發一種可稱為「鬥氣」的魄力。雖然坐姿沒有改變，但卻給人一種猛獸盯上獵物，即將要全力出擊的錯覺。

古式村弎更忍不住心想：「剛看到這高進時，還真不相信是在多國聯合演習中，獲得全勝的『擊墜王』。可見、溫文儒雅的小白臉，其實才是最強的。」

然而場中的演說者，卻沒理會別人。

高進武雄：「而且、現代防禦力最強的神盾系統，相位陣列雷達能同時辨識二百個目標，但主動照明雷達只能在時差內最多接戰十五個目標。四艘神盾艦小組，可同時防禦15×4=60個威脅目標。所以過去認為能擊潰神盾艦編隊的飽和攻擊，是無法辦到的。可是……如果遇到同樣的四艘神盾艦，對方也丟出二百顆飛彈呢？」

說的眾人心中一寒，答案當然是「全滅」！

古式村弎：「果然是精闢的分析，而事實也是如此。連提出這戰術的美國海軍，也沒有想出相對應的防禦戰術。唯一的作法，就是將自己分成小組的編隊，進行高速度的戰術運動。一面迷惑敵人，一面增加小組的生存率。而剛剛說到有兩項重要的科技突破，還有一樣就是……」

東鄉蒼月：「隱身！」

雖然部下搶話了，但古式村弎也不介意，反用誇張的拇指來表示：「你答對了」。

這動作，也帶起現場的熱絡氣氛。身為戰鬥機飛行員，明確的戰術指導，也帶來踏實的感覺。

虎次郎：「原來是這樣啊、偷偷貼近敵人，然後指揮友軍發射過來的飛彈，那的確是不需要任何武裝。而且因為要指揮戰術與進行電子戰，所以才有電戰官的席位。」

這的確是突破概念的劃時代設計，在場軍人的武者之心莫不為之振奮。

古式村弎：「再過不久，還會有新飛機加入我們小組的運作。在這之前，我們先用心忍特零號，進行戰術實證與訓練，並決定到時任務的編組。」

神佑子：「沒什麼好說的！心忍特零就是我的座機了！」

聽到神佑子進行優勝的宣示，其他三人也忍不住湧出了競爭的意識。

今世轉生成心忍特零的心一郎，也透過偵測裝備，確認神佑子躍躍欲試的悸動。於是下定決心：「一定要盡全力，幫助神佑子達成願望！」

看在眼中，古式村弎忍不住微笑。飛行員本來就是桀傲不遜的一群，唯有更強的挑戰，才能帶來更快的成長。

就在這時，衛兵卻來報告，久等的客人已經來了。

古式村弎：「來了嗎？各位、這個項目的研發，還是藉助了美國的力量。現在全體起立，迎接美國、DARPA[6]來的顧問、珍妮弗技術中校……」

話說到一半卻不由得呆了，其他幾人也是一臉不敢置信。而心一郎更感覺有人抓住了自己一支起落架，正在轉圈圈？

「哇！好漂亮的飛機喲！」

來者竟是一個十歲多的小女孩？穿著紅色蓬蓬裙，一頭標準公主娃娃的金色捲髮，更與周遭的軍隊氣

6 Defense Advanced Research Projects Agency、國防高等研究計畫署。

場格格不入。而且……

【相關資料受保護　調閱權限不足】

居然不是「不明」，而是權限不足，這是怎麼回事？還有一件更可怕的真相，讓心一郎即使身為鋼鐵戰機，也忍不住發出可稱為「雞皮疙瘩」的電流短路。

這時入口處卻有另一名女子呼喊：「cold down！溫蒂、冷靜一下！」

這女子一見到古式村弎，立刻行以標準的軍禮說道：「隸屬DARPA特別小組的珍妮弗技術中校，和特別顧問、溫蒂，現在依照安保條約、祕密協定來支援了。請多多照顧了！」

古式村弎：「有勞了！各位，這兩位是依照日、美之間的祕密協議，來協助我們完善技術環節的顧問。中校，這幾位就是特別小組的飛行員。」

這珍妮弗有著傲人的身高與胸部，白皙的如雪的肌膚，與微微帶著赤褐色的長髮。雖然身著軍服，但一臉的濃妝豔抹，超長假睫毛與輕佻的神情，不知情的人可能會誤會是色情業在玩裝扮遊戲。

但另一個更誇張，那名叫溫蒂的小女孩，全身緊緊的貼著心忍特零的起落架，還不時用臉頰摩擦。溫蒂：「這戰機真的好棒啊，我喜歡。」

心一郎：「不要啊！快離開啊！」

只可惜身為戰鬥機，是沒辦法說話的。即使勉強加強一點電壓，也只能讓機體出現一點震動，不能將人趕下去。

虎次郎：「溫蒂小妹妹好乖，哥哥帶你去買糖好嗎？」

溫蒂：「哇、大哥哥好棒！愛你喲！但還是比不上『我的』戰鬥機喲！」

面對這搞怪的小妹妹，就算是出生入死的菁英飛行員們，似乎也沒轍了。

珍妮弗：「哎呀、各位請不要小看她傻，這溫蒂可是我們DARPA的祕密王牌，智商超過220的天才技術師呢。」

真的假的？眾人的眼光，充滿著不信任與懷疑，但那個溫蒂明顯不在乎，還真的用嘴親吻了起落架？

古式村弎忍不住把珍妮弗抓到一旁，用悄悄話問道：「久聞DARPA的溫蒂，是驚人的天才。而且是個……」

珍妮弗：「嗯、他是個男的。」

「……」

從一開始，心忍特零的偵測裝置就確定了這件事。讓心一郎對這纏在起落架上，還做著奇怪動作的溫蒂，簡直是懼怕的要死。只不停用人類聽不到聲音大喊：「我是『正常』的東方少年啊！救命啊！」

「……」

珍妮弗：「要告訴他們嗎？」

眼看著還在努力「吸引」溫蒂注意的虎次郎，古式村弎難為的說道：「這、以後再找機會吧。」

珍妮弗：「那麼，你要告訴他們另一件事嗎？」

古式村弎：「咦？」

珍妮弗：「因為戰後條約的限制，現在日本並沒有巡弋飛彈。」

作為上次世界大戰的戰敗方，日本被限制發展攻擊性軍備，巡弋飛彈就是其中之一。古式村弎雖然明白這點，但也只能咬緊下唇，一言不發。

◆

這時在一海之隔的中國，一名臉面正方，身材也方正的男子，正聲嘶力竭的大喊：「現在！就是我們強國崛起，面向世界的時候！」

擴張

臉面正方，身材也方正。雖然目光銳利，但眼角卻因為肌肉鬆弛，無法對抗地心引力而下垂。這就是當今中國主席、羽日。一個胸懷大志，雄才大略，一心想要將這歷史古國建設成軍事強國的不世奇才。強烈的使命感與責任心，再加上年輕時，曾經渡過中國近代史中，最艱苦的一段時期。那是一段因為進行『文化大革命』的政治鬥爭，而導致民生凋敝的不堪歲月。

因此在千辛萬苦，當上了國家領導人之後。不但對於貪官汙吏予以嚴厲的逞罰，更積極延續中國自上世紀末開始的經濟改革。直到現在，中國已成為地球上、美國之外的第二大經濟體。

「怎可以屈居第二呢?堂堂十億以上人口的中國，定要成為世界第一！」

也因此，將目標對準了歷史上的恥辱。

◆

「大海！」

羽日主席：「在我國的歷史上，曾經兩次在大海戰敗。一二七四年時，打遍歐亞大陸無敵手的蒙古大

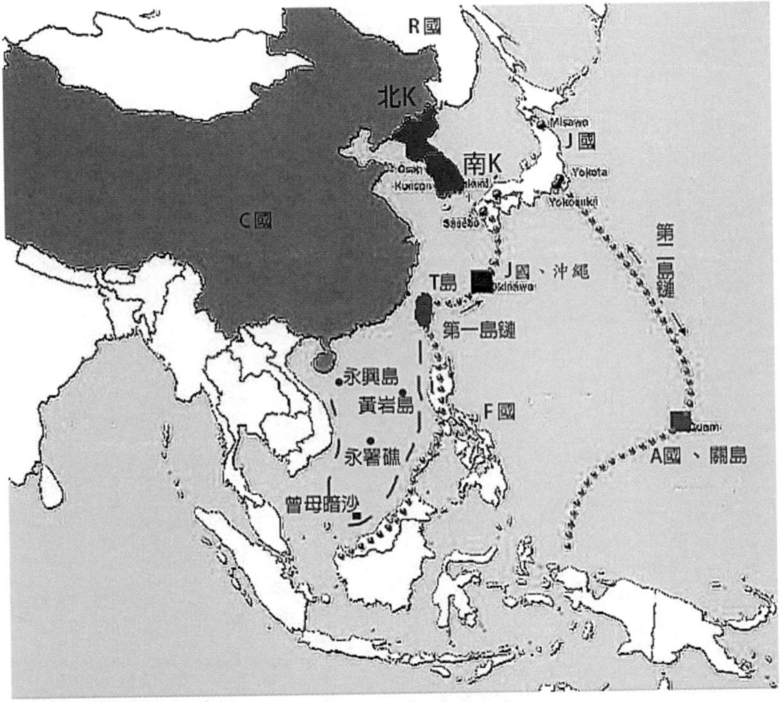

A國的島鏈戰略佈局，理論上 石恆支援T島僅需20分鐘

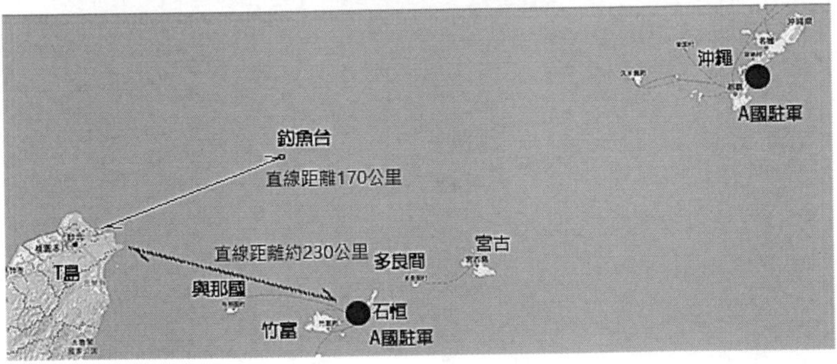

軍，居然因颱風而大敗。天災難測，還算情有可原。但是第二次！」

一拳重重的槌在桌面上，顯示主席心中的激動：「百多年前，我國與日本再次交手。北洋水軍甚至擁有『東亞第一堅艦』的名號，居然全軍覆沒！更因此而割讓台灣！對比我國幅員遼闊，地大物博與悠久的文明。卻一再被個撮爾島國打敗！簡直是整個民族不可承受的奇恥大辱！」

聽著最高領導訓話，眾人無不血脈僨張，大義凜然。紛紛呼喊民族大義的標語，即使為了國家民族奉獻生命也在所不惜。

羽日主席：「但今日我國最新式的軍艦，像下水餃一樣的建造！第二艘航空母艦已經成軍，第三艘航空母艦已下水！區區幾艘倭寇的孱弱戰船，根本不是我們的對手！在不久的未來，一定要洗刷『敗在海上』的污名！」

這激情的發言振奮了所有的人，紛紛起立熱烈鼓掌叫好，久久不歇。

接著說話的是在內閣中舉足輕重的部長、樂聲公：「剛剛主席的演說，實在是激勵人心！」

樂聲公永遠帶著笑容，也永遠不介意在特定的時間，直言誇讚上司的英明。即使是那樣的作為，會讓別人看來有點諂媚。也認為自己的存在，就應這樣襯托著主席的光環。

有人帶頭，其他的閣員自也不能免俗，連忙起立鼓掌。

羽日主席卻也大方接受：「張上將你那份報告說的不錯，就說給大家聽吧。」

這張上將雖說是軍人，但絕非一味戰鬥的蠻將，甚至被軍中的強硬派冠上「思考過多」的評價。但對羽日主席來說，這樣思慮周詳的軍人，才是真正能打勝戰的將才。

張上將邊操縱顯示銀幕邊說道：「各位都知道，美帝雖然檯面上與我國友好，但實際上卻以霸權的姿態，用所謂『島鏈戰略』意圖封鎖我國的發展。第一島鏈北起日本南方，經過沖繩，穿越台灣後，往南串起南海諸國。第二島鏈一樣北起日本，但缺乏地理上防守的島嶼。只是一條曲線劃向關島往南延伸而已，理論上效果有限。雖然計畫上還有第三島鏈，基本可以忽視。」

羽日主席：「所以突破第一島鏈，其他的就等於裝飾而已了？」

張上將：「是的、主席英明。」

樂聲公：「看到我國的強大海軍，那些帝國主義根本聞風喪膽吧，還敢阻擋？」

這種尾隨稱讚的手段在任何組織中，都可能被認為是一種小人諂媚的手法。但只要關係到民族正義，在這便會被容忍甚至讚揚。

只張上將仍是眉頭緊鎖：「要小心『驕兵必敗』這句話。」

樂聲公還欲回嘴，羽日主席卻說道：「各位請別打擾，張上將、請繼續吧。」

張上將：「整個島鏈戰略，必須要美國的軍力來維持，才有實際的意義。而目前美國的艦隊與航空兵，主力在關島與沖繩。而在第一島鏈中央，就是我們勢在必得的台灣！」

只要說到台灣，所有人立刻打起十二萬分精神。現在的台灣政府，其實是中國前任政府的延伸。在上一世紀中期，由於貪汙腐敗激起革命，最後只有逃到台灣苟延殘喘。也因此，征服台灣，變成了歷代領導者最高的目標。

樂聲公：「國家統一，是我民族責無旁貸的神聖使命！」

依據精神標語，所有人熱烈回應。

張上將：「雖然現在我國在南海宣布了九段線，並控制了永興島、黃岩島以及永署礁等諸多島嶼。駐紮重兵之後，渴望能阻絕由南方菲律賓與關島方面出發的美國軍力。但要一鼓作氣攻陷台灣，我們還需要能阻絕北方日本的介入。」

這時有人問道：「為何不直接進攻台灣就好？只要傾全國之力，區區小島相信撐不了多久幾天！」

對這種脫離現實的言論，張上將臉色一黑：「如果只對付台灣的守軍，那的確是如此。但如果短時間無法結束戰鬥，日本、美國又不斷支援的話，最後是我軍會被累死。」

羽日主席：「各位要注意，在這裡所討論的，全是『最高機密』！因此對外宣傳必須統一口徑，務必營造我軍力迅速成長，無人能敵的印象。不然、將以背叛黨的罪名處分！」

在這國家最重的犯罪不是強姦殺人，而是背叛黨國。而背叛黨國的根據，沒有明確的法律條文，只有主席說了算。於是羽日主席這一宣示，立即讓所有人心中暗自警惕，誰也不敢觸犯天條！

連張上將也要先清一下喉嚨，才能在繼續說道：「在台灣北面，與日本本島之間，就是沖繩與『宮古海峽』。其中沖繩與石垣島的駐軍引響最大，其空軍只需二十分鐘不到即可協防台灣。但是反過來說……」

操縱螢幕叫出另一張地圖，張上將說道：「所謂的宮古海峽，其實是由與那國、竹富、石垣、多良間和宮古島所組成的群島。再近一點，就是有領土爭議的釣魚台了……」

樂聲公：「釣魚台是我國歷史固有領土！」

又是振興民族的發言，也照例引來一陣歡呼。

張上將卻保持一貫的冷靜：「現在的默契是大家各自表述，並不派人登島佔領。但其實釣魚台的位置關鍵，若能在島上建立基地駐軍，那宮古海峽就近在咫尺了……」

忽然有人打斷插話：「可我們現在不也常穿過宮古海峽嗎？你在怕什麼？」

對這樣沒見識的質疑，讓張上將忽覺不能忍受。但場中有另一人，卻反應得更快。

羽日主席：「最後說一次，張上將的能力與勇氣不容懷疑。不要再打斷報告！」

這警告，終於讓現場一片安靜。

知道上司再關注，張上將小心地繼續說道：「現在能無害地通過，是因為雙方還未到交戰的階段。一但進入戰爭狀態，敵人會立刻封鎖海峽。因此最理想的步驟是……

＊先以優勢軍力佔領釣魚台！

＊已戰勝者的姿態逼對手將宮古群島周邊設成中立區！

＊以戰力和實力逼降台灣！

如此所謂島鏈戰略便全面破解，即使是美國也無力阻止我們成為海上強國！二十一世紀，將成為中國人的世紀！」

最後的發言，非常符合民族宣傳的結尾。只是羽日主席卻一反常態的眉頭深鎖，反問道：「先不談日本軍力，你要怎麼對付在沖繩與石垣島的美國駐軍？」

張上將：「一次出動全國的兵力壓境，像『珍寶島』那時一樣，用強力將對方壓下！」

珍寶島事件，是發生在一九六九年三月，中國與俄羅斯前身、蘇聯政府的領土爭執。所謂珍寶島，其實是兩國國界大河、黑龍江中央的一塊沙洲。當時中國國力尚弱，但面對當時的世界強權卻毫不退縮，動員全國與之對抗。最後在沒有引發大規模戰爭的情況下，對方退讓並承認中國對珍寶島的主權。

這可算是光榮的歷史，但今日的國際情勢畢竟大不相同，連羽日主席都不禁猶豫起來。

有倒是替上司解憂，乃是屬下的義務。樂聲公當仁不讓：「美國人民根本是享樂的資本主義，他們沒膽和我們對著幹的！」

在會議桌的另一頭，一個老人佇個拐杖緩緩站起，更用嚴厲的眼神環視眾人。雖垂垂老矣，其魄力卻是駭人。甚至瞪的樂聲公忍不住發起抖來。

羽日主席：「姜國師有話請說吧。」

正式職稱是國家顧問，因為姓氏與歷史著名的國師相同，因此被尊稱為姜國師。年長儁智的深思熟慮，更是羽日主席重要的智囊。

姜國師：「別忘了在前次世界大戰，日本就是因為過於輕敵，於是犯了偷襲珍珠港的錯誤，才造成最後的慘敗。雖然近年來美國因經濟風暴而國力中落，但以目前的差距，建議還不要與之正面衝突，應該以謀略勝出。」

羽日主席：「說！」

姜國師：「首先、我們要找一個能同時鎮攝兩國的炸彈。」

樂聲公：「那炸彈要多大呀？」

姜國師：「核彈！」

這話一出，四座無不驚悚！自上次世界大戰以來，核彈便是最禁忌的武器，卻也是最終極的防禦。連羽日主席也不免皺起眉頭深思，樂聲公更是不安的問道：「這、國師阿。如果動用核彈，不會變成世界大戰嗎？」

姜國師：「如果由我們自己來做，則危險層次就太高了。所以要找一個棄子、替身。那個北韓的胖子，可說是最好的選擇。」

鄰近的韓國，在上一世紀發生了內戰。最後由於中國的強勢介入，分成了南、北兩國。而對中國友好的北韓現任領導人、金湧。不但專制獨裁，而且執著開發核子武力。只是聽到將國師直言其為「胖子」，有不少人當下更笑了出來。

姜國師：「這個『替身』，可說是我國的影子。讓周圍不服從的鄰國與叛亂分子恐懼終極武力的陰影，讓遙遠的威脅知道可能要付出的嚴厲代價。同時又可作為一個極端的負面範例，一個連我國也不願以之為伍的惡人。」

說話似乎自我矛盾，在場眾人似懂非懂，羽日主席於是要求說明。

姜國師：「就像是養了一隻惡犬，總是發狂想咬人一樣。這樣我們做主人的，雖然文明又有教養。但別人要說話時，還是要隨時擔心那隻狗是否會突然翻臉，於是說話也得客氣一點。要不幸真的咬了人，最壞也就把狗安樂死了事。」

其比喻生動，這次連主席在內，所有人都不禁笑了出來。

但姜國師的計謀還未見底：「再來就是沖繩，古稱『琉球』、曾是獨立王國。在十九世紀前，曾向我國朝貢，之後才被日本併吞。近幾年因為美國的駐軍軍紀不良，曾引起當地居民抗議，也有人開始鼓吹『沖繩獨立』或『重建琉球』的政策。雖然還不成氣候，但只要給予支援，並讓他們能持續針對『美軍撤出』這議題施壓抗議的話。最理想就是美軍撤出沖繩據點，讓我們有機會在只面對日本軍隊的狀況下，打一場結實地勝仗！」

說到這，室內已是忍不住騷動氣氛。張上將更是因為激動，而臉上一陣潮熱：「好計！只要美國軍隊撤出這地區，我們的軍力可是倭寇的幾倍！到時必能用勝利打開宮古海峽通道、收復台灣指日可待，更連帶封鎖日本南方海面通路，可謂算無疑策。」

這確是能打開強國之路的大戰略！連羽日主席也激動不已，雖然實行起來艱難重重，也立刻下令執行。

◆

從會議室下來的樂聲公全身充滿精神，準備要在這場民族聖戰中大顯身手。

幕僚正好送來報告：「這有一份是前任部長交代要長官過目的、由海鶯博士所進行的研究。」

海鶯博士的間章01

樂聲公：「之前的報告為何現在才送來？海鶯博士？誰啊？」

幕僚：「在前任部長去時。相關的文件都先封存查驗，直到今天才解密送過來。這位海鶯博士，就是上次例月報告中，被部長罵的那位。」

想起來了！樂聲公不由得怒道：「好一個不識時務的傢伙！是準備得罪所有人嗎？」

這海鶯博士，可說是個完全不懂得看風向，卻又奇異的對於時勢有很深刻研究的學者。樂聲公的前任，對於海鶯博士讚譽有加，甚至想將推薦給主席，只可惜在任內忽然急病身亡。

後來樂聲公升任，國內文武百官俱都道賀或贈禮，這海鶯博士卻沒聲沒息，只在新官上任的第三天，如常送來定期的報告。不識時務還不只如此，其報告居然還有批評國家官僚制度的部分。為免惹了長官不高興，幕僚只好小心地問道：「如果部長不舒服，不如晚點再看吧？」

樂聲公「哼」的一聲！工作的責任心和厭惡的情感交戰了一會後：「還是看看吧，叫黃助理來讀。」

這幕僚聽了，不禁吐了吐舌頭，隨即轉身去傳話。

不一會一位女子前來，身穿正式職場服飾，身材高挑標緻。但這一臉神情不能稱為輕佻淫蕩的話，就不知道要如何形容了。

而這黃特助、語氣也是一樣輕浮：「部長大人～」

樂聲公：「公務繁忙累人，妳來唸給我聽。」

說完也不顧禮節，一把將這黃特助抱起，雙手開始不乾不淨。而那幕僚早走人先，同時貼心地幫長官淨空周遭，以免外人打擾。

黃特助更是極端配合，同時卻也依照命令念著報告：「美國海軍將採取『分散式殺傷』戰術，讓水面艦肩負更多打擊任務……」

後面的樂聲公已沒聽得很清楚，畢竟今天應付有國家主席在的會議，也是虛耗不少精力。而且長期公務員的訓練，讓他知道這篇既然再說『分散式殺傷』，那接著只需重點摘要『分布式殺傷』的精華就行了。只聽黃特助念到後面：「分布式殺傷概念能增益海軍每艘艦艇戰力，無論是巡洋艦、驅逐艦或近岸作戰艦，都能讓對手感到芒刺在背……啊、好癢……若能將攻擊能力平均擴散到每一個載台，就能增加針對性的偵察與阻卻能力，讓對手難以抗拒。啊～」

別看這樂聲公此時行為不檢，但腦中竟還能保持著一定程度的運作：「分布式殺傷？以前美帝運用巡弋飛彈，分散核彈發射機會的戰術也是這個名詞？」

邊想著，就又有幾段話沒聽到。待再凝聚精神時，聽到的是黃特助上氣不接下氣的聲音：「要履行這項戰略……還有相當一段路要走。啊……雖然長程反艦飛彈（ＬＲＡＳＭ）計畫正在進行，但美國海軍……啊、啊……目前仍缺乏……好……在遠距離攻擊敵艦的反艦飛彈……」

樂聲公：「夠了，不用再念了。」

黃特助：「……啊……」

樂聲公：「哼！連武器都沒準備好的，還拿來作文章？不管了！辦正事先！」
於是、先辦正事。
於是、過了不久……
中國的高層對於美國正在進行的軍事思維革新，下了以下的註解：
「我軍戰艦裝一致命武器分散式殺傷力驚人！」
「坦率來說，美國海軍的水面艦艇部隊從冷戰後一直扮演追趕的角色，如果想知道分散式殺傷力的例子，應該看看現在的中國海軍。」
「中國海軍在各種致命艦船的領域比美國海軍有更多的平臺。」
「可以確定的是，兩國的競賽已經開始。不過美國海軍需要在這類武器上追趕中國。」
諸多轉載的官方說法中，完全沒有實際討論的內容，就先確定了對方是在「抄襲」自己。這、也成了中國高層對這場軍事變革的「定調」！

◆

幾乎在同一時間，日本的祕密基地中。
古式村弍：「神佑子中尉、東鄉蒼月中尉請注意，等引導機進入位置，我們就要開始試飛了。」

呆魚小評論

美國方面，自從二〇一五年一月，同時進行戰斧巡弋飛彈的測試，以及論文的推廣之後，已全面接受分布式殺傷的理論。這幾年來更逐步落實。

中國方面，在民間討論不少，但官方的態度明顯冷淡，幾乎可說是對於實際威脅麻木的態度。只剩「樂聲公」們，不斷放大的聲音。檢視其軍備的發展，也不是往這個方向推進。

回想當初甲午戰爭時，「快砲」與「巨砲」的研究與認知差距。真心覺得，這樣的發展，可能非常的危險。

相關新聞剪輯

美國方面

一

時間：2015/1/15

標題：Distributed Lethality（美國海軍學院發表）

連結：https://www.usni.org/

二

時間：2015/2/9

標題：Tomahawk Strike Missile Punches Hole Through Moving Maritime Target（報導2015/01/27，用戰斧巡弋飛彈擊中靶船）

連結：https://news.usni.org/2015/02/09/video-tomahawk-strike-missile-punches-hole-moving-maritime-target

三

時間：2015/8/11

標題：美改裝戰斧飛彈　瞄準中軍艦（台灣方面報導）

連結：http://www.chinatimes.com/newspapers/201508 1 1000884-260301

四

時間：2016/2/18

標題：U.S. Navy Anti-Ship Tomahawk Set for Surface Ships, Subs Starting in 202 1（討論戰斧巡弋飛彈的反艦戰術）

連結：https://news.usni.org/2016/02/ 18/west-u-s-navy-anti-ship-tomahawk-set-for-surface-shipssubs-starting-in-202 1

五

時間：2016/9/15

標題：Distributed Lethality at Work: Combining the F-35 and Aegis Missile Defense（討論F35在分布式殺傷上的戰術運用）

連結：http://thediplomat.com/2016/09/distributed-lethality-at-work-combining-the-f-35-and-aegis-missile-defense/

六

時間：2016/10/13

標題：Navy, Marine Corps Considering Adding Vertical Launch System to San Antonio Amphibs（有關為了進行「分布式殺傷」戰術，而要在兩棲登陸艦上，加裝垂直發射系統的報導）

連結：https://news.usni.org/2016/ 10/ 13/vertical-launch-system-san-antonio-amphibs

七

時間：2016/10/27

標題：Alternative Future Fleet Platform Architecture Study（有關2016/02/10 Alternative Future

Fleet Platform Architecture論文的研究，原版找不到，規劃分布式殺傷的戰術，PDF檔）

連結：https://www.mccain.senate.gov/public/_cache/files/a98896a0-ebe7-4a44-9faf-3dbbb709f33d/navy-alternative-future-fleet-platform-architecture-study.pdf

八

時間：2016/11/2

標題：Get Ready, China: U.S. Navy Is Moving Fast to Build a Super Naval Tomahawk Cruise Missile（標題就說，要用海軍戰斧飛彈對付中國了—這報導作者引用做對照組）

連結：http://nationalinterest.org/blog/the-buzz/get-ready-china-us-navy-moving-fast-build-super-naval- 18272

九

時間：2017/1/9

標題：Surface Force Strategy（PDF檔，闡述美軍「分布式殺傷」的運用編制）

連結：http://www.navy.mil/strategic/SurfaceForceStrategy-ReturntoSeaControl.pdf

十

時間：2017/4/6

標題：US Navy Tests New Long-Range Anti-Ship Missile（美軍測試LRASM飛彈，內文明確指出是為了符合「分布式殺傷」的運用）
連結：http://thediplomat.com/2017/04/us-navy-tests-new-long-range-anti-ship-missile/

十一

時間：2017/5/4
標題：The Navy has Released a LRASM Missile from an F/A- 18 Super Hornet（再次測試LRASM，一樣是為了「分布式殺傷」作準備）
連結：http://www.scout.com/military/warrior/story/ 1675704-lockheed-navy-will-ship-deck-fire-LRASM-lcs

中國方面

一

時間：2015/1/16
標題：美國海軍將採取「分散式殺傷」戰術，讓水面艦肩負更多打擊任務（反應一開始很迅速）
連結：http://www.mesotw.com/bbs/viewthread.php?tid=46227&page= 1

二、在二〇一五年間，北京海鷹研究所，有放出幾篇精闢的論文。

時間：2016/1/1

標題：「動態」與「分布」——空中力量建設的「新」方向（雖然看起來和海軍沒關係，但內容是有關分布式殺傷的要點）

連結：http://chuansong.me/n/800700952392

三

時間：2016/2/29

標題：解放軍戰艦裝一致命武器　分散式殺傷力驚人（官媒報導，這篇列為參考官方態度，內容認為美軍在抄襲中國，隨後似乎中國國內也依此「定調」）

連結：http://military.dwnews.com/news/2016-02-29/5972 125 1.html

四

時間：2016/11/10

標題：美國海軍「分布式殺傷」作戰概念開發綜述（基本節錄二〇一五年一月的美國海軍學院論文）

連結：http://www.gegugu.com/2016/ 1 1/ 10/23 1.html

五

時間：2017/3/2

標題：中國是美國主要假想敵？美軍艦隊部署方向說明一切（民間研究，部分參考北京海鷹研究所報告）

連結：https://read01.com/7ENO7n.html

六

時間：2017/3/27

標題：美國海軍提出分布式艦隊架構設想（民間研究，不錯看）

連結：https://read01.com/Bx80AJ.html

七

時間：2017/4/18

標題：美軍2030年要搞「分布式殺傷」 這是在模仿我軍戰法嗎？（官媒報導，這篇列為參考官方態度，內容還是認為美軍在抄襲中國，再次「定調」官方看法）

連結：http://www.sohu.com/a/ 134768859_60127 1

八

時間：2017/5/9

標題：從戰斧到ＬＲＡＳＭ，美軍要用「顛覆性」武器對付中國！（民間研究，明顯是針對2016/11/02美方報導的回應）

連結：http://www.ifuun.com/a2017592 136347/

試飛

在所有系統檢查完畢後，心忍特零＝望月心一郎，終於要飛上天空了。

而且就像是有某種命運的牽連似的，第一趟試飛的飛行員，就由神佑子抽中。而副駕駛，則是東鄉蒼月。

古式村弎等人則在塔台內監控：「今天一試飛，馬上接上實戰訓練。我們的時間不多，但相信心忍特零可以做到！」

溫蒂：「技術專員呼叫！你們現在所用的，是最新的感應式立體投影頭盔。不但可將立體影像投射在使用者眼前，還能感知使用者的視線與腦波。」

在後面陪同觀看的虎次郎，此時興奮的大叫嚷道：「腦波控制？所以像科幻電影一樣，只要思考就能操控飛機？」

古式村弎：「雖說能感應腦電波，但最重要的是輔助『視覺焦點感測』。能夠用眼睛『凝視』便可以操控功能。最重要的、請不要想個小學生一樣，科幻中毒好嗎？」

虎次郎：「不是中二嗎？老一輩才說科幻中毒，不要洩漏年紀啊。」

古式村弎：「……」

不理會塔台內的爭吵，東鄉蒼月趁機熟悉系統：「了不起！居然只需用視線焦點，就能點選或移動標記，這應該是學習曲線最短的裝備了。」

幾乎同時，神佑子也透過實踐，認同了同事的說法。只是心一郎卻充滿了莫名的不安：「這東鄉蒼月的眼光，真的好冰……不像人類……」

珍妮弗：「哎呀、你們的王牌出場了優，還帶著祕密武器。」

這位美女軍官在說話時，是以慵懶的姿態，斜斜地倚在玻璃牆上。濃妝豔抹。加上雙手環繞在胸前，而一對巨乳，幾乎就要迸出不太合身又解開了兩個鈕扣的襯衫。讓人不禁懷疑，這裡是軍事基地還是變裝酒店？

虎次郎：「啊、珍妮弗長官，其實我們隊上的王牌不是她們兩個啦。而是在下虎次郎！」

珍妮弗不禁笑了出來：「我說的王牌不是指你歐，而是那個！」

順著手指看去，卻是一架F15戰鬥機，兩邊機翼下掛著不像飛彈也不像飛機的東西。

珍妮弗：「是TACOM？今天真是大飽眼福。」

古式村弎：「……觀測機，準備好了嗎？」

高進武雄：「觀測機回復，就定位，準備。」

駕駛F15的是高進武雄，今天的任務需要兩人駕駛心忍特零，一人駕觀測機追蹤。抽籤決定的結果，只剩虎次郎在地面當閒差了。

古式村弎：「呼叫心忍特零，等一下記得要調整智慧蒙皮（Smart Skins），把RCS（雷達散射截面、Radar Cross-Section）的訊號加大，不然會無法追蹤。」

覆蓋在機身上的智慧蒙皮，不但取代了傳統的達陣列天線，而且能完美的吸收雷達波。由於隱形戰機反射的雷達訊號微乎其微，因此像這樣的測試，就需要反過來讓智慧蒙皮放射雷達波，控制中心才能進行監控。

東鄉蒼月：「已調整RCS到0.5。」

RCS是用每平方公尺反射的雷達波計算，人類的數值剛好是1。二十世紀後期的戰鬥機則動輒20多，戰斧巡弋飛彈約莫0.5，飛鳥約0.1，如蝗蟲一類則只有0.01。二十一世紀的隱形戰機，數值多在飛鳥與飛蟲之間。

神佑子：「呼呼，智慧蒙皮居然能調整反射的雷達波，說不定可以用來偽裝優。忍者變裝、心忍駕到！」

忍者遊戲，是心一郎和神佑子小時候常玩的。此時聽到，更覺得有股暖流在心中擴散。

東鄉蒼月的語氣卻是一貫地冰冷：「那敵人找不到不是更好嗎？心忍特零，請求起飛許可。」

古式村弍：「准許！心忍特零，起飛吧！」

動作只是神佑子輕推操縱桿，但實際卻是澎拜熱血的意志，化成電訊的漣漪，在心忍特零的迴路間激盪，最後輕巧的滑過跑道，衝上天空了。

心一郎心想：「就像是走路一樣自然……果然是轉生成戰鬥機了。啊、這就是天空啊！」

雖然在轉生後，就一直做心理建設要飛上天空。但實際上俯瞰著大地，仍是不免激起自己少年心中的感動。

神佑子：「好輕啊、完全感受不到一般戰鬥機的笨重。」

卻連地面眾人也不禁動容。珍妮弗也問道：「溫蒂！心忍特零的推重比多少？」

溫蒂：「估計值7.8。」

珍妮弗：「確定沒錯嗎？」

雖然長官詢問，但溫蒂只盯著銀幕，也不看現場的實況就回答：「傳回的數據也沒錯啊！有需要我再算一次嗎？」

珍妮弗：「不、不用。」

雖然珍妮弗這樣回答，但心中總有些許的芥蒂。不料一轉頭，卻發現古式村弍和虎次郎眼中也有著相同的困惑。

高進武雄：「不得不說！從空中看心忍特零的動作，很有一種生物的靈巧……啊、說得太玄了，請各位不要介意。」

這句話卻說中了眾人的心事！除了埋頭和電腦奮鬥的溫蒂之外。其他人也都是經驗豐富的飛行員，也都在眼前的飛行動作中，感受到一種難以言喻，卻又實實在在的「靈性」。只是想用言語說明，又不知如何形容。

古式村弍心中也想著：「就像是頂尖模特兒，連走路都散發不同於一般的光彩，能吸引目光一樣。但、這是戰鬥機啊！只是起飛動作啊！怎麼會有這種感覺？」

心一郎與神佑子的配合，在第一次飛行的第一個動作，就有與眾不同的表現。

但神佑子卻還不知道，自己已經駕馭著神話中才有的武器：「請確認要進行今天的測試項目嗎？」

古式村弍：「……確認、請進行測試項目。」

今日的測試，先是進行較簡單的飛行性能測試，然後再進行一次戰術模擬。

先直飛測試、左轉、右轉、上升、下降、盤旋……

每一次的操控，都讓心一郎更加地確認屬於戰機身體的「本能」。現代戰機並非直接連結飛行操縱桿與機翼，而是將操縱訊號傳達到電腦，再由電腦計算出適合的動作。例如神佑子拉起操縱桿，心忍特零分析是直線上升的動作。萬一遇到強側風，便會自動操作控制面作補正的動作。

心一郎心想：「若說現代戰機是有智慧地『名駒』，那就很合適。」

然而流暢的動作超脫常態，最後連死盯著銀幕數據的人也發現了。

溫蒂：「這動作也太順暢了，日本的技術果然厲害。」

古式村弎：「啊……對！沒錯！本國自古就已注重細節的工藝而聞名呢！」

雖然連實際的原因都不知道，但是古式村弎卻是擺出了高姿態，趕快趁機自豪一下。

珍妮弗：「原來、是展示能力嗎？」

古式村弎：「咦？」

此時的珍妮弗雖然還是那副笑臉，但眉宇間竟是隱含一股黑氣：「所以今天不只心忍特零，連藏在箱底的TACOM也一起秀出來啦。」

聲調並不高亢，卻是咄咄逼人。原來自上次世界大戰戰敗後，日本受國際條約限制，不能發展攻擊性武器。但自從美國在中東戰爭中展示巡弋飛彈的效果後，卻一直希望能發展類似的技術。

最後研製出了TACOM無人機，由戰機在空中發射，能像巡弋飛彈一樣飛行數百公里，再依照導引自行飛回機場降落。雖然對外宣稱是用來訓練與偵查的輔助裝備，但也被軍事家認為是「準巡弋飛彈的製造實習」。

珍妮弗：「這麼多年來，TACOM的性能、數量、實際使用狀況一直是機密，今天卻這麼大方？是想展示日本隨時能製造巡弋飛彈的意思嗎？」

最後的問題極端尖銳，虎次郎只覺得心跳加速，一身冷汗，心想：「要是回答得不好，可能會變成外交風暴啊！」

只見雙方一時僵持，控制塔台也異常安靜無聲。但隨後古式村弎卻嘆了口氣，雙手一攤說道：「沒有什麼特別的意思，請相信我。」

珍妮弗：「是嗎？」

古式村弎：「這是真的，在眼前這種局勢，我們不想、也不能有任何的差錯，更不會有示威的想法，請相信我的誠意。」

珍妮弗：「哎呀、那就照你說的吧。」

才一瞬間，凍結氣氛就此化解。虎次郎忍不住吞了口口水，心想：「這珍妮弗中校的笑臉明明沒有變過，怎麼能一下讓人覺得像冬天，一下又像是夏天？好厲害啊！」

東鄉蒼月：「報告、機體操縱測項目完成，請求進行戰術演習項目許可。」

戰術

古式村弍：「確認、進行戰術演習項目！」

高進武雄：「確認，開始進行戰術演習項目，發射TACOM一號機。」

TACOM並不像在二十一世紀的無人機一樣，可以用自己的動力起飛。而必須由飛機投射，但可自行降落。而飛行的特性非常類似巡弋飛彈，因此是最理想的訓練設備。

不過一發射，TACOM一號機卻飛往與目的地不同的方向。

古式村弍：「這是依照實際狀況設計的演習，目標是在移動的海上船靶。高進武雄會飛往遠方模擬第二波飛彈的發射，但是確實的位置會到時才知道。」

現實的狀況也是如此，發射平台與目標都是動態的，其中需要非常多戰術上的決斷。

神佑子：「眼下我們須決定先去偵查目標，還是先去接收第二顆飛彈。」

東鄉蒼月：「沒錯，啟動『戰術分析系統』！」

所謂戰術分析系統，是綜合不同的情報，進而提供最佳的戰術選擇。

不過在隱形戰機深處，人類所無法察覺的境界哩，其變化更是驚人！

難以言喻，但心一郎＝心忍特零，感到了自己是浩瀚天地間，渺小微不足道的一點。又感覺開始毫無限制的擴張！超越雷達的極限、光譜、電波的框架！山川大地的低語、高空亂流的呼號、甚至蟲鳥的蹤跡，竟然都變成一條條隱隱約約流動在天地間的氣息之河。

在無數的川流擾動間，有著連最尖端科技都無法察覺，但又確實存在的路。

心一郎不禁心想：「那條路，難道是『命運』嗎？」

◆

依照原訂的計畫，戰術演習一開始，就切斷與心忍特零的聯絡，端看飛行員的決定。

古式村弎：「海上船靶的目標是移動的，我們刻意讓航路貼著無人島的雷達死角，若不先去偵測，會無法確實掌握攻擊點。而且模擬戰爭時的實況，模擬第二顆飛彈的TACOM二號機，支援時間有隨機的誤差。臨場的戰術判斷，可看出飛行員的素質……」

本想再進一步解說的美女軍官，卻忽然盯著螢幕，發呆了？

珍妮弗：「那現在的判斷，是想做什麼呢？」

古式村弎：「啊、那是……」

心忍特零現在的舉動，連直屬長官，竟也無法參透背後的戰術含意？

虎次郎：「看起來，他們是帶著TACOM一號機，繞了一個大圈？」

的確是如此，但為什麼呢？古式村弎幾乎忍不住要打破演習規則，直接去問個明白的時候，決定性的變數出現了。

高進武雄：「隨機發射指示燈亮，TACOM二號機發射。」

第二波攻擊的時間，是用電腦軟體的隨機指定，而此時發射地點，也是採取不指定的隨意航向。但隨著發射指示下達，整個局勢立刻明朗。

虎次郎：「靶船的位置，剛好在兩顆飛彈的中間！」

珍妮弗：「靶船還在雷達死角中嗎？」

溫蒂：「是的，從他們的角度應該無法看到目標。」

確實，先發射的TACOM一號機繞了一段路，現在卻和TACOM二號機形成同步夾擊的攻勢！而且時機的掌握極為巧妙，攻擊點恰好是靶船行徑路線的前方。

高進武雄：「觀測機確認！TACOM一號機、TACOM二號機、心忍特零進入攻擊程序！預計擊中倒數十九秒、倒數十八秒、倒數十七秒……靶船出現在雷達上！」

聽著實況的轉播，古式村弎忍不住想到：「原本的預測，心忍特零會在靶船離開雷達死角的此刻，才發現目標並開始組織攻擊。難道是我不小心洩漏了情報，所以他們才制定了這種超高效率的戰術？不對啊、TACOM二號機發射時間是隨機的！怎麼可能做到這種事？」

滿腹狐疑、疑雲重重。現實卻再不斷地推進之中……

高進武雄：「預計擊中倒數十五秒、十四秒、十三秒……『嚎』！」

這猶似鬼哭狂嚎的刺耳鳴叫，不但干擾著人類的耳朵，竟還讓雷達螢幕也壟罩著雪花般的雜訊？

古式村弎：「當飛彈進入最後攻擊程序時，會轉成光學偵蒐鎖定目標。並同時進行『全頻道電波干擾』，讓敵方的雷達和反制系統暫時失效。」

所謂的全頻道干擾，等於是不顧一切的散發電磁波，同時讓空間電波混亂一氣以癱瘓敵方雷達的電子戰術。就像是手機接近使用中的電磁爐，信號會被干擾甚至機件損壞一樣。但光學系統與電磁波無關，如果飛彈已鎖定目標，那對於還需要依靠雷達掃描來搜尋的防守方而言，簡直有如催命的喪鐘一般。

古式村弍：「雖然已飛彈來施行，其效果和作用距離很有限。但使用的時機，也可以依據心忍特零的指令來執行。如果配合的好，能大幅提高命中率。」

說話同時，雷達已恢復正常。ＴＡＣＯＭ並沒有真的攻擊靶船，而是模擬動作後，轉向在空中盤旋待命。

高進武雄：「觀測機呼叫！請確認演習項目結束，結束無線電管制。」

古式村弍：「確認演習項目結束，結束無線電管制。」

東鄉蒼月：「確認演習項目結束，結束無線電管制，開始傳送相關數據。」

判讀傳輸的數據後，號稱有超過２２０智商的天才、更是驚嘆不已。

溫蒂：「Incredible！心忍特零的戰術分析系統，具備極高的推理運算能力！雖然不知道靶船的位置，與第二波飛彈支援的時間。但卻以抽象式的演算法，提供飛行員可能的推測。而且已結果驗證，正確率高達99.256%。光看到這結果，就知道日本果然是在人工智能領域，執牛耳的大國！」

古式村弍：「是……科學部的同仁，盡了最大努力的成果啊。哈哈哈……」

總覺得這句話說來都有些心虛，但也不喜歡在外人面前示弱。

卻見珍妮弗仍維持一貫笑臉，說道：「我們談談吧。」

◆

神佑子：「相當順利啊，而且戰術也很直接。」
完成所有演練之後，擔任觀測任務的F15與心忍特零會合。飛回基地途中，大家開始討論起來。
虎次郎：「其實剛剛如果分成先、後兩波攻擊，感覺也不錯啊。」
神佑子：「虎次郎你在塔台？司令官呢？」
虎次郎：「被那個大胸部美女找去了。」
高進武雄：「如果被珍妮弗中校知道你這樣叫她，就有的瞧了。不過話說回來，今天的規模如果放大到一百枚飛彈，那想想就夠可怕了。」
大規模攻擊，本來就是這戰術的根本。神佑子：「真要發起攻擊的話，大概會有多少飛彈？」
高進武雄：「假設是第三護衛群的話，有日向、愛宕、卷波、涼波、妙高、夕立、冬月、瀨戶霧八艘戰艦。除了瀨戶霧之外，都有MK41垂直發射裝置。嗯、一共314具發射管。所以即使用一半，也有157顆飛彈。」
東鄉蒼月：「距離越長的話，半途會有不可預期的損失。」
虎次郎：「如果是戰斧的話，在波斯灣戰爭時的成功率有85%，應該還是有一百多枚可用。」
高進武雄：「那就可以先分出一部分，先做試探或佯攻，再投入剩餘的火力。」
東鄉蒼月：「確實，這樣可以變成時間差的攻擊方式。」

神佑子：「一次全上不是比較好？而且末段的電戰干擾，如果由一百枚飛彈同時進行，想想都覺得頭皮發麻。」

虎次郎：「同步攻擊加一。」

高進武揚：「或許可以讓飛彈連飛彈，變成長蛇陣似的連續攻擊。」

東郷蒼月：「想的太多了吧。有些不切實際……」

一路上，四人便開始不斷發揮想像力。新時代的海戰革命，也開始慢慢地浮現了確實的輪廓。

是誤會嗎?

在看過演習項目之後，美、日兩國的精英，卻找了一個不起眼的角落，進行著攸關國家命運的協商?

珍妮弗:「嗯、以我們兩個之間的感情，就不要拐彎抹腳了。你們之前居然公開的說，一下就要八百?說真的，這種毫不掩飾的直線進攻，很讓人家〜中意啊。」

這金髮美女回話的語氣，實在是「嗲」到一個程度。而且說話的用詞，簡直就像是色情小說女主角似的。但聽的人卻不禁苦笑，由於美、日兩國都有民主國會與媒體的監督，因此當軍方確定了『分布式殺傷』是正確的理論之後，卻因為巡弋飛彈這一議題太過敏感，內部反而猶豫不決。最後反而出奇招，指使一位電視名嘴，在政論節目上提出如果美國想撤出駐軍的話，應該向日本出售八百枚巡弋飛彈的建議。

古式村弍:「……既然中意，為何隔了一年才給人回應?而且還是透過學院的論壇來回應?你知道我等地有多心急嗎?」

在那段時間，美國的經濟始終欲振乏力，讓中國更是積極的擴張引響力。由於擔心引發複雜的國際輿論反彈，最後美國選擇用海軍學院的評估來放話回應。

將不見光的謀略，化成欲蓋彌彰公眾留言。閃閃躲躲，只有明眼人才知道裡面的真相。

珍妮弗：「哎呀、你要知道人家也有很多不方便的情況嘛。」

古式村弎：「你老實告訴我！真的……會走嗎？」

雖說在上次大戰後被美國佔領，但這段期間確實對經濟與民主幫助很大。再加上眼前還有虎視眈眈的敵人，讓日本人的情感更是複雜。

也許是感受到了這點不安，珍妮弗竟然主動地，輕柔地抱住了古式村弎，在耳邊說道：「雖然很可惜，但我想是會走的……」

一句「我想」，就表示只是個人的推測。但莫名的感應，卻讓古式村弎百分之百信任珍妮弗的推理。美國自日本撤出軍事保護，只是時間的問題。

熱流忽地在體內爆衝，化成了可稱之為自立自強的決心。

古式村弎猛然掙脫了溫暖的懷抱，語氣嚴正地說道：「那就這樣了！在這說明白，八百是應該的底線！」

珍妮弗：「啊、是分手費嗎？」

轉身離去的古式村弎，再沒有一絲猶豫軟弱與畏縮。是一夫當關、任險犯難的氣概，堅定了這女軍官的鬥志。

「說是分手費……」

「其實還遠遠不夠啊……」

對手可是隨時能造出一堆軍艦的大國，珍妮看著離去的堅強背影，心中暗暗替朋友祝福，才離開了現場。

只不過、再後方的角落，卻出現兩個……女兵？

女士兵A：「本想偷懶一下，居然聽到這麼勁爆的事！」

女士兵B：「是啊、珍妮弗中校真的好可憐……」

於是、不知為何？基地內開始流傳，古式村訁和珍妮弗原來是一對情侶的說法。甚至最後當事人忍不住，要動用到情報機關去徹查，卻也沒有結果。

◆

而那一晚，結束所有維修之後，只剩心忍特零單獨的停放在機庫內。今世的飛機電腦雖然是休眠狀態，但心一郎的靈魂卻是興奮之極。

心一郎：「以前曾讀過『進化』這一名詞，今天的經驗，就像是進化了，會變成什麼不一樣的東西嗎？」

「將會成長為守護國土的神器。」

咦？居然有人回話？而且還是女性的聲音？

不但如此，再前方的空中，居然綻放出耀眼光芒。

只是這光圈，雖然直視時讓人睜不開眼，卻又違和的並不讓人感覺強烈或炙熱，反而就像是冬天陽光一樣，充滿的柔和與暖活的溫馨。

更奇的是，這光線居然沒有照亮其他的地方？只在半空一方閃耀？

不久強光稍退，卻是化成一個半透明，渾身發散著微光、漂浮在半空的女子。

「女神、澐之護，拜見守衛家國的『護國神器』。」

日本購買戰斧巡弋飛彈始末剪輯

一

時間：2015/1/15

標題：Distributed Lethality（美國海軍學院發表）

連結：https://www.usni.org/

二

時間：2015/2/9

標題：Tomahawk Strike Missile Punches Hole Through Moving Maritime Target（報導2015/01/27，戰斧巡弋飛彈擊中靶船）

連結：https://news.usni.org/2015/02/09/video-tomahawk-strike-missile-punches-hole-moving-maritime-target

三

時間：2015/4/1

標題：米軍が極東から戦略的後退、中國の急速な軍拡に曬される自衛隊は？（日本政論節目，明説如果美軍撤出，應讓日本買800枚戰斧巡弋飛彈自衛）

連結：http://wpb.shueisha.co.jp/2015/04/01/45828/

四

時間：2015/4/3

標題：日稱應配800枚戰斧　防與陸交鋒（台灣方面報導）

連結：http://www.chinatimes.com/newspapers/20150403000806-260301

五

時間：2016/3/30

標題：日解禁集體自衛權　可出兵（嚴格説，戰後安保條約在此時已名存實亡）

連結：http://www.appledaily.com.tw/appledaily/article/international/20160330/37 135908/

六

時間：2016/5/15

標題：Opinion:Tomahawk Missile for Japan（美國海軍學院發表，建議日本應配備戰斧巡弋飛彈）

連結：https://news.usni.org/2016/05/ 16/opinion-tomahawk-missile-for-japan

七

時間：2016/5/17

標題：為制衡中國 美海軍學院籲日本加裝戰斧飛彈（台灣方面報導）

連結：http://hottopic.chinatimes.com/cn/201605 17004 186-2608 13

八

時間：2017/5/10

標題：Report:Japan Considering Buying Tomahawks for Destroyer Fleet to Deter North Korea（有關可能同意出售戰斧巡弋飛彈給日本的報導）

連結：https://news.usni.org/2017/05/ 10/japan-considering-buying-tomahawks-25578

女神

在深夜中的機庫中，心一郎＝心忍特零的面前，出現了似真似幻、還漂浮在半空中的半透明女子。更自稱是：

「女神、澐之護，拜見守衛家國的『護國神器』。」

心一郎：「女神？」

眼前所見，這女子身穿著被稱為千早的白色袖衣，與稱為緋　的紅色褲裙。以及用檀紙和繩結捲起長髮，所綁成的繪元結髮型。確實是傳統神道神社的巫女裝扮。

然而、卻留露出一種在祭典時所見，跳著神樂舞的巫女，所不能及的聖潔與高貴的氣場。

說是微妙，也並非有實際的標準，但心一郎卻自然地湧現崇敬的情感。想要啟動先進設備偵測，更發現什麼也動不了！

心一郎：「沒有反應？怎麼可能？難道是超自然事件！」

說到非現實的超自然現象，其實心一郎也算一件。但現下情勢詭異，自不免一時慌亂，不知要如何應對。

忽然背脊似乎被少女手掌的輕撫，纖細而且柔軟，傳遞無限的溫暖。心一郎感覺到無邪的良善，正在試圖安撫自己。原本躁亂的心瞬間平靜，忍不住挺身抬頭，卻正好與那澐之護相望。

年約二十，白皙的臉頰略為削瘦，以面貌而言，確實是標準的美女。

然而驚人的是所散發的神韻！

那漆黑的雙眼中，反射著知性的智慧，與一種不屈的毅力。少年更感受到了那雙瞳仁的最深處，淨是滿滿關懷與慈愛。這一瞬間再也沒有懷疑對方的意圖，卸下了心底的所有防備。

順著少女的雙手拉扶起而緩緩站起，心一郎忍不住說道：「女……神。」

澐之護：「啊、望月君你忘了嗎？」

忘記什麼了？心一郎歪著頭想了一下，忽然發現：「等一下！我怎麼站起來了？」

心一郎忽然發現自己恢復成人類的姿態！不、應該說是人形的靈體！而且與前方的女神一樣，半透明的飄浮在心忍特零上方。最重要是：「我、我、我沒有穿衣服！」

看到少年慌亂的模樣，澐之護笑得合不攏嘴。雖然曾有文學家形容女子的笑聲，像是銀鈴輕響，或是珠玉落瓷盤的乾脆。然而心一郎卻覺得這笑聲，就像是春風一樣地溫暖。

笑聲稍停的澐之護，還用頗富趣味的看著心一郎。

雖然知道自己一絲不掛，只是女神的眼神說帶著一點嘲弄，卻又不意地偷漏風情，讓少年的神智不由暫停，連羞愧都忘記了。

澐之護：「來吧、望月……君……」

女神伸手一拉，少年竟脫離了飛機的身體，更穿過了實體的機堡屋頂，隨著澐之護直上雲霄。

與身為戰機時的感觸不同，強烈的氣流割劃肌膚，狂暴的風壓灌入口鼻，讓心一郎忍不住大聲求饒。

然而澐之護看在眼中，卻是忍不住笑得更開心了。

直飛的好遠才停下，澐之護手一揮，雲朵也隨之散開，露出了比天上繁星還要明亮的都市燈光。

那都市，曾是少年出生之地，也是死亡之所。心一郎：「東京！」

澐之護：「是阿、你忘了嗎？」

再一次被詢問，心一郎腦中忽然閃過：「這聲音、是妳！在火場中，回應了我的願望！」

激動的酸熱湧上，少年也不管是否浮在天空，仍是伏身跪拜：「感謝女神成全！讓我能再見到神佑子……嗚！」

說到最後竟哭了！即使轉生成了非人的存在，但畢竟能守護妹妹，可是最後也最重要的願望。

澐之護卻以一種莫測高深的神情默默地看著，好一會才又一揮手，周圍空間猛然急速流動。心一郎感覺就像是看著電影，而且還是倒轉著看。大樓還原成地基與建材，原地出現了舊時代的木造街道。像是古時武士打扮的人，騎著馬在街上來來去去，然後連城鎮和馬都不見了。荒蕪生出雜草，卻有衣著的樣式從未見過的人，手持長劍與怪物對戰！

那是一隻有著八個頭的巨蟒，讓人想起了傳說的神話故事。

澐之護：「這塊土地，有八百萬神明在守護著。」

這起頭的確也很有神話故事的風格，但是吸引心一郎眼光的不是那個。雖然忘記了是哪個故事，但那戰士的長劍，卻引起注目……互相間似有種共鳴！仔細看去，那把長劍上似乎浮現半透明的人影。

心一郎驚呼：「那柄劍裡，有一個靈魂在裡面！」

稍作鎮定後，才赫然想到，那情況和自己轉生成心忍特零，啟不非常相似？

澐之護：「沒錯！雖然古書上沒有記載，但素盞嗚尊斬殺八岐大蛇的『天羽羽斬』長劍內確實有一個勇士的魂魄憑依其中。在這土地上，正邪之間爭鬥不息。當命運的時機到來時，就會出現勇士與相應的神兵利器，為守護天道而戰。」

在女神說話時，眼前幻象仍不停轉變。有少年拿著刀，對抗帶著酒瓶的巨大妖魔。也有獨眼的劍士，揮舞發光的寶刀，對抗渾身環繞黑霧，絕非善類的惡人。而無一例外，心一郎都能在他們的武器之中，感受到意念強烈的魂魄。

澐之護：「當然，也不是每一個國家，或是統治者都有幸能獲得神器。雖然本女神也不知道運作的規則，但天道循環，卻呼應你、望月君的願望。能夠成為神話中的武器捍衛國家，應該要感到光榮……」

心一郎：「為何是我？要我去和妖魔作戰嗎？我不要！」

居然被直接地拒絕？澐之護也不禁愕然，好一會才問道：「為什麼？望月君應該不是膽小的人吧？」

心一郎：「我只想要守護神佑子……我恨戰爭！」

真的哭了，心一郎心情激動至極，同時發現周圍景色忽變，竟回到了當初死亡的大火屋內。

心一郎：「我討厭戰爭！就因為戰爭，所以神佑子的父母，和我爸爸都死了！因為戰爭，所以媽媽生病了，也沒有藥醫治！我……我……」

心中最深刻的體認！再一次泣不成聲，心一郎幾乎是用最後的力氣嘶吼：「我討厭戰爭！我只想要守護神佑子平安！神佑子……」

說到這裡卻忽然想到：「萬一神佑子想衝入戰場，要怎麼辦？」

這一世的神佑子是軍人，不是柔弱的小女孩。更何況相處以來，可以明確地感受到那股積極的鬥志，絕對不會是個半途退縮的人。

無法阻止神佑子嗎？這時心一郎身上卻一陣溫暖，抬頭才發現，是澐之護的擁抱。

雖然不知道自己是否還算是「人」，卻清楚身上一絲不掛。心一郎只窘地臉上發熱。想伸手推開或逃避，身體又僵硬的無法動彈，卻聽到耳邊傳來……

澐之護：「對不起。」

心一郎：「咦？」

女神的聲音，聽得出有無限的感嘆：「其實望月君是最溫柔的人了，這樣的重擔，真的不應該要望月君承擔。」

居然被連叫了兩次名字？而且語調似露出某種親密的訊息？滿腹狐疑的心一郎想轉頭去詢問，卻和一雙充滿了慈愛與諒解的眼神對上了……那是能叫少年忘記一切、連靈魂都融化其中、世上最美麗的眼神。

澐之護：「對不起。」

心一郎：「啊……」

澐之護：「不管怎麼說，都不應該讓望月君一個人承受……」

說完女神伸指往少年頭上一點，心一郎立刻感到身形似乎往地下無限的墜落下去，原來的房屋和幻象都不見了，只剩澐之護在上方越來越小。

「但是未來的命運，還是要靠望月君守護呦。而且……」

「我一直都相信你呦。」

逐漸遠去的澐之護，換上了一種惡作劇的笑容：「我也會陪著你呦……」

接著、就掉入了無邊的黑暗……

【心忍特零　系統啟動】

嚇了一跳！不知何時，心一郎已回到心忍特零的機體中。

高進武雄：「昨天妳設計的戰術，絕對有問題！」

神佑子：「亂講！等下實際操作一次，你就該認輸了！」

在這段時間中，特別小組的成員不斷的試驗各種戰術。而其中，神佑子更是最有活力與創造力的一個。

心一郎、不禁仔細地看著眼前的妹妹。神氣飛揚，氣宇軒昂、無比的自信、是因為無數的鍛鍊累積而成。毫無疑問，那是神佑子，也是能毫無畏懼、冒險犯難的神佑子中尉。

「不管神佑子要怎麼做，都要守護她的安全！」

堅定的誓言，心一郎於是放下無端的思考，投入當下。

【心忍特零　系統全力】

【引擎　啟動】

【目標　守護神佑子】

◆

這時的中國，手握大權的樂聲公部長剛回到公署。

特別助理急忙上前說道：「部長辛苦了！有一位學者手持前任部長的名片，說是有重要的是必需要和您懇談。」

樂聲公聽的眉頭一皺，不高興的說道：「你辦事越來越不上心了嗎？他的名字當然不會是『學者』吧，也不問問到底是什麼人想見我？」

被長官這樣一吼，特別助理才發現自己的疏失，連忙回應道：「對方說是研究國際戰略的海鶯博士。」

海鷺博士的間章02

「海鷺博士？」

說真的，最近事多人煩，樂聲公根本早忘了。卻說道：「前任部長可是我在農工隊時的學長，也是提拔我的恩人。官場文化有倫理，不管來的是什麼人，如果和學長有關係，都見見無仿。」

說的輕鬆，但以樂聲公部長職位之高，平常人想見一面也難。特別助理乍了乍舌，趕忙去安排了。

而位高權重的部長，卻趁此機會施展絕技。利用辦公桌上的一小面鏡子，快速地確定自己的儀容。

直到自己也覺得滿意，樂聲公不禁心想：「以前林肯總統曾說，男人過了四十歲卻不注重儀容，就沒救了。現在身為高級部長，絕不能失態被人看輕。」

對鏡中的自己確認後，嘟起嘴點了點頭：「果然是應該立於國家的高層，英俊的部長！」

於是起身前往會客室，在門前的特別助理立刻先喊一聲：「部長到！」

這是官場的禮儀之一，先讓室內的人知道長官到來，好起身準備迎接。等樂聲公部長進去後，特別助理隨後小心的關上門，如果沒有突發狀況或呼叫，不會去探聽談話。

想求取官位或經費補助的人，在這時會熱切地和部長自我介紹。如果是有事須求，甚至有冤屈要申訴的話，則往往情緒激動。這是樂聲公多年的經驗，因此一踏入室內的第一反應，就能預測將要處理的事務。

但是今天例外。

海鷲博士：「你等等，我再確認一下沒有遺漏。」

什麼？先不談要面對國家重要高官，準備工作居然沒做好。更誇張的是，還用一種無視的態度，要國家重要高官等！這傢伙、這傢伙……

仔細一看，眼前再整理文件的男人，年紀有六十出頭，滿頭亂髮、一臉鬍渣。而且襯衫還只一半扎入腰帶，另一半就隨意攤露見人。一手袖子捲起，另一手卻是袖扣打開了，又不規則的晾在小臂上。

樂聲公心想：「那應該是把兩隻袖子都捲起，但是沒注意到時，其中一隻掉了下來吧。」

簡直是邋遢到了極點，根本是社會的失敗者嗎？

這個不修邊幅的老男人，好不容易把手上的文件整理好後，雙手把紙堆往桌上一放。居然還一伸手說道：「部長你好，初次見面。敝人海鷲，請坐吧。」

哇！這才發現自己被眼前的狀況嚇到，都忘記自己還站著！而且根本違背了所有官場一貫傳統，反而像是老師要面試學生一樣？

這場座談還未開始，作為主人的部長已經一肚子氣，實在不是什麼好兆頭。只是總算還想著：「大人有大量！宰相肚裡能撐船！還是先不要發脾氣，聽聽看這『傢伙』有什麼東西吧。」

樂聲公：「海鷲先生是博士嗎？國際戰略的？」

雖然理智上知道要克制，但情緒還是不經意地由言詞中透露出來。

海鷲博士：「是阿、本人在××學院的戰略研究所服務多年。」

「不上不下的機構嘛……」樂聲公話才出口，又罕見的收斂說道：「但也是國家正式認證的啦。」

海鶖博士：「呆板的學院，簡直辱沒了本人『×場魔法師』的才能。阿、只是地球上的，不是銀河系優。」

這是哪一種冷笑話?在這樣會見國家高級官員的場合說出，也不合適吧?樂聲公不禁瞪著眼想道：「由這樣一個老不修的男人說出來，更讓人覺得噁心!」

但就再忍耐要到極限時，還收到了致命的一擊!

海鶖博士：「總之、現在海軍千萬不能出戰，不然只怕全軍覆沒。」

聽到這話，樂聲公幾乎要跳起來了!建立強大的「藍水」海軍，可說是上下一心的「國策」!眼前這怪異的傢伙，怎麼就敢做出違反民族大義的發言?

海鶖博士：「現在美國方面，正在進行『分布式殺傷』的海軍革命……」

樂聲公：「分布式殺傷?啊、我想起來了!你就是那個、前輩很重視的分析專員!」

海鶖博士：「真是想念前部長阿……我們是MH Online的戰友。」

樂聲公：「……」

海鶖博士：「MH Online是一起在網路上，狩獵巨龍的遊戲。」

其實樂聲公倒是知道那遊戲，但也因為意外地得知前部長的另一面，而處於驚嚇的狀態。

海鶖博士：「總之、我們艦隊的發展，出現極大的弱點。自從美國開始發展Sosite技術……啊、不是

SOS團[7]優……」

再也忍不住了，樂聲公：「我知道什麼是『SOS團』！但是你可不可以不要說一堆動畫、漫畫的次文化名詞？墮落！」

聽到這裡，其實已經頻臨發火的邊緣了。但是海鷲博士沒感覺，還皺著眉說道：「Sosite技術的發展，才是將美國為何要將大、小護衛艦、甚至無人艦艇等都裝上遠程反艦導彈的原因……」

樂聲公：「那算什麼？居然學我國各種艦艇上，都裝有致命性導彈的作法？」

海鷲博士：「這……又不是有裝飛彈都行，而且性能也不好阿。最重要的是能橫向連結的Sosite技術……」

樂聲公：「你懂什麼?!」

居然批評自家軍隊的精良武器？而且還是出自這個老阿宅樣的傢伙！樂聲公覺得自己的忍受已超過底線：

「告訴你！我國海軍有射程150KM鷹擊83，射程550KM鷹擊12。鷹擊91射程雖然只120KM，但是能打船艦，也能用來做反輻射飛彈打雷達！還有長劍20更不得了，那可是射程上千公里的巡弋飛彈。還有鷹擊100……」

海鷲博士：「鷹擊100不論就意義或實質上來說，其實就是長劍20，編號多一個而已。」

話被抓包，讓樂聲公火氣更大：「二千公里射程如果還不夠遠，還有東風26的三千公里彈道飛彈！到

7 SOS團是輕小說《涼宮春日系列》及其衍生的動畫、漫畫、遊戲等作品中的一個架空的非正式學生社團，由主人公涼宮春日和阿虛創立的。

時百彈齊發、震懾宵小、夠不夠威？」

海鶩博士：「雖然飛彈總類很多，相信出擊數目不少，但有一個要命的弱點，那就是效率。」

樂聲公：「……」

海鶩博士：「其實美國在上世紀，也做過能打遠距離的反艦巡弋飛彈。就是因為效率太差，所以當時都沒人意識到，『只要飛彈的命中效率高，而且一波攻擊能超過防禦極限的話，在射程內，就無法集結艦隊了』！這才是重點！而要打登陸作戰，就必須集結艦隊。很容易被飛彈群全滅……」

樂聲公：「住嘴！警衛！警衛！」

緊急趕到的警衛，和海鶩博士一樣一臉迷茫。

樂聲公：「這個人散播不利國家的言論，給我叉出去！」

海鶩博士：「我……」

只來得及吐出一個字，已被警衛橫打一身，拖出去了。

而樂聲公卻還在大發雷霆：「你怎麼放這種『活寶老宅男』來浪費我的時間？」

這讓特別助理心中，真的很不好受。心想：「說要見這『活寶老宅男』的不是你嗎？」

樂聲公：「還在我的面前宣揚失敗理論？別是黨務系統在測試！要知道『民族大義不正確』！就是無用的言論！」

這話說的特別助理心中一寒！中國奉行一黨專政的制度，各級黨務系統更不時測試官員們的忠誠心。

「剛剛如果一不小心擋到了『民族大義』的路，說不定明天就會入獄，幸好部長英明。」

想到這，特別助理竟忍不住發起抖來，也對部長更多三分敬意。

於是這份有關未來海戰的科學研究，就因為『民族大義不正確』，而完全沒有未來了。

而樂聲公還忍不住在碎碎念，看到屬下的樣子更大吼一聲：「還傻在這幹嘛？」

特別助理：「啊、這、對了！剛剛外交部來電，有日本與俄羅斯領袖高峰會的最新情報！」

◆

而這時在千里之外，居然有人正在討論剛剛海鶯博士的理論？

「所以，只要飛彈的命中效率高，而且一波攻擊能超過防禦極限的話，在射程內，就無法集結艦隊了？」

而且，還是一男一女在……討論？

古式村弎：「邏輯上……是……沒錯。啊～」

更正、是一男一女，正在激情的討論……

首相總理溫泉會、俄羅斯的高手

總是一副女強人模樣的古式村弎，現在居然和一個中年男子，「擠」在一間狹小的廁所中？而且還是衣衫不整地，面對面跨坐在男人大腿上。場面絕對兒童不宜！

但更勁爆的是，身為國家機密計畫的負責人，現在居然完全口無遮攔？

古式村弎：「其重點就是……啊……配合的好，關鍵Sosite技術的發……展……啊、不是SOS團優。」

聽到這不倫不類的比喻，讓那男子忍不住發笑。還豪不在意地直接將頭埋入柔軟的胸肉間：「SOS是什麼信號？要說清楚啊。」

古式村弎：「……那是……Sosite……啊……」

最後也沒有辦法回話，只能在全身筋攣後，癱倒在男人身上、品嘗著體內熱流的餘韻、吐出喃呢的氣息：「好溫暖啊……」

叩、叩、叩！居然有人在這時候敲門？

「首相大人，專機預計在二十分鐘後降落。俄羅斯的總理專機也送來通訊，將會晚一小時到達。」

在這狹小的飛機廁所內只有兩人，古式村弎當然並非首相，所以那個男人回話了：「知道了，等一下就過去換裝。」

就算在這種狀況下，男人說話的語氣竟然是沉穩中透著磁性，讓人覺得堅定，也讓人感受到溫和的。古式村弎看著懷中，壯碩的中年男子。掩不住的濃濃書卷氣，讓他看來像是有為的大學講師，未來教授的有力候補。但實際上，這滿腔使命感的男人正是誓言要結束經濟寒冬，並撕毀和平憲法，在戰後最具爭議的日本首相、安山曉三郎。

在古式村弎眼中，安山曉三郎還更為複雜。這兩人是同鄉，年輕時各自經歷了不同的路程，命運似的安排，卻又將兩人拉在一起。

安山首相：「謝謝妳，古式小妹。」

也許長久以來，就是等著這一句。不過古式村弎還未回答，另一句比寒冰還冷的話語已刺入心底。

安山首相：「但妳的年紀也不小了，不要在我這老男人身上浪費時間。」

古式村弎：「……」

安山首相：「不要為了大哥，不小心錯過了其他的好男人優。」

古式村弎：「……我知道、大哥……」

眼見安山首相正想站起，古式村弎連忙雙手一按，並輕巧的退開半步，跪了下來：「還有點時間……我幫你清理。」

看到安山首相衣衫體面的離開，負責保安的特勤官、麗子才敢轉頭探視裡面情況。眼見古式村弎也是衣冠楚楚，正對著鏡子補唇膏，才鬆了一口氣說道：「雖然特勤人員一定會保密，但你們也別這麼會抓機會好嗎？」

與麗子算是多年好友了，古式村弎也不避諱笑道：「讓你們有事可忙，還不好嗎？」

麗子：「嗯、雖說是公開的祕密了，但首相大人也不只一個情婦，你應該要知道的。」

說完轉身就走，只留下古式村弎一人面對鏡子中，似乎想說什麼的自己：「……錯過婚期的女人……嗎？」

◆

在太平洋北方，連結日本、俄羅斯與北極的一系列火山群島。在地理學上稱為千島群島，或是庫里爾列島。在十九世紀時，較南方的島由日本控制，更北方則屬於俄羅斯的領域。在上一次世界大戰結束前幾日，俄羅斯出兵佔領了全部的列島。自此後日本便一直宣稱擁有較南方的擇捉、國後、色丹以及齒舞等四島的主權，而要求歸還。這也就成著名的「北方四島」爭議。

隨著戰後的局勢發展，美國與俄羅斯成了擁有核子武力的兩大超強。在很長的一段時間中，俄羅斯甚至不掩飾侵略的野心。所控制的國後島，距離日本本土更是只有數十公里，讓人學到何謂「芒刺在背」。

然而這樣的情勢，卻悄悄開始轉變。

這一代的俄羅斯總理，是公認的『戰略高手』。由於名字的字首與其國家拼音相同，於是人們就稱為

R總理。

但這位R總理精進圖治，不但扭轉了經濟上的弱勢，如今甚至主動聯繫，希望能在主權議題上有所突破。幾次協商之後，這位戰略高手答應進行國是訪問。只是希望的地點與方式，也很有爭議。

古式村弍：「這是對方要求的，前面公開措商都是表面功夫，只有和首相一起享美酒，並在溫泉坦誠共浴時，才進入正題。」

安山首相：「……」

麗子：「沒問題，首相！我們特勤隊會全體誓死保衛首相的貞操！」

安山首相：「……」

好像、故事往不好的方向傾斜了[8]。

◆

雙方領袖見面，當然有些需要公開大眾的行程，各種文化、公務上的交流。照例是雙方領袖在大眾前表現的親善，幕僚在會議桌上伶牙俐嘴。

而擔任護衛特勤領隊的麗子，更是絞緊全身神經：「高手！」

雖然長得清秀俏麗，看來就像是鄰家大姊。其實麗子不但精通各項技擊與武器，甚至通過了國內外多

8　日本與俄羅斯領導人，在二〇一六年十二月於日本山口縣的溫泉山莊，磋商北方四島領土爭議。

場實戰的考驗。可說是日本首屈一指的戰術專家。現在卻是咬著牙，一副惡狠狠的態度。拿起通訊器指揮：「所有特勤隊員，給我上前一步！」

現場指揮官的位置並非貼在首相之旁，為了能掌握保護目標與周遭環境，在後方適當的距離。

古式村弎：「怎麼了？」

麗子：「這個R總理，和首相的姿勢不對！」

兩個男人姿勢不對？這話要從何說起？

幸好麗子還繼續給出解釋：「這個傢伙的位置，總是卡在特勤隊和首相中間。戰術意義上，更是劫持首相做人質的最佳方位。可惡！在人家地盤玩這一招，休想瞞過我的眼睛！」

古式村弎：「原來如此……那請妳下令，所有特勤人員退後兩步。」

麗子：「咦？」

古式村弎：「別為理論上才會發生的事過度反應，相信首相也會同意我的作法。」

古式村弎之所以特准在此，乃是因為眾所周知的非公開情人身分。這種潛規則式的官僚壓力，最後也讓麗子就範了。

這端退了一步，那邊也巧妙地回應。

麗子：「……外行人看不出來，但是R總理將特勤隊與首相間的直接通道，讓出來了。」

雖然古式村弎看不懂那一點方位的戰術意義。卻是自信在戰略的修為上略勝一籌。

然而一抬頭，眼光與遠方的R總理交錯。那混濁的藍色瞳孔深處，竟有著不明的微光閃爍著。古式村弎忍不住渾身發毛，產生一種岸上的人類，被無數魚類在海水之下打量著的錯覺。但倏然一瞬即逝，又只見兩國元首行禮如儀。

R總理，是公認的世界級戰略高手！

而稍後，也依照要求。表面上邀請對方體驗溫泉文化，但在其中的商談，才是重中之重。只是沒想到R總理一開口，也是詢問重點：「一定要遮住『重點』嗎？不用那麼怕吧？」說的是，安山曉三郎下半身圍著一條浴巾，就這樣來到浴池旁。對比R總理的落落大方，確實輸了一籌。但外交工作豈能隨便示弱，安山首相呵呵一笑：「雖然我國風氣開放，但在美女之前，還是會稍微遮掩一下，這是禮節。」

說完下巴往R總理的貼身侍衛一努，雖然應景穿上日本傳統浴衣，但卻是標準的斯拉夫美女。順便一提，安山首相身後的是麗子。雙方不約而同，都選擇了美女侍衛參與這場會面。

R總理倒是毫不客氣，隨手拉過裝著酒和點心的浮盤，就先替自己倒了一杯乾了。接著像是心滿意足一樣，笑著往後一躺，讓這和泳池一樣大的溫泉浮力，托著自己仰漂起來。

還真是一覽無遺，也毫不避諱。

有這種對手，安山也只有苦笑著，坐在泉水中才解開了浴巾。

R總理：「果然是好酒、好景色、好溫泉！西伯利亞的溫泉也不錯，但就沒有這樣精緻的文化。只可惜人不對……伊洛芙娜！」

一聲令下，俄羅斯的美女侍衛立刻回應。

R總理：「出去！不准聽我們談話！」

伊洛芙娜完全沒有任何懷疑，只一點頭立刻退了出去。

這R總理的意思，分明是要雙方的侍從都退出，只想和安山首相會談。

會場的保安已到最完善的地步，但問題就是R總理本身，此人絕不只一身結實的肌肉而已。年輕時曾在世界最大的情報組織中，實際執行暗殺工作。也有在中亞孤身闖入游擊隊巢穴，最後殲滅敵軍的傲人實績。

而安山曉三郎最好的體育成績，也就是在大學校內長跑競賽得獎而已。不過微一遲疑後，下令：「沒問題，麗子也出去吧。」

麗子雖然從命，心中卻是大急：「這下歪樓了！」

◆

R總理：「為什麼不選那個眼鏡妹做侍衛？」

說的是古式村弍？安山首相一下不確定對方的意圖。

雖是客人，R總理卻主動替安山首相倒了酒：「她是你的女人吧？我對這種事的直覺，簡直可比得上黃金×鬥士[9]的阿賴耶釋[10]了。」

等等、這是在說動漫內容嗎？奇峰突起，讓安山首相一下接不了話。

---

9 黃金聖鬥士（日語：黃金聖鬭士、ゴールドセイント，是日本漫畫、聖鬥士星矢中，守護女神雅典的聖鬥士。

10 日本漫畫、聖鬥士星矢的設定，進入冥界前爆發小宇宙的第八識。

R總理意有所指地說：「男人啊！就應該像×星[11]當或犽×獠[12]一樣，對於美女，毫不顧忌的努力追求。要畏縮，那就只能關起來做宅男了，不是嗎？」

又再次施展毫無保留的仰漂，重點部位竟然還微微出現反應！而且還連續兩次引用動漫經典的好色人物作比喻？這R總理的行徑，可說是有些不入流。但是奇怪地，又感受到一股屬於男人的率直。

只讓安山首相哭笑不得，也抓不到重點。只有故作鎮定，也替R總理酒杯湛滿酒，裝出笑臉說道：「泡溫泉時酒不可喝得太多，但這杯祝我們『共同立法區域』的構想能成立。」

所謂「共同立法區域」，是提議兩國在有爭議的北方四島上，共同行使治權。在雙方國內對這項妥協方案的反對聲音都不小，能否成真還有待努力。

R總理卻猛地翻身，激的池水蕩漾，連浮盤都差點覆沒。更手指著安山首相說道：「你、我都知道，這不只是關於經濟或面子！我們都在只有神知道的××[13]中，玩一場難解的遊戲！但是選擇錯誤，就沒有重來的機會。」

11 諸星あたる，日本漫畫「うる星やつら」（台灣譯作《福星小子》）的主角。好色。

12 冴羽りょう，日本漫畫「シティーハンター，City Hunter」（台灣譯作《城市獵人》）的主角。好色。

13 神のみぞ知るセカイ，日本漫畫（台灣譯作《只有神知道的世界》）若木民喜作品。

首相總理溫泉會、高手的地下情

目光炯炯、R總理的此時盡顯戰略高手的氣勢說道：「本人最感興趣的傑作，莫過於沉×的艦隊[14]裡，那一艘單挑美國海軍的潛艇。」

為何這樣嚴肅的談話，居然有如此突兀的開場？幸好另一人也熟悉這類作品，否則不知要如何溝通。

安山首相：「應該要先感謝對我國動漫文化的熱愛嗎？但那也只表示了作者個人的立場。我國是個開放、多元的社會……」

R總理：「哈、哈、哈！」

笑得不懷好意，又有點暗示什麼的味道。不過說話被人打斷，總是不禮貌的。因此安山首相也是臉色一暗，幾乎要發作！

但眼前的戰略高手卻還不放過，嘻皮笑臉的說道：「動漫文化其實也代表一代青年的心聲。資料沒錯的話，就連你在大學時，都曾經參加反對美國駐軍的遊行？」

安山首相：「那是，人都有年少輕狂的時候阿。」

14 日本漫畫「沉默の艦隊」（台灣譯作《沉默的艦隊》）川口開治作品。敘述日本艦長海江田四郎，率領潛艇「大和號」叛變，並重創了美國艦隊的故事。

R總理：「年輕時阿……那時看過一本漫畫，把貴國的歷史，和一隻鳳凰連在一起……有點忘了名字了。」

這人到底是有多愛看漫畫啊？安山首相苦笑回答：「那是大師的傑作、火×鳥[15]系列。」

R總理：「對、對！當時總覺得，貴國的文化實在不輸其他文明阿。但是今天卻變成了……怎麼說呢？」

想了一會，竟說出：「Someone's Bitch？（某人的走狗？）」

即使涵養再好，安山也忍不住怒氣勃發就想要離去。但R總理一手迅速地搭上肩膀，立刻讓其全身動彈不得。一股詭異的力道滲透，更讓人連聲音也發不出來！

安山猛然驚覺：「不好！這樣的姿勢，別人還以為是在互相鼓勵打氣！實在是太小看這R總理了，現在怎辦？」

R總理：「如果話說得太直，我道歉。」

話雖如此，卻沒有放鬆箝制。讓安山首相也只能瞪著眼，神情卻很是可怕。

R總理：「你要走，當然沒問題。但現在貴國前門有虎，後門有狼。我可以告訴你中國和美國錯過什麼，也想告訴你我不想錯過什麼。」

安山首相：「……」

R總理：「這會談也是我主動要求的，沒想到卻等了那麼久。但最重要的是，要知道在這關鍵時刻，

15 日本漫畫「火の鳥」（台灣譯作《火鳥》）手塚治虫作品。敘述一隻不死的火鳥，與人類歷史的故事。

你不能做錯的事！」

話到一段落，壓力也消失無蹤。安山首相卻覺身如千斤重擔，只那是屬於心理而非生理上的。

R總理：「可以嗎？你臉色通紅，要不要先休息一下？」

在泡溫泉時心情激動，安山首相也知道自己現在臉色不好看，但忍著因為過熱而帶來的頭痛，咬著牙：「沒關係，你說吧！」

話雖如此，R總理還是先從池邊的冰櫃取來冷飲，兩人稍微冷卻之後，才開始正式的話題：「把時間推回十五年，當時貴國經濟起飛將近尾聲，中國則正要進入高速發展階段。其實對兩國而言，這是不可多得的戰略機遇期。」

安山首相：「你所謂的『戰略機遇期』，是指發展的時機？」

R總理：「是阿！我問這一句吧，你真希望美國軍隊永遠駐守在貴國？」

雖然安山也不願意外國軍隊在自己國家，像是監視一樣長期駐紮。但在很多時候，卻又需要這樣的武力來保衛本身的安全。最後只有隱諱地說道：「美國的駐軍，是有著歷史的因素。」

R總理：「但現在，他們將會撤出了。」

這一記追擊甚為有效！背棄了多年的同盟，在面臨侵略時竟急於求去，安山首相對此當然心有不滿。

R總理：「別以為是懼怕新興勢力，或是為了些軍費而已。美國大亨的腦袋，豈有那麼簡單！關鍵戰略，需要用一部科幻軍武小說裡，著名的『第二有害論』來解釋。」

安山首相：「第二有害論……第二有害論……」

實在想不起來，幸好R總理隨即提醒：「那是一部以銀河系為背景，人類分成兩大陣營的架空歷史科幻小說。」

安山首相：「我想起來了！銀河××傳說[16]！提出這了理論的，是那個裝著義眼的銀河帝國參謀。」

R總理：「沒錯！原本『第二有害論』，是指在一個組織中，如果有人掌握著僅次於君主的權力，就有可能被有心人視為『能取代君主之人』，因而對君主造成危害。但用在國際關係上尤其真實，在上世界的九十年代。日本不就是因為經濟成長極快，而常被人認為『未來將超越美國』，不是嗎？」

安山首相：「這幾年情況不好，倒讓大家失望了。」

語氣是有點自嘲，但也有些不甘。安山首相上任後力行改革，本就是希望能重新找回經濟高度發展的榮耀。

R總理：「在這裡，中國錯過了最大的機會！如果在那時和貴國聯手，那麼今日不論誰排第二、誰排第三，都會成為足以和美國相較的超強聯盟。只可惜、不管是因為歷史，還是有偏見的緣故，那位大老就是錯過了千載難逢的機會點。但是……」

也許冷飲就是不夠刺激，R總理抓起酒瓶一飲而盡，面露霸氣說道：「我不想錯過下一次的機會！」

安山首相：「你是想要歸還北方四島後，與我國聯盟嗎？」

R總理：「不！今天就這麼做，那牌就打死了！要知道未來如何變化、為何美國會拿著軍費作藉口，從國外基地撤退，答案還是在『第二有害論』中！既然第二人對於君主來說有害，那反過來最理想的狀態是什麼？」

16 日本小說「銀河英雄伝說」（台灣譯作《銀河英雄傳說》），田中芳樹作品。

這是考試嗎？遇上這種怪人，安山首相只有苦笑回應：「最理想的狀況？在那部作品裡，某個思想偏激的策略家眼中。就是大臣們每天鬥來鬥去，沒時間去推翻上位的君王……」

話語忽停，猛然醒悟！雖在熱水池中，安山首相卻感到毛骨悚然！

而R總理取過酒瓶替兩人倒滿，安山也不客氣，一飲而盡。

R總理：「有件你事必須了解，『和平』對於美國來說是沒有任何利益的。美國真正的利益，是在『戰亂』中假裝自己是『正義』的一方，最後收割所有的成果！而這次則想要一次釣二隻東方老虎上鉤。可是……」

再次把兩人酒杯湛滿，還自己舉起，大有邀請乾杯的模樣。

「美國把中國養大，是『養虎為患』。

解除貴國的條約束縛，可說是『放虎歸山』。

如今利用中國『一山不容二虎』的心理，要讓當今GDP第二名和GDP第三名的對打，卻自己『隔山觀虎鬥』！

等打得差不多，就會出來『扮豬吃老虎』。

呵呵、雖說『兩虎相爭，必有一傷』，但是……我真心看好你能勝出！」

像是祝福，安山首相卻沒有任何回應，反而更仔細觀察眼前的戰略高手。

嚴格說，和眼前這男人還處在不小心，就會擦槍走火的狀態。全面開打、爆發戰爭也不是什麼意外的事。

但真正的高手，今晚孤身直入敵方陣營。手無寸鐵、身無寸縷、卻穩佔戰略的制高點。

毫無疑問，現在泡著溫泉的兩個男人，有明顯的差距！這差距，也讓安山對於遞過來的酒杯感到畏懼和懷疑，無法做出回應。

R總理：「想的事情都表現在臉上了，這樣不是合格的政治家優。」

安山首相：「……」

R總理：「不過現在表現得太接近，各自家中一定會有人說閒話。所以我們就像『魔×勇×』[17]裡面的女魔王和勇者一樣，搞『地下情』比較好。呵呵、反正未來也沒人知道會如何，現在也不必太糾結吧。」

地下情嗎？

確實雙方陣營中，都有反對結盟，而且非常偏激的民族主義者存在。以目前的狀況，二人非正式的合作是比較好。未來要是有變化，死口不認就是。但安山忍不住心想：「這傢伙到底是有多迷宅男的動漫作品啊？」

R總理的酒杯也沒有縮回去，更笑著說道：「這樣也不行嗎？要不要用那開場的名句啊？」

安山首相：「別……不准說！」

「魔×勇×」開場的名句，是「成為我的東西吧……[18]」。

17 日本小說「まおゆう魔王勇者」（台灣譯作《魔王勇者》）橙乃真希創作。內容敘述魔王與勇者在私下聯手，欲停止人界與魔界的戰爭而努力的故事。

18 魔王『この我のものとなれ、勇者よ』勇者『断る！』（中文翻譯為、魔王「勇者啊，當我的人吧。」勇者「我拒絕！」）

這可是打死也不想在脫光光泡著溫泉的時候，從另一個男人嘴中聽到的台詞！安山首相最後只得長嘆一口氣：「就乾杯吧！真是拿你沒辦法……」

奸計得逞，R總理這一口酒喝的暢快無比。呵呵笑道：「禮尚往來，就送你一個禮物吧。你們應該也在進行D．L的戰術實驗吧？」

D．L？安山首相立刻心中警惕：「是『Distributed Lethality』！隱之雷行動小組的項目！可惡、情報還是洩漏了。」

R總理：「當年美國在一月提出，我十月就在敘利亞丟了幾顆巡弋飛彈試驗。不得不說美國厲害，這D．L的確是未來的戰術。但中國卻視而不見，你知道為什麼嗎？」

這是個好問題，美國海軍正在進行的世代改革，其他各國幾乎立刻追隨。安山首相也想知道中國為何渾然不覺？

卻見R總理又露出頑皮的笑容：「你看過星×大戰[19]？」

安山首相：「……科幻巨作，沒看過可能不是地球人。」

R總理：「星×大戰前傳的第二集[20]，武士導師在圖書館也找不到敵人星球的資料，你記得為什麼嗎？」

安山首相：「是因為有國家級的黑手在隱藏……你是想說他們在控制言論？」

---

19 美國電影*Star Wars*（台灣譯作《星際大戰》）喬治．盧卡斯創作。

20 *Star Wars Episode II: Attack of the Clones*（台灣譯作《星際大戰二部曲：複製人全面進攻》）

中國的一黨專制結構，牢牢地控制著資訊的傳播。若說是封鎖了所有消息，那絕對說得通。

R總理：「呵呵呵、呵呵呵……」

實在笑得很詭異，讓人忍不住皺起眉頭。

R總理：「先不告訴你吧，而且……說不定我想的也不對。但是好好留意這點，說不定是勝負關鍵優。呵呵呵……」

真的笑得很詭異，而且這啞謎打得更是弔詭。

可是安山首相卻不敢大意，邊默默喝酒，邊反覆思考全局。忽然想到還有一個腳色沒被討論到：「我們一直沒說到台灣……」

話一出口，突然氣氛全變！

冷冽殺意震撼全場，鋪天蓋地凍結萬物！

瞬間爆發的強猛寒氣！讓身在溫泉浴池的安山首相，竟出現墜入冰河的錯覺！全身僵硬，連抬頭查看狀況都辦不到！

但這壓力來的忽然也去得快，在毫秒之間已回復平常。

兩邊紙門「嘩」的一聲拉開，雙方特勤幾乎同時衝到！麗子雙手竟各持一支袖珍手槍，伊洛芙娜則握著一把半透明，又像是玻璃碎片，又像是匕首的東西。

R總理立刻站起，也不顧全身示人大喊：「退下！全退下！沒事、是我剛剛失控！伊洛芙娜、退出去！」

話雖如此，但對方兩把槍指著R總理，伊洛芙娜怎肯就此退下？

在兩邊走廊傳來吵雜人聲，後方侍衛的反應，看來遠不及場中兩個女子敏銳。但在現場，還有個更慢的。

安山首相「咕」的一聲，好不容易能放下酒杯說話：「這、把槍放下。麗子、把槍放下！叫特勤隊退出去等！」

同時R總理也再喝斥部下，等場面穩定，回頭一臉歉意：「實在對不起，剛剛是我一時情緒上來。請接受本人道歉……您如果要走請先，這溫泉實在很好，還請讓我多留一會。台灣……這台灣……」

原來是因為不小心說到台灣，竟讓這國際公認的高手失控了？

安山首相忍不住想到：「這場賽局中最弱小的台灣，甚至連『國家』的資格都有些問題，竟嚇到這高手？」

而R總理已坐回溫泉中，一陣咬牙後說：「台灣的王牌，是『世界最強的女巫』！安山老弟，你自己小心吧。」

女巫？沒搞錯吧？這是二十一世紀的啞謎嗎？

但R總理再不回話，又朝天仰躺，這次連頭都深埋水中。明顯想隔絕干擾，冷靜自己。

◆

同一時間再千里之外，台灣的國防部會議室內。一名身穿將軍服的男人正在大喊：「我們要用革命性的戰術！才能對抗中國的侵略！」

台灣的搖擺

台灣的原住民淵遠流長，可說是人類史的一頁奇蹟。

進入了二十一世紀，科技終於進步到能利用「人類粒線體DNA單倍體群」（Human mitochondrial DNA Haplogroup），會在長時間中產生突變的特性，確定了遙遠的祖先是由非洲起源，歷經數萬年的遷息，遍佈全球各地。

其中有一脈分支，約在五萬五千年到三萬年前，渡海來到了台灣。之後竟然就在這南北約莫四百公里的小島上不斷繁衍，直到約一萬年前，其子孫才又跨過大海，往東南亞冒險。

然而在所謂「高等文明」於四百年前來到後，對台灣原住民而言，竟是開啟一扇扇的災難之門。即使在進入了二十一世紀，其災厄也絲毫未減。

現任台灣政府的前身，其實在二十世紀初期統治著中國。但卻由於過度貪汙腐敗，最後被人民推翻，只好逃亡到此。

一開始還利用敗亡的剩餘軍隊控制人民，妄想要跨海反攻。但最後終於知道不可能後，人民開始逐漸分成希望能成立新國家的一派，希望能回歸中國的另一派。當然也有很多人無法確定最後想要的結果，於是所謂「維持現狀」的弔詭，反而成了民意的大多數。

再加上近二十年，中國經濟開始高速發展後，卻對昔日敵人箝制更緊。台灣國際空間於是日漸艱難。國運不順，人民也因此缺乏安全感，各種爭吵的聲音也就不曾間斷。與其說全國都在十字路口，不確定要走向何方。不如說是害怕未來的不確定性，於是在猶豫中搖搖擺擺，徬徨不已。

這徬徨的搖擺，更體現在統治階層。

這一日的總統府機密會議中，身為三軍總參謀的趙將軍首先發言：「雖然我們的敵人有數量優勢，但現在的科技足以抵銷這點。依據美國的新戰術理論『Distributed Lethality』，只需添購巡弋飛彈，戰機與戰艦當作後備就可以了。」

趙將軍是眾所周知的激進派，發言總是慷慨激昂。而與會的另一位錢院長，就屬於老成持重的保守派，此時擔憂地說：「難道你想和美國買巡弋飛彈？對方一定會獅子大開口，而且經費實在不夠用阿。」

趙將軍：「為何要和美國購買？我們自己就有雄風二E型飛彈，甚至已經有陸射機動車，和艦射的版本。在這基礎上改良，只要增加能攻擊船艦的型號……」

錢院長：「那還不是要花錢研發嗎？預算實在不夠啊，可能排到三年後……」

趙將軍：「三年後都來不及了！這是怠慢軍機！」

錢院長：「你要這樣說，我也沒辦法呀！」

兩人眼看要吵架，幸好有和事佬出聲。

孫立委：「兩位國之重臣，請先冷靜一下吧。」

這位在選舉中無往不利的孫立委，是執政黨與總統的重要支柱。讓在爭吵的兩人也不能不給面子，先停息了爭議。

孫立委：「這趙將軍的說法很對，的確國家安全是重中之重。院長真的不能想想辦法嗎？」

既然掌握國家預算的立法院，都說要協助了。行政系統的頭頭也樂於配合：「那麼有個『大學退場基金』，本來是讓那些大學延後關門，好讓教職員找工作、學生有時間轉校的。現在先將學校關了，馬上就有……」

孫立委：「不行！教育的經費，一毛都不能少！」

剛剛還有希望，現在卻一盆冷水澆下來！趙將軍忍不住大叫：「為什麼？那些大學反正要倒閉的啊！」

孫立委：「你怎麼知道這剩餘的幾個學期，就不會出一個未來的愛因斯坦？而且最重要的是，要是被家長群集抗議！那下次『選戰』要怎麼打？想想看還有沒別的地方……」

錢院長：「可是你這麼說的話，一下子也找不出來阿。」

趙將軍：「選舉不是你家的事嗎？國家安全比較重要啦！」

孫立委：「你說什麼？剛剛是想要幫你耶！」

在會議桌另一角落，傳來莊嚴的聲音：「你們都不要吵了！應該再想想別的方法。」

三人回頭一看，原來是德高望重的李姓國策顧問。因為創辦世界級的非營利性的宗教慈善團體，因此被總統延攬為國策顧問。

雖是政治、軍事界的素人，但李顧問在民間聲望之高，甚至被信徒尊稱為「聖師」！現在有話要說，其他三人忍不住屏息聆聽。

李顧問：「我們應該抱持著世界大同的博愛精神，去感化我們的敵人……」

三人：「有沒搞錯？又不是傳教！」
真的太誇張了，會議室氣氛一時紊亂！
趙將軍：「只有飛彈才實際啊！」
錢院長：「但是國庫沒錢啊！」
孫立委：「不可以動教育經費，家長會抗議的啦！」
李顧問：「要有愛心，必須要有愛……」
吵吵雜雜、搖搖擺擺、惶惶無所重心的樣子，也可以說是這時代台灣的寫照。從最底層的升斗小民到最高階的政府要員，似乎每個人都缺乏了放眼未來的膽識，而只能糾結於短視的看法。
趙將軍：「要用新時代的戰術，保國衛民！」
錢院長：「窮兵黷武、會讓政府倒台阿！」
孫立委：「教育是百年樹人，家長更是衣食父母！」
李顧問：「要用愛化解一切……」
「好吵阿～你們能停一會嗎？」
這一次是女子的聲音，雖然是中年略帶撒啞的嗓音，更讓人感不到一絲活力。但這有些虛無的語氣，卻讓在場四人同時閉上了嘴。
李顧問：「對不起、總統女士。讓你看到失態的爭吵了。」
四人雖身為國家重臣，在總統面前，還是要注重禮數。
「你們～嚇到我的貓了～」

趙／錢／孫／李：「……」

在會議桌的最末一頭，那緊緊將自己縮在座位上，雙腿合攏綣曲到胸前，雙臂又環抱著膝蓋，只手伸一指小心的逗著眼前貓咪的女子。正是台灣人民所選出的，史上首位女總統！

雖然中年以上，但素顏卻看來約莫三十。過時的黑框眼鏡，配上一頭短而直，卻略嫌老氣的髮型。加上在只有自己心腹的場合，就毫不避諱地捲在椅子上，只和貓咪墜入無人世界的習慣。為這位台灣第一位女總統，贏得了「愛貓小姑」的稱號。

但這女人，也不是靠那副不食人間煙火的模樣，在吃人不吐骨頭的慘烈選戰中勝出。

愛貓小姑：「其實趙將軍的提案是正確的，就請錢部長先挪用那個基金，李顧問去和家長們溝通，孫立委隨後發表一分『學生應該儘早遷移到穩定就學環境』的前瞻社論，這樣行了嗎？」

「……」

趙將軍：「誓死守衛疆土！」

錢院長：「能收支正常實在太好了。」

孫立委：「這樣連任的希望又大了一點，謝謝總統。」

李顧問：「我會用愛感化那些家長。」

這時代的台灣，大概就是這樣。一切吵吵鬧鬧，偶而有小成就高興一陣，然後繼續吵鬧搖擺。

而作為領導的愛貓小姑，也只能就這樣隨波逐流，卻也無力掙脫現狀。

就在下一個議題要開始時，幕僚跑步過來小聲說道：「報告總統、是『老骨師』。他說那瓶酒不錯，再加一瓶，就肯安排見面。」

愛貓小姑一聽，立刻「刷」地一聲站起，對其他人說道：「我要去花蓮市，你們慢慢討論，回頭再告訴我結果。」

趙將軍：「長官慢走！」

錢院長：「阿、是要去花蓮視察酒廠嗎？」

孫立委：「酒廠好像在宜蘭？」

李顧問：「好酒釀和平愛……」

◆

從台灣的首都到目的地的花蓮市，需要越過島中央的高山山脈，因此愛貓小姑招來總統專機。但護衛們，卻對另一個滿身酒氣的老人，投以厭惡與不解的眼光。

老骨師：「好酒……呃！真的是好酒！老夫不知要摸多少骨頭……呃、呃……才能買得起這樣一瓶酒？呃、呃、呃！沒想到卻一次喝到三瓶！呃、呃……」

所謂的「骨師」，是這海島一種傳統的占卜師。據說能透過人骨架的結構，推斷其一生的運勢。

愛貓小姑：「那可是特別從法國的拍賣場競標下來的，每瓶的價值，可以買一部豪華跑車。」

老骨師：「哇！哦、難怪……呃、呃、剛剛一口氣喝掉……呃……後勁會這麼強！」

一口氣喝掉三瓶高級酒？眾侍衛心中，不由得響起了「浪費」這個名詞。

專機一降落，老骨師就要求總統和護衛隊全部輕裝打扮，並領著人到火車站旁。

老骨師：「現在最重要的，有帶貓過來嗎？」

「喵」的一聲，從護衛手中的籠子發出，算是回應了。

老骨師：「那就萬事俱備了！現在要見想見的人，只須請總統女士帶著妳的愛貓，從這條路走過去。不准其他人跟著！」

護衛：「不可以放總統一人！萬一出事怎麼辦？」

這問的合理，但老骨師卻笑嘻嘻地，有些不正經地，把右手穿過胸前沒扣好的鈕扣，就輕輕地撫摸著自己的左邊鎖骨。那模樣看起來，就像無賴正在粗俗的抓癢，卻又透露出些微詭異莫名的氣氛。

老骨師：「這可是市區阿，治安沒問題的。而且只有一小時，應該很安全啦。」

護衛：「是……阿……只有一小時……應該……沒問題……」

還沒問題呢？根本人都被法術控制了！

警覺被做了手腳，愛貓小姑的雙眼充滿警戒，瞪著眼前的老頭。

老骨師卻收斂了嘻皮笑臉，還躬身行禮說道：「我完全沒有聯絡阿蜜提・都印（Amitir Dogi）小姐，如果小姐知道有人在找她，一定會躲得遠遠地。是否相信老夫，完全是您的自由。但想找到這『最後王牌』的唯一方法，只有用機緣巧合地去『撞』才行。請總統親自踏上冒險之路。且看是否有緣，讓您找到『最強的女巫』協助，渡過這一難關！」

還有一張王牌

花蓮，在台灣東側面向大海的突出地上。古稱為奇萊平原，現在是人口超過十萬的都市。

而這代總統「愛貓小姑」，此時孤身一人漫步在花蓮市的街上。

將肩背微微捲駝。似乎在注意路面似的將頭低下，又雙手將小貓環抱在胸前，恰恰巧妙的遮掩了面容。就這樣不徐不緩地走著，在過往人群中竟似空氣一樣。沒有任何人注意到，剛與當代海島的總統擦身而過。

此乃愛貓小姑特有技能、「不顯眼的貓步」。

但愛貓小姑銳利的眼光，在過時的黑框眼鏡掩護下，沒有放過路上任何線索。

只是心中不斷抱怨：「這個老骨師，除了要我去『撞』機會之外，就沒任何說明了。該不會是在耍我吧？」

嚴格說，全世界的情報機構，都沒有這神祕女巫的完整資料。幾張模糊的照片，算是唯一的線索了。

愛貓小姑：「居然連我這總統，都不知道自己長大的國家，藏有如此祕密。」

一面觀察四周，忍不住一面回想已知的資料。

現代科學已證實，這海島的原住民，最早在五萬多年，就已來到此地。在大多數族群，尤其是後世通稱為「平埔」的部落間，通行以女性為尊的「母系社會」制度。雖然如打獵、戰爭等高風險的職務還是由男性擔任，但是部落與家庭的最高權力，甚至是財產的繼承權，全都是由女性主導。

愛貓小姑心中假設：「傳說中那女巫的血脈也只會生育女兒，代代以女相傳。難道真是從遠古萬年前，就在這海島流傳至今嗎？」

更有甚者，台灣上的傳統部落、種族複雜。這神祕的女巫血脈，卻不定於特定的族群發展。反而在不同族群之間游移，每在一個部落待了一代或兩代，就會離開又尋找新的安身之所。

而到了近代。根據未證實的傳說，台灣被日本占領時期，甚至和其中一位總督、明石元二郎生下女兒。而明石元二郎年輕時，曾在歐洲進行諜報與滲透的工作，就把那一代的女巫帶在身邊。

雖是沒有實據的傳說，但明石元二郎的一生還更為傳奇。不但煽動歐洲大國的叛黨推翻國家，在缺少經費時，還能從賭場大贏獲得。後人給予的評價，竟認為其一人，可抵得上二十萬大軍。若說身旁有法術高強的女巫在輔佐，還滿合理的。再加上又是唯一葬於島上的總督，不免替這個傳說增添幾分遐想。

但想到這裡，愛貓小姑：「……情報員總督加上神祕女巫，一起闖蕩世界大戰時的歐洲嗎？簡直像三流言情小說了，實際點！」

真正能確認的資料，來自前總統的機密檔案。

在上一次世界大戰後，老蔣將軍在中國的內戰中落敗，只能帶領殘餘的軍隊退守台灣。於是將眼光投注在禁忌的武器、原子彈之上！只是國際現實，要獲得原料或隱瞞情報都不容易。但蔣家的第二代，卻找到了強力的支援，讓計畫順利的進行。

愛貓小姑小忍不住身上一陣寒顫：「為了發展禁忌的武器，而接觸了更詭異的黑暗女巫嗎？」

原子彈的發展，最後還是曝光了。當確定無法抵抗國際壓力，而必須結束的那一天，第二代的蔣總統竟赫然病逝。同時，神祕女巫也消失無蹤，估計是又隱藏了起來。

但分析幾份絕密的檔案後，愛貓小姑卻可以肯定：「當時前總統所接觸的，應該就是這位『阿蜜提．都印（Amitir Dogi）』的母親！」

而「阿蜜提」這名字，更成了近代不見光的情報間諜戰場中，最為人所懼怕的存在。

總是忽然出現，展現超自然的魔法威能後，又復消失無蹤。立場忽正忽邪，行事隨心所欲，從不屬於哪一陣營，各方都吃過這女巫的苦頭。

愛貓小姑卻孤注一擲：「只剩下這個方法了！」

如果依照現實世界的法則，那台灣怕只有任人宰割一途。現在唯有超越自然的力量，才能在這場殘酷的國際賽局中生存！

思念至此，愛貓小姑忍不住咬緊牙關！只是眼看都快一小時了，還是沒有任何發現……

「哇！好漂亮的貓呀！」

咦？是在說自己的貓嗎？等等？被發現了？

「不顯眼的貓步」，雖然看來很像是躲避人群獨行的老太婆漫遊，但其實是極難修練的一種「體術」。在過去與政敵周旋之時，愛貓小姑甚至靠這技能，幾次躲開對方的刺客暗殺。是誰？竟能識破這獨門絕技！

愛貓小姑不禁大為緊張，一轉頭卻呆了。

那是一個年約六、七歲的小女孩，正睜大眼睛，用羨慕的神情看著自己與手上的小貓。

這漂亮的小女孩五官輪廓鮮明，比起身為漢族的愛貓小姑，有著更深刻而立體的輪廓。此時立刻醒悟：「是在地的原住民、阿美族（Amis）的小女孩嗎？但是、這眼睛……」

這女孩的一雙眼珠，是水綠色的！而且從眼珠到瞳孔中央的色調層次分明，要說是像多層的水晶玻璃或寶石般艷麗，不如說是充滿著活力與生機的綠色清泉。從所未見的美麗眼眸，竟讓一國元首不由得看傻了。

小女孩卻突然大叫：「小心！」

一回頭已來不及了！當今總統就這樣撞上了，連砂石車都要投降的公路霸王……「電線桿」！

……「咚」……

小女孩：「對不起，阿姨。很痛嗎？」

實在撞的不輕，愛貓小姑眼鏡都裂了，還眼青嘴腫流鼻血。小女孩於是又扶又拉的，讓狼狽不堪的「阿姨」坐到一旁公園椅子上。

抬頭一看，這公園還掛著布條，上寫「部落社區學生藝術展」。而且四周還布置了不少畫架、雕塑作品，甚至有免費提供茶飲，參觀人潮也不少。似乎都是家長帶著小孩，邊吃點心邊八卦是非。

愛貓小姑心想：「應該是附近的學校辦展覽，借用了社區公園。」

而那小女孩一看大人沒事，又將注意力放在貓咪身上。

「真的好漂亮歐，從沒看過這樣可愛的喵喵。」

愛貓小姑：「這隻貓咪，叫『彩香香』。」

「彩香香妳好、我叫翠絲特・阿蜜提（Trista Amitir）。」

「喵～」

這叫翠絲特的小女孩，還真的就這樣和小貓玩了起來。

只是一旁的大人聽到，卻是如雷灌頂，心念電閃：「沒有聽過那阿蜜提有女兒！但是阿美族傳統並沒有『姓氏』，而是『連名制』。母親的名字，會放在女兒的名字後面。難道……難道……」

再仔細的看著翠絲特，心中忽有所感……

愛貓小姑：「翠絲特小妹妹，能叫妳媽媽過來嗎？阿姨只想說幾句話就好。」

翠絲特：「那彩香香陪我玩！」

愛貓小姑：「好、但是小心被她抓、啊……」

這時更確認，眼前這女孩絕對不普通。貓咪即使再馴養，遇到陌生人時還是會或抓或咬的反抗。但翠絲特動作粗暴，雙眼卻散發異樣的迷惑異光。別說彩香香一接觸就癱軟無力，連愛貓小姑也一時間動彈不得。

結果可憐的貓咪，被小女孩高舉過頭放風箏，一溜煙就跑不見了。

愛貓小姑忍不住心頭一熱：「天佑台灣……」

同時透過有裂痕的鏡片觀察四周，絕不想因為大意，而放走難得的機會。

但這時……注意力卻忍不住被無關緊要的東西吸引。在公園裡的畫作，其拙劣的筆法，一眼即知是屬於小學生的作品。

只是幾幅畫作的主題，竟然充滿一股殺褥之氣？不但有士兵砍人、放火，也有看似平民，半夜騎著牛逃亡的構圖。

但最駭人的一幅畫，竟畫著一個女人被夾在巨大的木板間，幾個士兵卻似在木板上用力踩踏，把那女人被壓得全身是血。而在一旁卻似是個男人被綁在木樁之上，身上全是傷口……

即使面對強權也不皺眉頭的愛貓小姑，現在卻是寒毛倒豎：「這是怎麼回事？為什麼學生的畫畫中，會有這樣的怨氣？」

「這、就是Lanas na Kabalaen！」

清冽的女子聲音，音調不高，卻讓人感到沉著的力量。然而可怕的是，這聲音似乎就在身邊說出，一種莫名的恐怖，竟壓的愛貓小姑無法抬頭確認什麼人在說話！

「Lanas na Kabalaen是葛瑪蘭族的說法，在漢人歷史紀錄中，被稱為『加禮宛事件』或稱『達固湖灣事件』。」

不快不慢，毫無起伏地說著。但聽的人卻感到無比沉重的壓力，冷汗早已流了一身。

「一八七五年起，沈葆楨進行『開山撫番』。若不服招撫，便以武力侵略。終於在一八七八年時，遇到噶瑪蘭族（Kebalan）和撒奇萊雅族（Sakizaya）聯合反抗。」

毫不理會聽的人如何反應，那女子繼續說道：

「一八七八年的十月一日，清軍成功以火攻突破奇萊平原防衛，大頭目古穆．巴力克（Komod Pazik）隨後被清軍凌遲處死。其妻子、伊婕．卡娜蕭（Icep Kanasaw）被用兩塊茄冬樹幹夾住，並指揮士兵踩踏致死。不但如此，戰役後還強行進入部落捉拿青壯年，將四、五千人綑綁後屠殺於美崙溪畔。只有大約四百多年輕人，還能及時騎牛逃往南方的阿美族。」

也許是這一段過往太沉重，連那神祕的女子都要稍微緩一口氣，才能說道：「這一場屠殺後，噶瑪蘭族元氣大傷，撒奇萊雅幾乎滅族。雖然我也不願意小孩子接觸太悲傷的故事，但老師說的也沒錯！歷史只能諒解，不能遺忘或扭曲……所以……漢人的總統！」

這女人、絕對是那叫做「阿蜜提」的女巫！

但愛貓小姑此時在這股詭異的氣氛之下，竟除了全身不由自主地顫抖之外，什麼事都辦不到！

阿蜜提：「我知道妳為何來這！卻沒有協助的義務與意願！現在，妳就哪裡來、給我滾哪裡去……」

翠絲特：「wina！（阿美族語、媽媽）妳看、好漂亮的喵喵喲！」

這小女孩亂入的時機妙絕顛豪，只一句話就讓全場壓力消失無蹤。兩個大人也忍不住先轉過頭去，竟看到可憐（？）的彩香香。不但脖子上綁了一個超大的紅花蝴蝶結，而且還被鋪了粉妝，更被畫了……眼影？

愛貓小姑：「嗯、彩香香是『公』的……」

那為何取這種名字？

把小貓翻過來一看，翠絲特：「真的耶……哇、居然是『偽娘』貓！阿姨、彩香香再借我一下，要給他穿洋娃娃公主裝！」

說完又是一溜煙跑走了，剩下的兩個大人都忍不住心想：「這隻貓，以後會不會有心理創傷啊？」

而愛貓小姑更是暗自祈禱：「彩香香，你就替國家犧牲吧……」

至此總算能抬頭，一睹這傳奇女巫的真面目。

深邃的五官輪廓，明顯地眼窩與稍微俊俏的鼻樑，與漢人那種平板的印象截然不同。長而卷的睫毛之下、雙眼似乎看到有種衝動到要爆發的情緒，卻又重重鎖在漆黑瞳仁中。

這就是震驚黑暗世界的神祕女巫？

愛貓小姑緩緩站起來，與阿蜜提面對面才發現，那女子有著傲人的身高，與堪比模特兒的身材。只是對方也不掩飾其輕視與嫌惡，讓身在政治戰場打滾已久的總統，立時明白：「機會只有一次！第一句話說錯，就全白費了！」

本能反射，愛貓小姑竟然在這關鍵一刻，不依靠全盤的思考，而是下意識地說出：「翠斯特小妹妹，是混血兒？」

這倒是沒有意料的開場，連阿蜜提也不禁一愣。但接著臉色一沉：「所、以、呢？」不善的氣息如潮水般湧來，要是愛貓小姑第二句接的不好，說不定就會成為台灣第一位任內「無故失蹤」的總統。

但總算是讓自己接了第二句，而身為政治家的專業，就在此刻展現。愛貓小姑：「翠絲特（Trista）應該不是阿美族語，而是拉丁文『用微笑化解』的意思吧。不難想像，小妹妹在這裡的生活，每一天都充滿了歡樂。」

阿蜜提：「……」

沒有回罵，就是好反應！愛貓小姑再接再厲：「對於漢人過去所做的一切，我們願意以最大的誠意來面對。但今天您如果繼續置身事外，說不定能讓翠絲特每天笑容滿面的環境，就不復存在了！」

話一說完，才發現所用的策略，和賣兒童學習教材的三流業者沒兩樣。但女總統也再無他法。只有賭了！

在互相沉默了幾秒之後，阿蜜提轉頭看著拚命幫貓咪穿上小洋裝的女兒：「反正妳都找到這裡來了，說說看吧。」

這一瞬間，愛貓小姑心情激昂：「終於、台灣還有一張『王牌』！」

◆

過了不久，台灣的女總統正式發表聲明。對於過去原住民所承受的不義與痛苦道歉，並突顯了原住民族是「原來的主人」的地位。在總統府的大門口進行呼喊儀式，現場並點燃小米梗，象徵引導原住民族祖靈一同前來，共同見證此一歷史時刻。

攻略神盾01

國際局勢動盪，一種莫名的預感，也影響著隱之雷行動小組。演練越趨認真，態度也更為積極。

今日的演練項目，是試驗要如何讓飛彈越過長距離射程，攻擊移動中的船艦。

虎次郎：「呼呼、越來越像實戰了。來吧！像是兵蜂一樣，跟在蜂王的後面吧！」

現在心忍特零的後方，有六架TACOM無人機編隊飛行。而這類似電子遊戲的場面，讓虎次郎精神都來了。

但這個高興的情緒，並沒有感染到上司。古式村弎：「別老是用一些古老的遊戲比喻好嗎？注意眼前的任務！」

虎次郎：「那用一九四五或雷電呢？」

古式村弎：「那還不是一樣古老？再囉嗦就關禁閉……」

珍妮弗：「哎呀！沒想到古式中校也對電子遊戲這麼熟悉？連年代都知道。我也很喜歡玩TwinBee（兵蜂的英文名），而且也有學術研究，電子遊戲能激發想像力悠。」

古式村弎：「……」

虎次郎：「沒錯、沒錯！東鄉中尉也是這麼認為的吧？」

東鄉蒼月：「沒玩過，跟不上你們在說什麼？」

這一次由東鄉蒼月駕駛心忍特零，虎次郎擔任電戰官。也就因為東鄉蒼月是出了名的「無法干擾小姐」。虎次郎才敢在任務中，還哼起了卡通主題曲。

高進武雄則又是擔任觀測機：「如果換成別人，早就向你提抗議了！神佑子中尉休假，還沒回來嗎？」

古式村弎：「她祖父病危，要延假一天。時間差不多了，準備進入模擬訓練！」

高進武雄：「收到、確認模擬訓練開始，觀測機進入監視位置。」

東鄉蒼月：「確認模擬訓練開始，進入無線電緘默狀態。」

這次演習的場景設定，在接到敵方軍艦情報後，由一千公里之外發射巡弋飛彈。更誇張的是，還設定對方會干擾衛星訊號，因此衛星偵測與GPS全球定位系統的使用受到限制。因此需要在接近目標時，利用無人機偵查出正確的情報。

高進武雄：「觀測機通報、發射偵查用TACOM二號、九號！」

但這次也一如往常……

珍妮弗：「偵查用TACOM才發射，心忍特零就進入了最佳攻擊位置。你們真的沒有『內部溝通』過，相關的演習資訊嗎？」

古式村弎：「不要說得好像有人作弊一樣！跟你說沒有，就是沒有！」

幾次演練後，再遲鈍的人，也開始注意到心忍特零的獨特性能。此時更用超越一般飛機的靈敏，在急轉後一翻身往目標衝去。

DARPA的技術顧問、看似年幼女童的溫蒂卻驚訝地問道：「剛剛那一個，是高G的動作吧？」

所謂G，就是代表地心引力的單位。例如戰鬥機在高速動作時離心力，若是地心引力的3倍，就簡稱為3G的動作。

古式村弎：「目測應是4G到5G的戰術運動，有問題嗎？」

溫蒂：「在座艙內的感測器，傳回的數據是1.3G。原來如此，這樣我知道心忍特零的祕密了。」

真的嗎？兩位美女中校忍不住看了過來。

溫蒂：「現代戰機是所謂『智慧操控』（Intelligent Flight Control System亦即IFCS）。駕駛員的操縱轉變為輸入訊號，由數位電腦綜合飛行情處理後，再輸出指令給操縱系統。電腦達成駕駛要求的操作，但卻不完全是駕駛一開始輸入的操作。」

兩位美女中校點頭表示了解，現代戰鬥機是人給電腦命令，電腦操縱飛機。

溫蒂：「可是你們看傳回來的動作數據，在飛行員操縱前的10～20毫秒（〇・〇一～〇・〇二秒），心忍特零已預先做好準備的動作。就像是人從高處跳下，會先彎曲膝蓋承受衝擊一樣。心忍特零『預知』了飛行員的操作，而先做出抵銷動作，讓操縱的體感最佳化。」

珍妮弗：「預知？等、等等！這也太玄了吧。」

古式村弎：「真不愧是我國的技術結晶……」

珍妮弗：「還真敢說？妳不害躁嗎？」

古式村弎：「……」

溫蒂：「其實這個問題很簡單，只有沒220智商的人，才搞不清楚。」

這句似乎得罪的人多了！不過兩位菁英女軍官，還是忍下了脾氣，催促著要知道答案。
溫蒂：「結論當然是因為、『心忍特零是活的啊』！這點也不懂？智商真的有問題！啊、這集的彩虹×馬，音樂真的好好聽啊……」
還沒說完，就毫不在意地切換卡通看了，也不管兩個美女在那大眼瞪小眼。
古式村弎：「……珍妮弗中校……」
珍妮弗：「……我知道，我會問問長官是否能換人的。」
確實這樣的反應，算是人之常情。但是、220的智商可不是開玩笑的。心忍特零＝望月心一郎，還真的在思考要如何完美的執行任務：「就算是神佑子不在，還是要認真表現！」
【主動有源相位雷達　關閉】
【被動式感應雷達　開啟】
隱形戰機之所以被稱為未來趨勢，就是因為難以被雷達偵測的設計。如果不斷發射雷達波，去提醒對方自己的存在，那就應了「搬石頭砸自己腳」這句話。所以在進入危險的空域時，會切換成只接收電波的被動式雷達。
【TACOM二號　TACOM九號　執行偵察任務】
接收指令之後，兩架TACOM無人機立刻前進，執行偵查尖兵的工作。
但那是在人類的眼中！當指令一下，在心一郎的眼中，這二只無人機和自己之間，竟出現了兩條似有若無的線。而且透過這條線，還可以分享TACOM的視野與資料。似乎也能在有限的範圍內，左右TACOM的行動。

實際上這段時間中，心一郎不只習慣了機械飛機的機體，而且更發現透過心忍特零的感應裝置與鏡頭，開始「看」與「聽」甚至「感覺」到完全不同的世界。

當氣壓開始變化，風速開始增快的時候。心一郎能依靠顏色變化，先得知空域內的狀況。

然後就是最不可思議的是，開始看到無形的東西。

首先是電波，當心一郎第一次注意到在空中有像是水波漣漪一樣，波紋還發光的東西，自己也嚇了一跳！不久後發現，這漣漪是從基地的雷達站發出來的。這時才了解，那就是雷達電波。

而且四周還充斥著，各種各樣不同的電波。最常見到的，是到處流竄著，像是某種蚊香的煙一樣卻發著螢光的電波。直到有次偶然飛過，卻聽到音樂與說話聲。才知道那是手機的的通訊。

但比起眼前這個，根本不能相比：「這是刺蝟嗎？還是特大號的海膽？」

無數的雷達波，從前方射來。雖然心忍特零具有抗雷達波的隱身特性，也幾乎招架不來。

心一郎才在猜想，那到底是什麼東西？卻赫然發現，自己的視線開始往前延伸，越過了地平線的限制，看到遠處發散不祥偵查波的元凶。那應該是艘船，或者說應該是艘戰鬥用的戰艦。但是在遠處的那艘戰艦高聳艦橋上，有四面固定的六角型雷達板，而雷達波更從板上以前所未見的密集程度向遠處四射。

古式村弍：「那就是我國的金剛號護衛艦。」

珍妮弗：「雖然貴國國情特殊，但實在話，那就是神盾級驅逐艦吧？」

因為二戰條約的限制，日本無法發展攻擊性的武器。但又有實際上的需要，因此只好使用改變名稱這種掩人耳目的方式。

古式村弍：「金剛級的戰力，與世上其他神盾系統戰艦相當。而神盾系統可說是今天海軍空防系統的靈魂，因此要攻略艦隊，就需先攻略神盾艦！」

說的容易，但是這樣堅強的系統，加上雷達範圍極大，簡直讓人無從下手。而且不一會，TACOM二號竟被偵測到，而判定擊毀。

【判定TACOM二號擊墜】

虎次郎：「可惡！明明TACOM也進行了抗雷達塗料，飛太高了。」

東鄉蒼月：「抱怨沒有意義，TACOM二號退出演習。」

【TACOM二號　回航】

東鄉蒼月：「按照計畫，心忍特零，進入攻擊位置。」

◆

古式村弎：「雖然心忍特零在抗雷達的能力上，比TACOM強多了。但金剛號神盾艦具備『相位雷達』，理論上也能偵測隱形戰機，只是難以鎖定並用飛彈攻擊。」

也就是能發現，但反擊卻不容易吧。

但是看著戰情螢幕上，心忍特零與金剛號的位置。

【心忍特零　進入兩百公里警戒範圍】

【心忍特零　進入一百八十公里警戒範圍】

珍妮弗：「飛行路徑似乎沒有特別壓低，就能做到這樣，心忍特零的設計很到位啊。」

古式村弍：「但也差不多了，金剛號發覺有敵蹤時，心忍特零會放出干擾電波，掩護飛彈進入攻擊路線。」

珍妮弗：「距離越近，效果越好嗎？」

古式村弍：「理論上是這樣，但端看能靠多近。應該……」

【心忍特零　進入一百二十公里警戒範圍】

【心忍特零　進入一百公里警戒範圍】

【TACOM九號　進入兩百公里警戒範圍】

另一架TACOM九號無人機，此刻用非常低的高度，開始向金剛號逼近。飛的低，加上有保護塗層，應該能進入非常理想的範圍。

但重點卻是心忍特零……

【心忍特零　進入八十公里警戒範圍】

【心忍特零　進入六十公里警戒範圍】

金剛號一直沒反應？

從心一郎的眼中，相位雷達的電波與其說「波」，不如說是「射線」。密集而且有力，就像是幾百條水柱，同時噴向自己一樣。

但是心忍特零的機體，卻是特別設計過，名為電波的水柱只會滑過，卻不會反濺出去。於是透過飛行電腦，在面對電波射線時，微妙的調整身體角度。

心一郎：「非常微小的角度、飛行員甚至無法感覺的小變化，就足以抵銷雷達的偵測。」

更有甚者，還能看到整個雷達「氣場」是否有弱點，就像是傳說中、千里眼一樣的能力。可惜只能透過戰術電腦的計算機率，告訴他們可行的路線，決定權最終還是在飛行員手上。

回憶看過的神話故事，心一郎認為：「那些神兵利器都一樣吧，雖然能心有靈犀的告訴主人要怎麼做，而且能小小的調整自己，作出一般武器所不能及的鋒利與攻擊。但是招式決定權，還是在武器所有者身手上。難怪都說，寶劍要佩俠士！要是一個笨蛋拿到，那真是白費了。」

【心忍特零　進入四十公里目視範圍】

【TACOM九號　進入一百二十公里警戒範圍　被偵測】

虎次郎：「呼！到極限了！心忍特零、電戰開始！」

【全頻道干擾　全開】

【電子戰干擾　全開】

「嚎！」

從耳機傳來有如鬼哭神號一樣的嘶吼，是周遭電磁波全被干擾的副產品。心一郎全身此時散發有如浪潮般的干擾電波，往四面八方洶湧擴散！其力道之大，連金剛號的相位雷達波都被沖擊的歪曲！

金剛號此時警鈴大作，同時打出更強烈的雷達波希望能穿透干擾。但這時TACOM九號已突入到足夠範圍！

【TACOM九號　干擾波發射】

「嚎！」「嚎！」

雙重的電戰干擾，讓想要突破的神盾雷達波，卻反讓周遭電磁場只亂上加亂！雷達無力鎖定，遠程標準防空飛彈等於作廢。

忽然幾道人眼看不到的光束，從金剛號射出，那是與電波無關的雷射光學偵蒐裝置。在電磁場一團混水之中，這是最後的保命防線。如果被雷射捕捉，方陣快砲和短場防衛滾筒飛彈就會自動發射。

只可惜對手卻已撤退了！

心忍特零沒再進逼，反而一轉身遠離標靶。只巧妙的操縱TACOM九號進行更長時間的電戰干擾，好掩護撤退。

只可惜金剛號只注意這一側的動靜！

時機抓的妙絕！就在這側干擾波消退時，代表飛彈的六架TACOM無人機已從另一側悄然攻至。同時進入了攻擊範圍。

雖然同時切換光學瞄準，但六顆飛彈卻還分成兩隊由不同方向突襲。一隊發出電戰干擾波，另一隊卻實行「全程靜默被動導引」（No Emit Signal guidance）。完全不發出任何電波，而依靠光學裝置奔向目標。

號稱堅不可催的神盾系統，如今顧此失彼，破綻百出。緊急運轉的空防系統，千鈞一髮的擋下發出干擾波的小隊。但全無徵兆的三枚，最後還是沒能躲過。

【金剛號　判定擊沉】

【通告　演習結束】

這結果讓在金剛號建橋上的正副艦長，忍不住面面相看，表情複雜。

「艦長……」

「我知道……」

「神盾艦的時代，要結束了……」

然而意外卻在這時發生，擔任斷後任務的TACOM九號，不知為何忽然墜海了。

◆

一天的訓練過後，東鄉蒼月來到軍官餐廳點了杯冷飲，卻看到今天本應不在的人。

神佑子：「我回來了！今天怎麼樣？」

東鄉蒼月：「我聽說妳因為祖父的病情，而多請了一天假。」
神佑子：「本來是這樣，但是祖父已經不省人事很久了。現在也只是移入安寧病房而已。」
說著不由的感傷：「其實祖父一直最疼我，常說我和他在大戰中去世的妹妹很像……家裡的事，讓妳見笑了。今天的成績如何？」
若說神佑子是整個小組中，最有活力與進取心的人，相信沒人反對。東鄉蒼月於是一貫不徐不緩地，說明了今天演習的結果。
神佑子：「太厲害了，所以神盾艦也不堪一擊了？」
東鄉蒼月：「這說法不盡正確，神盾艦最強的能力，是配合相位雷達，能應付大量的飽和攻擊。但如今針對雷達下手的作法，等於最強的部分被突破，可說是命中要害。」
神佑子：「確實是！那個TACOM為何墜毀？有說法嗎？」
東鄉蒼月：「沒！」
回答一貫的簡潔，但不久後卻再次提問：「想問妳一下，『望月神佑子』這名字很普遍嗎？」
這問題不但奇怪，而且和眼前的任務毫無關聯。讓神佑子呆了數秒才回答道：「我們家……就我一個啦。但是『望月』是大姓，別人是否有叫這名字，就不知道了……問這幹嘛？」
這反問的好，但東鄉蒼月卻是放下了冷飲，閉上眼睛似乎在思考什麼。好一會才用不卑不亢的音調說道：「其實我奶奶，也是在那場大戰中失去了親人，後來才被東鄉家收養。」
神佑子：「嗯。」
東鄉蒼月：「奶奶在我出生前不久去世了。」

神佑子：「嗯……」

但還是抓不到話題的重點啊。

東鄉蒼月：「但我小時候，常不經意地說出，只有奶奶和爺爺才知道的事情。所以算命的還說，我是奶奶的轉世……咦？那是什麼？」

轉頭一看，剛好可看到一架奇特的戰機正在降落。

兩人立刻判斷，這是屬於隱形戰機的設計。雙座型，明顯有著比心忍特零更壯碩的外型，尾翼是怪異的向下方反摺，而且沒有垂直方向舵。待飛機停妥，出來的飛行員竟是……

神佑子：「高進武雄？」

東鄉蒼月：「這麼說來，他剛剛演習完，就不知飛去哪了？」

神佑子：「所以我們有新飛機了？反正等一下會介紹，想聽完妳的故事先……」

【廣播　所有隱之雷小組成員　到戰情室集合】

【重複　所有隱之雷小組成員　到戰情室集合】

真是打斷的時機太好了嗎？這一次對話，就這樣沒有任何結果了。

◆

在戰情室內，首先就是簡報了這次攻略神盾艦的經過。

雖然其貌不揚，卻有著團隊中，公認最強的分析能力。這次也主導了整個演習的戰術檢討，虎次郎：

「在之前Distributed Lethality所列舉的五種飛彈中，將挪威的ＮＳＭ（Naval Strike Missile）列為頭一個，的確是有其道理。想要攻破神盾艦，挪威海軍可說找對了方向。不但飛彈外型有匿蹤設計，而且完全捨棄主動雷達，使用被動電子截收裝置（ＥＳＭ）。結果就是現代的雷達系統，很難偵測並攔截ＮＳＭ飛彈。只可惜……」

說著放出了今天演習的圖片與數據，並同時說明：「如果我們以戰斧巡弋飛彈為基礎，即使有降低雷達波的塗裝，也無法完全匿蹤。只好退而求其次，利用原本戰斧就有的電戰裝置。基本上一顆發出干擾電波做正面攻擊，另一顆則全程靜默偷襲。今天實驗的結果，可說完全成功。」

最後虎次郎還嘻皮笑臉的說道：「這戰術可定名為『超絕×戰術』，那是本人命名的。」

這話一出，立刻招來一票反對聲浪。

「那個『×』有意義嗎？又不是小學生。」

「直接叫一〇〇一號戰術不就好了。」

「誰記的住那麼多編號？」

「陽動戰術？聲東擊西戰術？」

「那多沒創意！多點想像好嗎？」

「我、我、我、我想到了！」

最後搶話的神佑子，一臉笑意中，也展現著她對事業的創意與熱情。

「就叫做『合法掩護非法吧』！」

「……」

到此作戰戰術與名稱確定，還帶出另一個議題。

虎次郎：「以巡弋飛彈速度而言，一千公里的攻擊距離，可說是極限。如果距離再長，不是那麼容易掌握，只怕飛彈的『失落率』，會明顯的攀升。反過來說，再這樣的範圍內，如果有先安排好中繼點，用無人機帶領，或是鎖定特定地標的話，也可以大幅減少對GPS衛星訊號的依賴。」

眾人都點頭表示理解，現代戰爭中GPS衛星訊號極易被干擾，一味的依賴是不明智的。

溫蒂：「對了，有關無人機。TACOM九號之所以墜毀，是因為無法承受本身的電戰干擾所致。」

咦？但之前不是用了好幾次了嗎？有人這樣問道。

溫蒂：「這是消耗的問題，TACOM上的電戰系統，和心忍特零、EA-18G咆嘯者同級，但結構卻非特別為電戰設計。再經過幾次使用後，電路板會出現損耗。如要改進，則需要重新設計……」

古式村弎：「不用了，就這樣……在之後的訓練，注意到TACOM的狀況就行。請進行測量並設定一種程序，可以一次將電戰時間發揮到最大，即便將TACOM耗盡也可以。」

那這意思是說，TACOM機已注定在未來的戰事中，作為消耗品了。

古式村弎稍微吞了口水後，繼續說道：「我們沒有時間了。」

這句「沒有時間了」，赫然挑動在場每一人的神經！代表著現在的訓練，即將要進入真正考驗的那一天。

古式村弎：「高進，『原型機一號』如何？」

高進武雄：「非常好！尤其有武裝這點，非常深得我心。」

古式村弎：「這『原型機一號』，是ATD-X的後續機型，也是未來F3的正式構型。現在為了因應需要，先行改裝上場。具備目前『心忍特零』的諸多功能，並具備武裝。我們必須在最短時間內，熟悉機體的特性。」

「時間……可能真的沒有了。」

隨後，發佈了禁止外出，休假一率在營區待命的命令。一時間山雨欲來之感，籠罩整個基地，讓備戰更趨積極。

首先的項目，就是『原型機一號』。

不但具備隱形戰機的構型，而且比之心忍特零更快，同等級的電戰系統，以及六枚空對空飛彈的內制式彈艙，還有……

高進武雄：「機砲！雖然是二戰後理應淘汰的武裝，但還是讓人血脈僨張！」

進入了噴射機時代，由於相對速度太快，機砲便難有用武之地了。

但是不知為何？人們只要想到空戰，腦中還是會直覺地浮現兩架戰鬥機互相繞圈，咬住對方機尾的空中纏鬥。

虎次郎：「答答答！砰砰！答答答答！喝啊！」

神佑子：「男生……沒救了。」

美女的溫泉會

原型機一號的加入，可說是不可多得的戰力。但只經過一段時間，卻讓人作出如此評價。

「好像是石頭。」

「缺乏一點『靈性』。」

「只是比心忍特零快一點而已。」

心忍特零＝望月心一郎更是體會深刻，雖然功能齊全，但「原型機一號」，其實：「完全沒有靈魂，只是強大的機械，如此而已。」

但是時間逐漸緊繃，讓人連發牢騷都顯得窘迫。

幸好在繁忙的訓練任務中，還有調劑身心的機會。

「溫泉烤肉？」

有這麼好的事？

古式村弎：「正確說法是『溫泉澡塊』，今年勞軍贈送了好幾箱。可以放入浴盆泡澡，也可用配件掛在蓮蓬頭前，用作淋浴的那種。工兵班長於是想出了好主意。把野戰淋浴設備架起來，去沖澡的自己放澡塊，然後在一旁舉辦烤肉活動，我也批准了。」

男生當然沒問題，但是女生就沒那麼好了。

神佑子：「那看來……我得在宿舍洗好，之後再加入大家的烤肉。」

舉手的是國外支援的美女中校，珍妮弗：「既然如此，我有個提議好嗎？由本人出錢，去弄個大型的充氣泳池，就我們基地的女生進行個溫泉會如何？」

古式村弎：「可是要在哪裡進行呢？營區的男生到時一定追著看……啊！有了！」

合掌一拍，奇計橫生：「就在心忍特零的機庫如何？當初為了防諜，保安可是做到滿分，而且隔音效果良好。大門一鎖，保證沒人可以偷窺。」

溫蒂：「贊成！」

神佑子：「可是有必要嗎？」

古式村弎：「沒辦法啊，那可是給本官與珍妮弗中校的最高指示。」

咦？居然有人，能給橫跨兩國的美女軍官最高指令？

珍妮弗：「某作者認為，這部小說太『硬』了。如果不做些什麼來服務讀者，只怕會遭天譴。沒辦法……」

「……」

於是，就這樣定案。

珍妮弗弄來了足夠讓六、七人一起沐浴的圓形充氣泳池。除了兩位美女中校、神佑子、東鄉蒼月外，還有溫蒂（？）

珍妮弗：「你不怕曝光嗎？」（輕聲）

溫蒂：「沒問題，妳看！」
連身的泳裝，而且重要部位、貼得好好地！
溫蒂：「怎麼樣？萌吧？」（輕聲）
珍妮弗：「……」
而且，居然還有別人。
女士兵A：「感謝長官邀請！」
女士兵B：「是啊！是啊！」
古式村弍：「就是你們兩，把我和珍妮弗說成情侶的？」
女士兵A：「真是對不起，但是兩位長官很登對啊！」
女士兵B：「是啊！是啊！連我都想橫刀奪愛參進來了說！」
古式村弍：「……」
於是、搬好飲料與烤肉、點心，泳池灌好熱水後。
古式村弍一把將大門關上，還不忘交代：「你們可別想偷窺啊，不然軍、法、處、置！呵呵！」
裡面有美女六位、年幼偽娘一個、還有……轉生成隱形戰機的十五歲少年。
心一郎：「不會吧？對我這麼好？」
（謎之聲：誰叫你是主角）
而在門外，是一群為目標而迷失的男人。
「當兵兩三年，母豬賽貂蟬！」

「安慰下屬是上司的責任吧？」

「男人的大志，豈可因為軍法審判就卻步不前！」

虎次郎：「看我的！絕不可辜負『毒蝮的駭客』之名，一定要將門打開來！」

現場立刻響起一陣歡聲雷動，只是同僚卻好生提醒。高進武雄：「這樣不太好吧？」

虎次郎：「別裝清高！結果你還不是站在這？要不要來幫忙？」

話說，大家都有電戰官的資格嘛。

◆

神佑子：「這樣、真的進不來嗎？」

溫蒂：「賭上220智商的名聲，為了獨佔各位大姊姊，設下的防壁絕不會被攻破的。」

「……很有說服力啊！」

「波」的一聲，珍妮弗打開了啤酒罐，更毫不客氣把衣服一脫……全裸！笑著說道：「久聞貴國溫泉風氣開放，怎麼大家這麼拘謹？」

這根本是人間凶器了！國際水準果然不同！心一郎只覺電流亂竄，油壓和控制馬達都出現微小的不正常動作。

古式村弎：「咦？久聞貴國包容多元文化，怎麼對這一點事情如此計較？」

轉頭一看，古式村弎居然穿著三點式泳裝出現！雖然重點全遮，而且上圍不如人。但欲蓋彌彰的手法，卻看來更是火辣！

古式村弎：「有必要在這場合還勾心鬥角嗎？就先外交停戰吧。」

珍妮弗：「贊成！國際調停成功！」

按照習俗，幾個女生在過來前，先各自在宿舍沖過澡了。於是除了為首兩女之外，其餘的都穿著部隊連身泳裝入浴。

但即使如此，對生存在過去的某人（機）來說還是刺激太大了。

心一郎：「我是純正的昭和少年啊！」

那可是個純真的年代，可惜一去不復返了。

幾個女生在一起，不多時天性本能即打破上司下屬的隔閡，開始八卦是非起來。

「所以你們曾送巧克力給高進？」

「友情、友情啦！」

「果然顏值很重要啊！我猜就沒人送給虎次郎吧？」

「可是我聽說，虎次郎以前在Y基地時，曾一舉攻陷三胞胎姊妹。」

原來、女生在一起時，都會聊這種話題嗎？心一郎不由心想：「時代、果然不同了。」

「等一下！Y基地三胞胎的事我聽過，那是虎次郎做的？都是大美人耶！」

「所以有傳聞說，虎次郎那裡『雄偉』。」

「可能是真的悠，基地的男同事在淋浴間有看過。」

「真的？連長官我都被挑起興趣了。」

心一郎：「……這是時代的關係嗎？還是根本就不同星球了！」

價值觀，有很大的代溝。

東鄉蒼月：「好熱啊～」

這種水池，熱水維持的效力，應該比不上正常浴池吧？

但是東鄉蒼月：「這裡好熱，我要脫泳衣了。」

說完雙手一分，真的將泳衣蛻下來了。

雖然不能說是扁平，但比一般還小的胸部。心一郎：「精緻！要說精緻！」

完全沒有一絲贅肉的竹竿體型。心一郎：「苗條！苗條才是正確的說法！」

「啪」的一聲，古式村弎也將小泳衣脫了下來：「果然泡溫泉穿泳裝就是怪，還是脫下來好。」

心一郎忍不住讚道：「……不會比外國人遜色啊……」

女士兵Ａ／Ｂ互望一眼，也一起扒掉了泳衣。

心一郎：「配角……還是死心當配角算了。」

神佑子：「說的有理，我也……」

【光學偵測系統　關閉】

心一郎：「不可以亂看！是妹妹啊，不可以亂看！」

切斷了影像偵測，但還是聽到女人們越發吵鬧的聲音，與越發高昂的情緒。

「溫蒂妹妹怎麼還穿著？脫下來嘛！」

「啊！不用、我不用啦！」

心一郎：「對！脫下他的泳衣，拆穿這男伴女裝的傢伙。」
澐之護：「何必呢？他們又聽不到你。」
咦？女神也在？
心一郎忍不住打開了攝影機，果然看到澐之護，落落大方的坐在珍妮弗旁邊。
抑是一絲不掛，然而透過水波折射出的身影。是美麗無暇、是白玉落溫泉、是凝乳透射著柔光。又如天上明月方西沉，一抹銀霜倒映寧靜海。
讓十五歲的少年無法不癡迷，就讓周遭喧鬧還喧鬧，連發自內心真誠的讚美，也像是微不足道的喧鬧。
女神於是伸出食指，擋在朱唇之前，用頑皮的微笑，收下了少年的讚賞。忽然間卻消失無蹤，凡人甚至不知道自己剛剛與神明共浴。
珍妮弗：「一、二……八個杯子。奇怪？剛剛有誰用兩個杯子嗎？」
神佑子：「好像泡太久了，頭有點暈，我先起來了。」
【光學偵測系統　關閉】
再次非禮勿視，直到聽到女人們穿好衣服，打開大門嘲笑在外面失望的隊伍為止。
以營區休假來說，實在可算是最高級的了。
但可惜美好的時光總是匆匆，在遙遠大海的另一頭，驚人的巨變正在改變世界的平衡。在東北亞關鍵位置上的北韓，公然違反了國際協定，進行核子彈的試爆！

美國大亨的戰略鐵算盤

對於重視自由市場經濟的美國來說，選一位在吃人不吐骨頭之商業戰場上勝利的企業家做總統，應該很自然才對。但眼前這位總統，卻由於作風太過強勢，又執意打破現有國際規範，在國內外都豎立不少反對者，而被人授予「大亨」這種介於企業家與土財主中間的外號。但不管如何，在這時代作為美國的領袖，會被當作有維護世界秩序的任務。

但對於北韓公然違反國際原則開發核子彈，這個大亨卻說的直接：「那個『火箭胖子』喜歡玩，到底干我們何事？而且南韓或日本既然不想付擔我們駐軍的費用，還有臉要求保護？」

在大亨面前站著兩人，左側的將軍率先回應：「總統先生可否再與兩國措商？畢竟南韓與日本，對地緣戰略而言至關緊要。」

但聽到建言的大亨卻鼻孔「哼」了一聲才說到：「我知道地緣戰略，就是位置（Location）、位置（Location）、位置（Location）[21]，大家爭取有利的位置！但是要人保護的，還擺出自以為不可取代的

21 美國電視節目The Apprentice（台灣譯作《誰是接班人》）第一季、川普十一金句之一：Location、Location、Location。

高姿態？要知道商場倫理，上司是不與屬下談判的（Don't Negotiate with underlings）[22]！『美國優先』才對！」

這大亨的論點，是唯有美國置於其他國家之上才正確。說是偏執，卻也獲得不少選民的肯定。

但那將軍仍不死心：「總統先生，我軍有自信，能像×國×雙[23]一樣，粉碎北韓的抵抗。」

看到部下如此積極，大亨忍不住說：「不愧是將一生熱情（Passion）[24]都奉獻給戰爭的『狂犬』，但你要如何防止中國出手干預？」

這位發言的將軍，生平所立戰功無數，更是打從心中熱愛戰爭，更被人號稱「狂犬」。

曾在中東的戰場上，也不等友軍支援，又違背上級命令，自己帶著少數部隊進行衝鋒。沒有後援下以少擊多，無異於找死！但這狂犬卻是橫掃千軍，勢如破竹，最後在極少的犧牲下大獲全勝。

仗打得漂亮又沒多少傷亡，上級於是對狂犬的行為不予處分，還光榮陞昇。

但只過了幾日，狂犬發現敵軍正沿著一條公路撤出戰場。

對手夾著尾巴逃跑，勝利等於是囊中之物了。狂犬卻傾全軍之力，對敵方發動突襲。

這場戰役被號稱「公路殲滅戰」，正如其名為一面倒的屠殺。只想撤走的一方作夢也沒想到會被趕盡殺絕，經過十小時的慘烈攻擊後，將近一千八百輛各式戰車與車輛，在這三十六公里長的公路中被燒成廢鐵。沒有任何俘虜，死亡人數至今無法統計，而美國士兵竟沒任何傷亡。

22 美國電視節目The Apprentice（台灣譯作《誰是接班人》）第一季、川普十二金句之一：Don't Negotiate with underlings。
23 日本Koei Tecmo開發的電子遊戲系列，已一騎破敵的爽快戰鬥著稱。
24 美國電視節目The Apprentice（台灣譯作《誰是接班人》）第一季、川普十二金句之三：Passion。

獨斷獨行、手段兇殘卻是用兵奇才。讓狂犬在軍中的聲望一直不低，也讓上層對其好戰性格充滿顧忌。於是雖然獲得「將軍」的地位，卻被冷凍在閒職。直到更為狂妄的大亨當選總統，才一口氣將其拉拔上來。

大亨：「你最好知道我們要對付的敵人（Know what you are up against）[25]！如果真要動武，在中國反應以前，對北韓進行精密的『外科手術』攻擊，或許是唯一的選擇。」

這種由醫學專有名詞延伸的軍事行動，代表一種非常精確的打擊武力。在第一時間除去目標，卻不傷及平民的戰術。但中國視北韓為重要的盟友，也因此讓任何的國際制裁，都要因為中國的因素而大打折扣。

但這時狂犬卻笑得似有某種深意：「總統先生，如果中國本身……先跌了一個大跤，那還能夠阻止我們嗎？這邊有一份重要的情報，天使和我已先研究過了，確定可信度極高。還請總統先生過目……喂！情報的天使！」

右側的男子，一言不發的送上資料。

這人雖然被冠以「天使」的外號，但身材削瘦、而且皮膚又白又乾讓人聯想到鹽巴。加上沒有血色的臉頰，配上似乎沒有生氣的眼神與單邊金絲眼鏡。說是剛做完喪禮的葬儀社老闆，一定不會有人懷疑。世界對這天使的所知極少，但此人牢牢的掌握ＣＩＡ這世上頂尖的情報機構。不同黨派的幾任總統，也都對天使投以最信任票。

25 美國電視節目The Apprentice（台灣譯作《誰是接班人》）第一季、川普十二金句之四：Know what you are up against。

只是大亨看過報告，臉色卻越來越嚴峻。又再反覆看過幾遍後，忍不住大吼一聲：「我不相信！」同時握拳重擊桌面，毫不掩飾怒氣。但見狂犬與天使竟毫不所動，似是早已預料到這一幕。大亨於是直說：「做生意的秘訣，就是『你必須相信』（you have gotta believe）[26]！相信自己，相信直覺或信念。但現在你居然說一個世界最專制、控制最嚴厲的獨裁政黨裡，竟有『叛亂組織』隱藏！而且計畫要讓士兵全戰死大海，好讓自己能掌權？這種事要我怎麼相信？」

情報天使開口回應，語音似乎無力又乾澀：「我工作所接觸的人，多的是叛國、賣友、虎毒食子、殺親求榮的混蛋。所以……」

大亨：「所以？」

天使：「所以想另一層，這些傢伙也許像是『發條××戰記天×的××之星』[27]中，那個女皇一樣。因為有感於國家已澈底腐敗，而想用戰敗，好讓國家獲得新生的機會。也許……從這觀點來看，他們並非只是一般野心家而已。」

大亨：「我知道那本輕小說，你的『×』用太多了，但確實提供了不同的角度思考（Think outside the box）[28]。那麼……狂犬、你從傳統的角度呢？」

狂犬：「中國有著非常宏偉的戰略格局，北韓的緯度高，足以牽制南韓與日本。而目前在南海所控制的小島，則是希望能阻止我國海軍北上。那他們想動手的目標，就在中間的關鍵、『台灣』！但是……」

---

26 美國電視節目The Apprentice（台灣譯作《誰是接班人》）第一季、川普十二金句之五：you have gotta believe。

27 日本小說「ねじ巻き精霊戦記　天鏡のアルデラミン」（台灣譯作《發條精靈戰記　天鏡的極北之星》）宇野朴人創作。

28 美國電視節目The Apprentice（台灣譯作《誰是接班人》）第一季、川普十二金句之六：Think outside the box。

大亨：「英語的『但是』，簡直是文學的惡魔。有什麼想法就快說吧！」

狂犬：「宏偉的戰略，必須建立在堅實戰術基礎上。要是一旦海軍戰敗，過於精密的戰略也就同時崩潰，最後將全盤皆輸。」

大亨：「他們即將有三個航空母艦打擊群，但你卻認為會戰敗？」

狂犬：「中國海軍，如果沒跟上『新時代海戰思維』。即使只與日本單打獨鬥，都可預見結果將再次『敗在海上』！」

天使：「而這樣的戰敗，無疑就是那叛亂集團，所等待已久的機會。」

精闢的分析，讓大亨深思了好一會，才拍桌說道：「好！我們就當作這樣，順著這局牌勢打下去吧！」

天使：「那眼前的問題是，要ＣＩＡ去接觸嗎？」

這問題，讓大亨又考量了好一會才說道：「不！如果他們成功，未來需要美國的地方多著。等他們來要求，我們才好開價碼。」

說著大亨眼中卻精光四射：「但魔鬼都在細節裡（God is in the details）[29]，一定要設法探查到細節！」

說完大亨取過桌上咖啡，一口喝完後沉默不語。

狂犬與天使都不敢出聲打擾，他們都知道這位大亨並不是因為有錢，所以能當上總統。在商場中所鍛

29 美國電視節目The Apprentice（台灣譯作《誰是接班人》）第一季、川普十二金句之七：God is in the details。

錬的策略與創意，與國際政治戰略結合後，激發出的奇謀往往出人意表。

再次站起，大亨卻手指著地圖大叫：「我要展現談判的藝術（The Art of Deal）[30]，怎麼可以用這麼小的地圖？給我換張大投影！」

這讓二人不僅啞然失笑，大亨之所以為「大亨」，就是因為這種語不驚人死不休個性。於是搬來了超大螢幕與投影機，地圖占滿整個牆面。這才發現要能順利展示大亨的才智，還需要……

大亨：「椅子、不對！給我講台！不高高在上，怎能展現我的過人才智？」

於是立刻搬來講台，等大亨頭頂天花板，高高在上俯瞰一切，滿足虛榮後，才用著充滿自傲的嘴臉開口：「最近本人才看過一本輕小說，描寫一個女高中生轉生到異世界，而且還成了一隻蜘蛛。」

正要嚴肅地討論國家大事，卻以通俗輕小說為出發點？幸好另外兩人也熟悉這類文化，不然不知要怎樣溝通？

狂犬：「那部小說我也看過，叫做《轉生成蜘蛛×××》[31]、沒錯吧？」

天使：「平凡女高中生，成為異世界蜘蛛，唯有全力求生的故事。腳色設定、一絕。」

大亨：「沒錯、那句『全力』！正是在沒有退路之後，才能激發自己所有潛力。現在的日本就是如此，優渥多年後，即使給他機會，也不敢前進一步。但那樣不合美國的利益！我們的目標，是讓中國與日本互相交惡，各自消耗未來發展的潛力，好讓他們無法威脅我國。所以操作的要點，必須要挑撥雙方，並

30 美國電視節目The Apprentice（台灣譯作《誰是接班人》）第一季、川普十二金句之八：The Art of Deal。

31 日本小說「蜘蛛ですが、なにか？」（台灣譯作『轉生成蜘蛛又如何？』）馬場翁創作。

製造衝突的機會。」

居然同時計算自己的盟友和敵人？狂犬與天使，都忍不住打了個冷顫。

但大亨卻不理會：「現在因為ＴＰＰ[32]這項國際協定，所以日本才會覺得背後還有靠山，也放心將資源運輸的問題都交給我國。但日本是海島，所有資源須從海路運輸，失去通路等於滅亡。

一但我「退出ＴＰＰ」！

日本的危機感勢必讓他們變得更主動，就像轉生異世界的蜘蛛一樣，唯有全力掙扎，相信他們甚至會自己跳出來想主導ＴＰＰ。而這看在中國眼中，可說是阻礙中國向大海發展的仇恨更加一成。」

聽到這，狂犬與天使不禁動容。ＴＰＰ是前幾代總統所設計，用來統籌亞洲國家，遏制中國的經濟聯盟。但大亨卻為了實行陰謀策略，竟是說廢就廢？雖然這世上的策略家很多、陰謀家不少，但有幾個能像這樣「自己」砍掉「自己」提出的一個、對「自己」有極大利益的國際協定？

大亨：「目前我國在日本的駐軍應該有三萬五千人以上吧？」

狂犬：「自二戰以來就如此，這也是我國『佔領』日本的證明！」

大亨：「所以我們要撤退！」

狂犬／天使：「什麼?!」

大亨：「如果繼續放那麼多軍隊在那，那最後反而變成我國要履行宗主國的保護義務。中國也會因為懼怕我國，永遠打不起來。日本民眾還因為外國人長期駐軍的影響，對我國反感。根本是兩面不討好！現

32 跨太平洋夥伴關係：The Trans-Pacific Partnership，ＴＰＰ。

在我們自己將這屏障徹除，他們兩個反而會開始互相看不順眼了。」

話說得有理，天使與狂犬再一次確認，大亨果然是玩弄人心詭計的高手。

大亨卻繼續說道：「但表面上，我們必須堅持契約就是契約（A Deal is a Deal）[33]。所以不必全數撤出，只要先象徵性的撤出這裡……」

說著手指著地圖上的沖繩島，仍是一臉驕傲地說道：「表面上，我們只是大幅調整海外駐軍來減少開支。但到時、中國一定沉不住氣，以為時機到來，呼喚為民族崛起而戰（Stand up for youself）[34]。而日本民風其實強悍，在那種狀況下，更是不會選擇求饒（beggars can't be choosers）[35]。」

狂犬憂心忡忡：「但是萬一日本勝利後，又走回過去的軍國主義要怎麼辦？」

天使卻猛然醒悟：「那是最好的發展。」

國際間多一個對手，卻是最好的發展？這下就算是狂犬，也不能理解了，只好用眼神詢問同伴。

天使：「如果日本最後走回軍國主義，那中國即使戰敗，也不會是個容易擺平的對手。雙方勢必在爭奪東亞沿岸經濟，與東南亞諸國的資源上，互相耗盡國力。未來不論誰有野心，也無法對我國造成威脅。」

話說的有理，果然玩情報的，是比較熟悉狗吃狗的陰謀遊戲。

33 美國電視節目The Apprentice（台灣譯作《誰是接班人》）第一季、川普十二金句之九：A Deal is a Deal。

34 美國電視節目The Apprentice（台灣譯作《誰是接班人》）第一季、川普十二金句之十：Stand up for youself。

35 美國電視節目The Apprentice（台灣譯作《誰是接班人》）第一季、川普十二金句之十一：beggars can't be choosers。

大亨：「除此之外，就是想像對應未來的宏遠格局（It's easier to think big）[36]！你們還記得，我在三月競選時所說過的策略嗎？」

嚴格說這位大亨，可是世間出名的大嘴巴。其承諾多如牛毛，即使天使是情報的專家，依然抓不住重點。但狂犬卻猛然臉色一變：「總統先生您當時是說，要制止北韓，最好的辦法就是『讓南韓與日本發展核子彈』[37]！」

那種發言，任何正常人都會當作是笑話來看待。但是天使渾身一抖，卻反而雙眼放光，直呼：「好計！其實南韓與台灣在一九七〇年代就曾經密謀自製核彈，但是被我國阻止。而日本、實際是世界有數的武器級　原料持有國，一九九五年時該國的『寶石』雜誌就披露，有必要時能在１８３天內製造出原子彈。」

狂犬聽得更是熱血沸騰：「中國和北韓的想法，常以為別人都懼怕核彈。卻忘記了，其實是美國在干涉，所以這些國家才無法放手發展。現在只需一個契機，就能將這些國家帶入『核子競賽』的泥沼！」

有如此了解上司想法的部下，大亨笑得更是得意：「沒錯！這樣即使未來東亞真發生了爭執，大家反而因為核彈平衡，而互相動彈不得。我們不但遠離紛爭，還容易見縫插針！要是這些國家真的互相毀滅，那才是替未來『美國再次偉大』，落實了基礎！」

狂犬：「但這個戰略，必須以日本能打贏眼前這一戰為前提。他們最好有大×神[38]！」

36 美國電視節目The Apprentice（台灣譯作《誰是接班人》）第一季、川普十二金句之十二：It's easier to think big。

37 二〇一六年三月，有關鼓吹日本與南韓應擁有核武的新聞連結。（http://www.setn.com/News.aspx?NewsID=134520）

38 日本漫畫「グレートマジンガー」（台灣譯作《金剛大魔神》）永井豪創作，是「鐵金剛系列」第2作。

大亨：「哈哈哈！機械人嗎？那是老一輩了。所謂『無×轉生，到了××界就拿出真本事』[39]！日本這下就只有拿出真本事一拚！不然、自己轉生去吧！天使你在想什麼？新的動漫作品嗎？」

天使：「不、我只是在想，剛剛這一段談話，牽扯了五個動漫電玩作品，還有總統您在電視秀第一季的十二金句？感覺腦袋都快炸了。」

大亨哈哈一笑，隨手點了一支高級雪茄坐回沙發，神情得意之至，所謂蒼生戰禍，也是種優質的交易。

◆

於是過了不久，正式的交涉文件，送到了安山首相的辦公桌上。

39 日本小說「無職転生　異世界行ったら本気だす」（台灣譯作《無職轉生　到了異世界就拿出真本事》）理不尽な孫の手創作。

宅門外的狂潮暗湧

這一日遲早要來！

安山首相也非常清楚，眼前美國開出的條件，看似妥善的照顧了每一個環節。不但延續了戰後經濟發展與資源要求的承諾，表面上更沒有全部撤出保護，還保留了橫濱等地的軍事維修與港口租用等契約。就像是一旦發生戰爭，還可以隨時支援似的。

揭去了戰後對軍備必須限定在「防衛性武器」的限制，也完全認可了日本應該自主發展「攻擊性武力」以「防衛」自己的主張。更可以直接開口購買任何自己想要的軍備。未來，日本可以完全掌握自己發展的道路。那屈居於人下的戰敗者陰影，將在安山首相下筆簽訂新條約之時，就此煙消雲散。

但相對的，這筆鋒一落，未來就再也沒有任何後盾靠山。真有戰爭，等待的支援不會來，想買的武器不一定能買到。生死存亡，只有自己來負責了。

日本是海島，所有物資與發展，都要靠暢通的海路來維持。然而身旁就有一只虎視眈眈的大國，正想截斷南邊海路。

R總理那句「一山不容二虎」，更尤似滿頭愁雲蘢罩時，打響的悶雷！

而美國所送來的確認書，最後的條款，可能也是最後的避風港、遮雨亭。

「茲如認為以上條款無法接受，可在時限內重提新的安保條款談判。然而由於國際經濟、地緣政治不穩定。美國將視情況，要求適宜軍費補助。並希望屆時能將『美國優先』的政治考量一併納入。」

安山首相：「現在願意解開枷鎖，就看我們敢不敢踏出去。如果不敢，最好把頭低的更下去一點。是這個意思嗎？」

忍不住想起年輕時玩的ＲＰＧ遊戲，主角被同伴拋棄，於是只好自立自強的故事。

但是現實並非遊戲，不能存取、不可重玩、也不保證結局是喜是悲。

「不過不管是電玩的主角，還是真實世界，都有一件事是真實的！」

「勇氣！」

「如果沒有勇氣，就只剩宅在家中，任人輕視擺布的命運！」

想到此處，忍不住也熱血沸騰，心跳加速！

取過鋼筆，寫下了被後世稱為「國家轉淚點」，或「宅文化終結之印」的重要簽名！

這一日，安山曉三郎正式埋葬了在世界大戰之後，以「和平」為名所制定的國家憲法。

號召全國國民必須走出家門，面對真實世界的狂風暴雨！

◆

幾乎同時，在中國的首都北京。國家領導、羽日主席一聲令下：「即日起，解除張上將的職務！」

眾人一時間不知所措，更有的被嚇得嘴唇發白，渾身顫抖。中國一黨專政的歷史中，多的是高級領導階層被整肅的故事。上一分鐘風光上位，下一分鐘入獄槍決的例子不勝枚舉。而標準常是主席的「自由心證」而已。

而且就在這次會議前，羽日主席才完成了修憲，讓自己的任期能不受控制無限連任。更用強迫的手腕，逼使前任主席的舊閣員全部辭職。誰也不知道這整肅的範圍有多大，於是只有戰戰兢兢，等著看張上將的下場。

而張上將卻還是一副毫無表情的撲克臉，更對著羽日主席立正站好，行了一個標準到完美的軍禮，並不卑不亢的語氣說道：「下官遵命！誓將全力輔助主席戰勝倭寇！」

這效忠的態度，讓羽日滿意地哈哈大笑。也不管其他人一頭霧水，問道：「張上將怎麼分析？」

張上將：「所謂『將在外，君令有所不受』是過時的，迂腐的產物。」

羽日主席：「哦？」

張上將：「現代科技的能力，早已能讓後方的領導掌握狀況，運籌帷幄於千里之外。既然如此，在現代戰爭中應該讓『黨指揮槍』的原則發乎到最大！這樣才能讓人民看到，戰勝倭寇的勝利光環確實地環繞在『黨核心與黨中央』之上。」

所謂「倭寇」，是中國對日本強盜的一種暱稱。也由於中國長期愛國教育下，也發展出了「倭寇＝日本人蔑稱」，這樣的次文化。

而張將軍這一番談話，除了表明順從主席的意向之外，更是挑起了在場所有人的民族幻想。

樂聲公：「難道、難道、主席決定『御駕親征』了嗎？」

有人率先發言，而且如此激昂，準確地打中眾人的民族大義死穴。現場氣氛立時爆炸！

「一雪民族奇恥大辱！」

「叫那些鬼子，以後學學要重新做人！」

「是時候告訴全世界，搞不清楚我國是世界第一的人，全是低能兒！」

「打鬼子！打倭寇！打開大海強國時代！」

一時間會議中人人腦洞大開，各種讚辭紛紛出爐。指標卻從兩國相爭，慢慢轉向要做世界強權。

人口眾多，土地遼闊的中國，在上一世紀卻一直貧窮與動亂交替。然而卻始終記得，那「東亞稱雄」的歷史榮耀。於是在經濟有所發展後，心理反彈更是強烈，成為世界強國的願望更是覆蓋了理性。

但還是有老成持重的長者，姜國師起身說道：「全世界沒人懷疑主席的英明神武，但還請注意，日本之所以敢囂張，是因為背後靠山是美國……」

羽日主席：「再也不是了！和各位報告一下，就在幾分鐘前，美國大亨抱怨國外駐軍費用過高，因此對日本提出了『天價』的軍費補貼要求，更被拒絕了。」

眾臣譁然！那兩國自上世紀大戰之後，便組成牢不可破的同盟。此時竟因為「錢」而鬧翻了？

首先回過神的，還是樂聲公：「這是天意！天意要兩個沒有主義思想的墮落國家認知，什麼才叫做『大國特色主義』的精采崛起！叫他們跪著看吧！」

沒錯！這簡直是天上掉下來的大禮！終於理解這點之後、重臣簡直炸鍋了！

「東洋走狗，到了要向大漢優越文明屈膝求饒的末日了！」

「沒有美國支持，日本蟲蟲還敢和龍的傳人爭光？找死！」

「如此沒腦袋？叫他們學武士前輩切腹，重新做人去吧！」

「要有人能領導世界，一定是中國人！」

「中國稱霸世界！」

不知為何？口號喊到最後，連稱霸世界都出來了？

羽日主席：「現在我國在多樣軍備上已能達到自製門檻！美國的亞里．勃克級驅逐艦只有不到一萬噸，而現在我國的新型驅逐艦還超過一萬四千噸！武裝更是超過其他國家的戰艦！加上隱形戰機、與三艘達到世界最前緣等級的航空母艦！從現在起，就是我國百年……不！千年難得一遇的好機會！我聖國文明流傳五千年，卻被外國勢力欺壓百多年。現在就是東亞稱雄！成為世界大國的時候！」

再也沒有比民族意識，更能激勵人心的了。樂聲公更是首先發難：「堅決跟隨英明主席，邁向強國之路！」

一聲槍響，群臣立時炸鍋！

「一雪百年之恥！那些東洋、西洋鬼等著吧！」

「大國崛起！看哪個不要命的敢擋！」

「懇請主席打出威震天下第一槍！叫那些倭寇後悔生錯地方！」

「強國萬歲！萬萬歲！」

「就教四方狄夷，知道何謂天朝大國的威風！」

「看我泱泱大族！稱霸宇宙！」

聽到這，即使羽日主席也不禁微微皺起眉頭：「那個『狄夷』的還蠻有古風，但最後一個連『宇宙』都跑出來了？會不會太誇張？」

轉頭再想想：「算了，太空競賽，擺到下一年度的預算中吧。」難得主席如此幽默，眾臣哄堂大笑，團結士氣更是升到最高點！

最後達成幾項決議：

*張上將交回軍隊領導職後，將組成軍事參謀團輔助主席。

*加強人民愛國軍事教育，尤其加重與日本抗戰的歷史過往。

*為防敵國偷襲，巡防偵察任務加倍，範圍須擴及釣魚台等歷史海域。

*清點全國戰略物資，油庫與發電廠、水壩等地點進行重點加強防衛。

*進行全國性大型軍事演習。

*凡是外交上，有不利於日本與台灣的團體或政府，予以協助。

*凡是經濟上，有競爭於日本與台灣的團體或企業，予以補助。

最後羽日主席只以無比嚴肅的神情說道：「在座的各位請注意到，這其實已是戰時動員了。只是無論如何不可先宣戰。必須讓未來的歷史記住，『千錯萬錯，都是日本先開戰』，讓春秋正史能記住我國的大義名分！」

不錯、爭一時也爭春秋！這場關係未來世界命運的會議，就在群臣的熱血回應中結束了。新時代、正悄悄地揭開序幕。

◆

會議結束之後，張上將立刻回到軍部，飛快地辦理職務交接，以及成立「軍事參謀團」的事宜。好不容易忙完，才能仰躺在辦公椅上，稍微獨自享受一點寧靜。

長長地舒了一口氣，張上將自言自語似地喃呢：「還真的和那女子說的一樣，主席自己獨佔光環。所以……接下來就算戰敗……也沒我的責任了……」

「一生唯一的機會……也是命運嗎？」

還待思考，助理卻傳來訊息，說是海鶖博士求見。

海鶯博士的間章03

雖然消瘦了很多，雖然服裝尺寸不合到了極點。但這次穿著最正式的西裝，也仔細刮了鬍子。只是看起來，卻有種不合拍的滑稽。

張上將：「我不願批評得太過，但教授像是中年後第二次就業，卻將年輕時的西裝穿出來面試那樣。」

形容的很確實，海鶯博士也只有苦笑：「其實我現在，也確實是中年失業了。」

張上將：「我聽說過，是因為樂聲公部長的關係吧？你這次來找我，是想官復原職？還是想平反名譽？」

海鶯博士：「都不是……其實之前玩世不恭，蔑視世俗，想來有這教訓也是活該。」

一甩頭，似乎想趕走雜念。伸手從牛皮紙袋中，拿出當初見樂聲公時所持的資料，更用誠懇的眼神看著張上將：「今天之所以低聲下氣，找遍關係來見您。真的是因為一顆赤誠的愛國心，還請將軍讓我簡報有關美國正在進行的『分布式殺傷』[40]發展，以及我海軍發展方向的缺失。」

40 Distributed Lethality

張上將：「以前美國利用巡弋飛彈，讓俄羅斯難以判斷攻擊發起點的戰術，似乎也叫這個名字啊。」

海鷲博士：「以前冷戰時期的那套，叫做Diversion strategy。和今日的說法類似，但不盡相同。請將軍相信我，今日全軍方向發展錯誤。如一戰而滅！在下個人名譽平反了，又有何用？」

這是毫無私心，絕無個人慾望的堅定眼神。張上將也不敢怠慢，忙請人坐下。還親自倒了茶，請博士暢所欲言。

這段時間經歷低潮，現在重獲重視，海鷲博士忍不住感動。但還是努力收斂心神，論述相關研究。其發展的沿革、相關戰術的應用、以及日本現在可能的實踐進程……等等。

最後，海鷲博士下了一個結論：「其實在這戰術的發展關鍵，就在可用遠程反艦飛彈這一重點上。」

張上將：「但是我軍不也有長程反艦飛彈？像長劍20AK或鷹擊62系列等等？」

海鷲博士：「其實這些飛彈和美國一九八〇年代的艦射型戰斧巡弋飛彈基本上一樣。相信最後的攻擊實踐，也是一樣很沒效率吧。在飛了一千公里後，到底還有多少能發起正確的攻擊？」

張上將：「……」

海鷲博士：「但反過來說，只要有『隱形戰機』和類『MADL』資料鏈的科技。那不管是有人還是無人機，都可以在傳統攻擊的距離，對飛彈再做一次目標位置的設定。那最後的流程，就等於是傳統距離發射飛彈一樣。也會具備傳統模式，所被驗證的效能。更有甚者，如果導引機和飛彈都不發出雷達波。而是利用被動電子截收裝置（ESM）來截收對方的雷達做導引。那敵艦可能再擊中前一刻，都無法察覺被攻擊。」

張上將：「……」

海鶯博士：「二〇一五年一月二十七日的實彈測試，就是直接用飛機導引。」
張上將：「我知道那場測試的情報，但他們改裝了戰斧巡弋飛彈不是嗎？」
海鶯博士：「可能……不過我猜想沒多少改裝。」
張上將：「咦？」
海鶯博士：「其實這套戰術，直到在二〇一四年六月才提出，在二〇一五年一月就做了測試。如果想到期間還包含了說服上級、設計測試和改裝飛彈的工作，速度不可謂不快。有極大的可能就是改裝工作不必花太多時間。而且、一直有一個傳聞，說是戰術型戰斧巡弋飛彈（Block IV），只要修改軟體就能進行反艦任務。但是……一直沒有機會測試。」
說著露出了不甘心的表情：「日本的TACOM無人機，就是驗證這類技術的最佳平台。可惜、自從『樂聲公』部長在二〇一六年二月底，將分布式殺傷定調為『模仿我軍所為』之後，也實際上阻礙了相關的研究。張上將、我需要國家的資源，來驗證這項戰術的科技。」
眼見張上將低頭不語，嘗過現實冷暖的海鶯博士，連忙說道：「對不起，應該要請張上將您開啟研究……本人現在沒有身分說這種話，也不敢過度出頭，不敢再佔據功勞了。」
說的謙卑，但張上將竟是毫無反應？
海鶯博士忍不住著急起來：「還請將軍能主持全局，這事關係我國海軍生死存亡！在下是真的不敢再爭功搶名了，如果將軍要說是自己發現所有關鍵，也請獨佔所有光環……只請不要像之前樂聲公部長那樣，把我丟到牢裡幾個月就好……」
張上將：「把你丟到牢裡的，不是樂聲公。」

這突然的回答，對比現在的話題顯得異常突兀，海鶯博士一下無法反應，卻聽到身後有個蒼老的聲音。

姜國師：「是老夫下的命令。」

來的突然，讓海鶯博士也嚇了一跳。但隨即鎮定，起立躬身相迎：「久聞姜國師大名，今日得幸見之，敝人海鶯……」

海鶯博士說到一半，卻忽然卡住！一向不太靈敏的大腦人際關係模組，此時更出現了亂流！

「剛剛……他說……對我做了什麼？等等、姜國師什麼時候來的？」

轉頭一看，才發現這會客室的一角還有個小門開著。明顯是姜國師在隔壁一直聽著，現在才進來介入。

但、為什麼呢？

張上將：「國師說的沒錯，海鶯博士果然是個人才。」

這姜國師聽過後也點頭贊同，隨即自個坐在一旁的沙發上，說道：「所以我才想，這人不該隨意放任他說話阿。」

這到底在說什麼？海鶯博士聰明的腦袋，此時竟如當機一樣，就是無法聽懂涵義。

但張上將卻聽得懂，於是起身到海鶯博士面前，並以誠懇的態度說道：

「希望博士能考慮自己『光榮的未來』，助我們一臂之力……」

INTERMISSION

◆

就在這一日的半夜，心忍特零＝望月心一郎的眼前，卻出現了異常的景象！

心一郎：「空間……裂開了！」

女巫

這日半夜之中，似乎發生了靈異事件。

在心忍特零前方到機庫大門之間，應該是什麼也沒有。但是空氣中，居然出現了像是瓷器或蛋殼破掉時才有的裂痕？而且裂痕那一側，還隱隱散發著異光，並傳來一男一女的聲音？

心一郎：「好像在吵架？但是聽不太懂……」

【翻譯軟體解析　古漢語　閩南方言　只有讀音沒有文字】

【自動翻譯　啟動】

男子聲：「嗚～阿蜜提小姐你嘛放我走吧。小弟上有高堂，下有妻小，月底要借錢繳房屋貸款，吧肚裡面還有腎結石……」

似乎是個很悲慘人生？但另一個女子聲，估計就是那位「阿蜜提」，卻是「哼」地一聲：「講甲哩哩囉囉，五十歲的男人，還哭的這麼難看？貸款我扛了！你確定是這裡？」

男子聲：「當然！拚上『呆魚法師』的名號……哇！小姐！放我下來！」

阿蜜提：「lambuli！把路打開！」

一聲令下，前方的裂縫如快速織成的蜘蛛絲一樣擴大。一個滿臉鬍渣，模樣潦倒的中年男子，就穿過裂縫飛了出來……或者說，是被「丟」了出來。哀嚎慘叫中重重摸倒在地，滑到了心忍特零的腳下。

但是心一郎的眼光，卻越過了這個男人的身後。

另一個女人從裂縫中跨出，那是一位身材高挑的長髮東方女性。身穿紅色短袖，黑色短裙。從衣領開始斜斜地罩在胸前的掛布上，滿是五彩繽紛的刺繡。衣、裙、甚至小腿上的綁布，也都有著顏色鮮豔的紋飾。

【資料庫　啟動搜尋】

【解析　台灣原住民　阿美族服飾】

心一郎：「台灣？阿美族？」

遠在南方海島上的人，是怎麼能穿越距離與重重警戒，進入這個軍事機密基地的？

這時那裂縫的另一邊傳來說話聲，又是聽不懂的語言。然而接著又是一個小女孩的聲音：「阿蜜提小姐，lambuli說那邊感受到了其他神明的領域，他不太想過去。」

那女子、阿蜜提一點頭：「別過來也好，壺麗妳也守在那邊！」

【資料庫　搜尋lambuli】

【解析lambuli　台灣原住民　巴宰族（Pazih）神話中的神明】

心一郎：「神話？難道在裂縫另一邊的，是神明嗎？」

至今只見過澐之護這位護國女神，難道今晚將見識他國的神明？

但此時那阿蜜提雙眼直瞪著心忍特零，竟讓心一郎有種被看穿的錯覺：「這女的……好可怕！」

阿蜜提：「呆魚法師，『它』在說話？」

什麼？

一開始被摔過來的男子、呆魚法師此時也爬起來回復道：「是的、阿蜜提小姐。這證明我們……不！是我找對了！」

心一郎：「你們……聽得到我的說話？」

阿蜜提：「它在說什麼？那不是日本語吧？」

咦？

呆魚法師：「小姐不必多想，那其實已無法稱為『人類的語言』了。所謂神兵利器，會發展出只有和天命真主之間，才能心靈相通的感應。就像石中劍，只有亞瑟王才拔得出來一樣。即使現代化戰鬥機也不例外，必和註定的真主之間，有別人無法感受的共鳴！」

說的頭頭是道！但已非人類的心一郎，乎感到毛骨悚然！這個男人，難道真是「法師」？一直以來，隱之雷特戰小組所設定的，都是現實世界的敵人。沒想到現在，遇上神話世界的對手！

呆魚法師：「那……阿蜜提小姐……房貸……」

阿蜜提：「少囉嗦！做得好，送你一棟透天厝。」

重賞之下，呆魚法師發出一聲歡呼。拿出一本薄薄的破舊簿本，還取出一個小皮袋，倒出乾掉的小動物骨頭。

呆魚法師：「哈哈哈，有錢就能叫鬼推磨，法師煮消夜！看我把未來命運的情報，通通『榨』出來吧！」

說完卻直接跪倒在地，把手上的簿本往地上一摔！

【〈&&%#*〈〉$@〉】

咦?怎麼回事?明明沒做什麼事，心忍特零的電路，卻無端地啟動，還變成雜亂無序的狀態?

【&╤↖※∞%×╚』A卄】

電腦跑出來的全變成亂碼?不對、原本沒有要電腦運作阿!

呆魚法師：「呵呵、可以連上耶。未來與過去的奧秘，在紙上展示命運的線索吧!」

說完用力往地上一拍，攤在地上的乾骨頭竟然自燃!不多時燒成灰燼，骨灰卻一點一點往那破舊簿本流去。

【ET▀▌／II卄】

【※↑■◇★ ㄈ↘ㄑ⊂╧～【kg】

這一下，心忍特零的電路更亂!心一郎完全無法抵抗，只好大叫：「不行了呀!澐之護女神、救命……」

呼救在半途停下，因為眼前出現了幻象，心一郎竟然看到了神佑子?穿著高中學生的制服，看來正要去上學?但是、這不合理呀!

在東京大空襲中喪生的心一郎只有十五歲，神佑子十二歲。心一郎現在看到的，應該是不存在的記憶?

心一郎：「這是……神佑子?」

畫面一轉，竟剛出生沒多久的神佑子?其實神佑子在七歲時，才被望月家收養。那現在看到的，是誰的記憶?

心一郎此時一片迷惘，忍不住亂想：「我……是誰？」

轟然一響！竟讓機庫也猛然震動！呆魚法師也被這力量拋起，然而阿蜜提卻紋風不動，更一手將之接住。心一郎＝心忍特零也在渾身一陣冷顫後，恢復了正常。女神飄在前方擋著，更以憤怒的眼神瞪著侵入者。

澐之護：「護國女神、澐之護在此！到底是何方妖孽？還不快給我滾！」

再也不是溫和的模樣，雙目如電，怒氣溢滿每一寸空間！質問的話語，竟震的現實世界都嗡嗡作響。忽然一陣急促的警鈴，裡面的激烈動作，終於觸動了基地的警鈴！

澐之護：「看你們，應該是有肉身的人類吧？武裝警衛就要到了，給你們最後一次機會！趁現在逃走，就沒有人會受傷！」

呆魚法師見狀，忍不住顫抖著退縮：「糟了，是神明啊！阿蜜提小姐……痛！小姐、我的肩膀……別捏的那麼用力……嗚……」

剛剛想轉身逃走的法師、本以為能嚇走對方的神明、以及轉生成戰機的少年，此時都毫無懷疑。那女子，是絕不會退卻了！

面對神明，這阿蜜提卻湧現炙熱的戰意，竟還帶著一點嘲諷與不削的微笑？

就算是護國女神，也感到不安了。於是用更嚴厲的恐嚇：「入侵者！這裡不是你們的地方！趁現在離開有八百萬神明守護的國度，就沒有人會受傷，我等可不予追究！」

阿蜜提卻哈哈一笑：「小女孩妳的『話術』不及格悠，還將『八百萬』這數字拿出來嚇人，不是擺明了在害怕嗎？」

澐之護：「……」

阿蜜提：「既然如此，我也就挑明了吧。在下來這裡，只希望能窺探『命運的情報』。只要妳乖乖合作……」

話說到一半，機庫大門「咖」的一聲開了條縫，看來守衛即將破門而入！

但女巫的動作更快一步！一伸手，竟丟出幾顆拇指大小的果實？

【解析　檳榔　棕櫚科常綠喬木　檳榔樹果實】

朝著敵人丟檳榔？難不成，希望對方被打到很痛嗎？只見檳榔在半空中散開碎片，撒出點點紅色汁液。

阿蜜提：「召喚、tsalutso矮人，給我擋住他們！」

紅色檳榔汁與點點碎片掉落在地面，纖維竟立刻爆開又重組，長成了無數身高不及一公尺的男性矮人。這群矮人身穿或黑或白的敞胸背心，黑色短裙內似無底褲，衣服材質或是麻布或是獸皮，背部都有複雜的菱形花紋。

看這群矮人的氣質，似乎像縱橫自然的山野獵人。然而一撲到機庫門前，卻以極端熟悉的手段，將機庫門旁的電子面板拆開。一陣來回改裝接線後，大門又「刷」的一聲緊緊閉上了。

阿蜜提：「tsalutso雖然是布農族（Bunun）傳說中的矮人，但後來定居在台北火車站旁學習，對付這種現代化的機械很有一套。」

似乎在呼應所說的一樣，心忍特零的電腦居然還查到了資料？

【蕃族調查報告書　武崙族前篇，佐山融吉著】

心一郎：「所以這群矮人待在火車站旁，還被人紀錄下來？台灣還真是什麼都有！」

這時燈光一暗，各人心知必是基地方面切斷電源。機庫內、一時只剩半空裂縫微光閃爍。

但忽然在入侵的兩人面前，爆出了閃光！更傳出物體的碰撞聲！

只見阿蜜提一掌平推，前方竟出現了有一個十字在中心，周圍環繞著八個方向符號，俱都閃耀著白光的方陣。

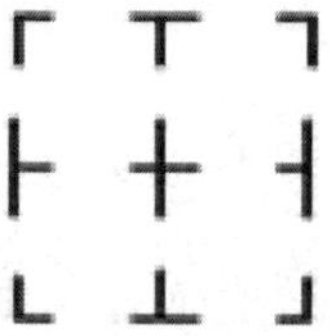

阿蜜提：「嘿嘿、偷襲可是不行的悠！實在也太黑暗了，房間應該要

（光 kng）

（烺 lāng）

（烺 lāng）

啦！」

方陣的符號飛快地在身前複製，並重組成三個類似文字的東西。文字一閃，整個機庫內卻猛然一片光明。像是在白天的戶外一樣，卻找不到光線的來源。

【解析　光（kng）烺（lāng）烺（lāng）閩南方言　燈火通明的樣子】

看著那女巫前方，三個逐漸消融的符紋。心一郎忍不住心想：「所以讓房間明亮，是因為這三個『文字』的效果嗎？可是……資料上閩南方言沒有文字啊？[41]」

這時心一郎才注意到……澐之護女神竟跌倒在地！轉頭盼顧，竟還不只如此。不知何時，左方出現了一隻長約三公尺的……龍！是隻白龍，身上的鱗片似乎在流動？

心一郎：「是雲。這是隻雲霧組成的龍！」

這隻雲龍還正從地上翻身坐起，看這模樣，剛剛是被推倒在地？

右邊傳來一聲野獸的嘶吼！另一隻比人還大的老虎，渾身亦是霧氣與雲氣組成。此時也是一面發出威嚇的吼聲，一面從地上爬起。

綜合剛剛那阿蜜提所說的偷襲，心一郎終於了解：「所以剛才燈光一黑，澐之護女神馬上掌握時機，召喚了雲龍、雲虎偷襲。卻被擋下來了嗎？等等、能夠擋下女神的攻擊？」

雖然不知道神的攻擊，比起飛彈來那個厲害，似乎是不同次元的東西。但至少說明了，這女巫確實能對抗女神。

隨手將呆魚法師丟在地上，女子呵呵一笑：「再一次介紹！吾乃來自台灣、Amis（阿美族）的女巫、Amitir Dogi（阿蜜提・都印）！」

「人稱當今『世界最強的女巫』！」

說完手一揮，肩膀上竟憑空出現了翠綠色的衣飾，只圍繞著領口與上半胸部，背後卻有四條像是束帶般的長條。翠綠的衣飾四周都有蕾絲與花紋裝飾，配上原本一身傳統鮮紅服飾的條紋，瞪時顯得艷麗

41 作品中的阿蜜提所用的符紋，是作者本人在傳統的台語「十五音」基礎上，製作的閩南語文字「大語符紋」。

異常。

【解析　霞帔　葛玉霞修女創作後流傳台灣阿美族的傳統衣物】

霞帔上身，阿蜜提雙眼精光四射，戰意洶湧奪人，最強的女巫，看來是不打算給女神面子了。

阿蜜提：「這次來，只想用法術窺探命運。只要不阻礙！套句妳說的話，『就沒有人會受傷』！」

魔與神　鬥法

神魔對戰，半分不讓。

澐之護身週湧出雲霧霞氣，團團護衛心忍特零。一旁雲龍、雲虎也嘶吼助威。

而另一邊自稱最強女巫的阿蜜提，除了一抹冷笑與身前的發光方陣外，就毫無動靜。

卻不但女神臉色越來越凝重，雲龍、雲虎雖猙獰嘶吼，竟也微退半步，連心一郎也感到一種莫名的威壓？

阿蜜提：「呵呵呵、雖然還沒開打，但你們的『第六感』，已感受到實力的差距了嗎？」

第六感？確實！這女的看起來，沒拿著危險的武器，也不像是兇神惡煞的模樣。但不知為何，就是讓人害怕！

阿蜜提：「對妳這『一看就知道是新手』的護國女神，我就提醒一下吧。在妳眼前的，是標準的『魔王等級實力』！真想不自量力，只會受傷而已。」

魔王？心一郎只覺得渾身寒毛倒豎！在現實世界的另一面，不但有轉生成戰機的少年與護國女神，還有……魔王？

阿蜜提：「話說到此，呆魚法師、動手！」

【H丰 ℉」↙◇%㘴═】

電腦忽然急轉！但只產出亂碼，還有要命的頭痛！讓心一郎忍不住慘叫！

澐之護：「望月君！」

轉頭一看，那呆魚法師蹲在地上，嘴中念念有詞，明顯又是這傢伙在搞鬼。眼見心一郎受苦，關心立時克服了恐懼的障礙。澐之護大喝：「雲龍、雲虎！無論如何、要守住護國神器！」

女神催動法力，四周立時雲霧洶湧。雲龍、雲虎吸入霧氣，體型更脹大一倍，雙雙暴吼往敵人撲去。

阿蜜提：「講不聽啊，那就這樣吧。妳招來這麼多水氣，走起路來

湽（Ci）

湽（Ci）

叫（kir）
不覺得累嗎？」

空中浮現的，是紀錄中不存在的閩南方言文字。心一郎現在頭痛的要命，但還是努力驅動電腦，希望能找出一線勝跡。

【%$%#@#】

心一郎：「又是亂碼！心忍特零！振作點啊！」

【&%$解析　湽（ci）湽（cab）叫（kir）閩南方言　拖泥帶水的聲音】

心一郎：「拖泥帶水？那是什麼聲音？」

還不及細想，就聽到「湽」的一聲，接下來又是湽、湽、湽、湽、湽、的亂叫。仔細一看，竟發現原本應該是女神與聖獸助力的雲霧，卻變的極端黏稠。一腳踩下，就整個陷進去發出「湽」的一聲，和踩入

深深的爛泥無異。用力拔出來時還會黏住腳，直到用力分開才「涵」的一響。

結合剛剛電腦搜尋的資料，心一郎了解立刻：「是那個文字！澐之護女神，是那個文字的效果……嗚、頭痛！」

這紀錄中不存在的閩南語文字，竟能改變物體的本質？讓本來想藉雲氣助攻的一方，現在全陷在泥淖中動彈不得！

只女神暴喝一聲，雙手虛扶。一股無形之力，竟是緩緩將雲龍拉了出來。

澐之護：「去吧！」

終於回復自由，雲龍一聲狂嘯，發揮爬蟲類的本領，在泥水似的雲霧間，像是游蛇一樣滑行，瞬間就殺到了敵人前方。

阿蜜提：「召喚、凱達格蘭族（Ketagalan）的sam xiao！前來助我禦敵！」

【＊〈%sam xiao　台灣神話＆#$　迫使凱達格蘭族逃到台灣的妖怪】

即使頭痛欲裂，心一郎仍是大聲提醒：「女神小心！她要召喚妖怪出來……痛……」

只見阿蜜提又是丟出一顆檳榔。也照樣在半空爆開，混著紅色汁液的纖維不斷增生、重組，最後竟形成一支巨大的章魚？

而且這隻章魚竟讓頭部（身體）急速膨脹，並藉此獲得浮力，像是氣球一樣升空，更一舉用八隻腳將雲龍緊緊纏住。

只是雲龍也非省油的燈，形體的一部分忽然散成霧氣，讓對方抓無可抓。龍爪、龍口又忽的聚合撕咬。虛虛實實，讓大章魚止不住地「嚕、嚕」亂叫，卻是無處著力！

這時看得明白，那章魚的眉心處，有著三個品字型排列的漢字「小」。

心一郎恍然大悟：「所以這『三小』，就是剛剛那女子說的sam xiao?記得這三個小這樣排列也是一個漢字，叫……哎呀！好痛！」

另一邊阿蜜提卻看著雙方苦戰也不幫手，還調侃笑道：「不是自稱『傳說中的魔獸』嗎？一隻小龍也處理不來？」

似乎是呆魚法師的做法更急，讓心忍特零的電腦輸出更是大亂，連帶也更加頭痛！

【＊＃〈〈＆＆＃＃＄丶〉〉】

這話、似乎激怒了頭上刻著「㠭」的的章魚、三小（先這樣叫吧）。一面發出了「嚕嚕嚕嚕嚕」的叫聲，一面在纏住雲龍的剎那，咬住對手並噴出墨汁。幾次之後，雲龍吸收了不少墨液。不但顏色變的灰暗，而且逐漸失去變形能力。最後成了只能和大章魚正面角力的局面，落敗已是時間問題。

局勢明朗，三小的章魚雙眼向阿蜜提斜斜一瞄：「嚕嚕嚕嚕！」

阿蜜提：「呵呵、謝謝提醒啦，但我也有在注意啊。」

說著將手一擺，那方陣赫然發出懾人的威壓！在附近的雲氣，立刻被其力量排開。而雲虎，居然已攻到了前方不遠處？

仔細一看，雲虎的體型脹大了不只一倍，嘴角上還掛著棉花糖似地一小搓白雲。

心一郎：「難道、這隻老虎是一路將泥雲吃掉，在厚厚地雲層裡開出一條通道，想藉此突擊敵人嗎？」

忽然在更後方閃耀著柔和的光芒，竟是護國女神。像是對天祈禱般的姿勢，但周身卻籠罩著一團讓人感覺潔淨且神聖的光芒。

澐之護：「雲龍、雲虎！再堅持一會，天地諸神馬上就要來支援了！」

連阿蜜提也點頭稱讚：「打不贏，所以叫幫手嗎？選擇正確！沒有無意義的逞強，造就了有意義的戰術。呆魚法師，動作快點！」

【~@* #〈&&〉】

感覺到危機，那法師的動作也加快。連帶著，心一郎的頭痛也更加劇。讓護國女神和聖獸見狀，更是不顧危險撲上攻敵。

阿蜜提：「哎呀，這麼熱情嗎？真要燒的沸（huì）沸（huì）叫（kir）那連我都快受不了嘍！」

【%&&解析　沸（huì）沸（huì）叫（kir）閩南方言　水滾開時聲音】

水滾？即使頭痛欲裂，心一郎還是大叫：「女神快離開雲霧！她想要煮……嗚哇！燙！……燙？」

自轉生成戰鬥機以來，第一次感受到疼痛！原本心忍特零的特殊合成外殼，可同時削減雷達波並承受飛行產生的高熱。但此時環繞四周的雲霧異變，居然無視物理的法則，溫度頻臨沸點。更燒燙到心一郎的零體？

這阿蜜提的法術一石三鳥，不但來不及逃開的澐之護以及心一郎被燒的慘叫。剛剛吞下一堆泥雲的雲虎更糟，身週與胃裡火雲同時爆熱。只來得及哀號一聲，便被內外夾擊燃燒殆盡！同時已被墨汁「黑化」的雲龍，也完全失去了變幻自再能力，身體發出了瓷器破裂的聲音，不久即被三小章魚攪碎！

女神的防線，自此全部失守。

心一郎在被燙的難以忍受同時，頭腦更是痛到一團混亂。

注意力難以持續，眼前又開始出現幻覺。雜亂的畫面一幕幕刷過，忽然……

【#！#%〈$〉】

澐之護：「還活著嗎？」

活著？怎麼？心一郎赫然發現，周圍都是熊熊大火！

心一郎：「難道機庫爆炸了？不對、這裡是！」

這裡是喪生的那處火場！東京大空襲的那一天！

心一郎更發現，自己回復成原來的人類，正被壓在掉落的木材之下。但眼前卻多了，當時不在那裡的……

澐之護：「還活著嗎？我們可以的、還來得及出去的。」

這是怎麼回事？是敵人的法術嗎？但不管如何，心一郎全身沒有一點力量，更不可能起身逃走。心中只剩無盡的絕望……忽然！

【&%$@@！@$】

呆魚法師：「成功了！成功了！小姐妳看！」

幻覺、剛剛的影像果然只是幻覺！回頭一看，四周還是原來的機庫，心一郎和澐之護，還是無法擺脫火熱雲氣的摧殘！只能微弱的呼喚：「澐之護女神……」

轟然巨響！一道奔雷直射向阿蜜提，雖用方陣擋了下來，卻是首次將這女巫震的倒退！而且威力無匹，連折磨心一郎與女神的火燙雲霧，都在這天雷一閃之下消散無蹤！

呆魚法師更是嚇得魂飛魄散：「小姐、這是『愛染天弓』！」

阿蜜提也立刻下令：「三小！掩護呆魚法師和tsalutso矮人撤退！」

臉色凝重，但不是恐懼。相反的，女巫雙眼，充滿了好戰的光輝：「明王、要來了！」

明王？日本神話中天界的護法神？開戰以來被打的全無反抗之力的心一郎，終於看到了一絲希望！趕忙鼓起剩餘的力量呼喚：「澐之護女神！要撐住啊！明王來救我們了！明王……」

一時恍惚、場景又出現變化！

再也不是機庫了，而是一個白色、白到了刺眼的房間？而且這白色的房間，還冷得要命！

「這是、怎麼回事？還有……我到底怎麼了？」

不但如此，心一郎更發現自己，已經不是戰鬥機的模樣？而且似乎是躺在床上？

心一郎：「這是……怎麼回事？幻覺嗎？怎麼回事？」

用盡全力，但無法動彈？說是幻覺，卻感覺無比的真實！莫名的恐懼籠罩全身，再也忍不住，想要放聲大叫時。

阿蜜提：

「你們兩個明王 老（lāu）毷（moh）毷（moh） 還來欺負人家一個女人？羞不羞阿？」

【解析　老（lāu）毷（moh）毷（moh）　閩南方言　老到皮肉萎縮的樣子】

咦？又回復成心忍特零了？而且在呆魚法師停手後，似乎電腦的功能也完全正常了。

抬頭一看，那奇妙的文字，還在女巫的前方漂浮。但半空中卻多了兩個巨大的……神明？

在阿蜜提前方的，是背上背著火輪，頭上三隻眼，身有六臂的神明。手上雖有其他法器，但最矚目的，卻是一隻等身的長弓。

【解析　愛染明王】

心一郎：「是明王、果然是明王啊！」

另一個明王體型更是龐大，頭上竟有左右兩張面孔，四隻手臂。更奇的是其中兩隻手居然各抓著一隻紅色的大蟒蛇？

【解析　軍荼利明王】

而這軍荼利明王的前方，是那隻叫「三小」的大章魚。只是剛剛能虐殺雲龍的妖獸，現在卻斷了三隻觸手。而且臉上有道悽慘的傷痕，一隻眼睛都被打瞎了。那個法師和矮人，都不見蹤影。

只兩個明王不知為何，都像是氣喘一樣在急促地呼吸。而且皮膚出現老年的皺紋，肌肉最後更萎縮成皮包骨一樣。

結合剛醒來時電腦對那閩南文字的解釋。心一郎恍然大悟：「剛剛我失去意識時，已經有過一場大戰了？那、澐之護女神呢？」

急忙用光學儀器搜索，立刻發現澐之護還倒在前方，只是幸好看來還活著。機庫卻猛然震動……不對、是真的地震了？

阿蜜提：「喂！『不動明王』本尊要來嘍！三小你再不走，小心真的變成章魚燒。」

不動明王乃是神道教八大明王首座，但是那隻叫「三小」的章魚也沒逃走，更盯著阿蜜提怪叫：「嚕嚕嚕嚕嚕。」

阿蜜提呵呵一笑：「你問我？平常也沒機會一次對上三大明王！今天不打，晚上睡不著覺了。」

看到這種鬥志，三小也不再出聲。轉過頭去撿起斷掉的章魚腳，竟一隻隻的吃了下去。只一下子，不但斷腳長了回來，連眼睛都再生了。

阿蜜提：「哼！不愧是『傳說中的魔獸』，等下自己小心了！」

話才說完，機庫上方竟忽然裂開！但並非天花板破碎，而是上方空間像破碎的玻璃般崩裂。而在另一邊，出現巨大的明王憤怒面相！更從嘴中噴出熊熊烈火！心一郎還來不及呼叫，已被烈焰嚨罩，只是出奇的感覺不到灼熱。「呼」的一聲，所有火焰都被吸入了上方的破孔，更連女巫與魔獸消失無蹤，整個機庫竟看不到一點被破壞的痕跡。只有澐之護女神，正吃力地要爬起來。

直到這時，大門才「咖」的一聲大開，警備隊衝了進來。

「沒有任何敵人的蹤跡！」

「找不到破壞的證據！」

「是駭客攻擊嗎？」

「心忍特零的電腦也沒有任何變動！」

「別開玩笑！那不成了靈異事件！」

其實還真的算是靈異事件！凡人看不到的澐之護女神，此時終於努力的走到心忍特零之旁。

澐之護：「望月君……」

心一郎：「女神沒問題吧……等等女神！澐之護！」

一面看著心一郎，澐之護卻變得越來越透明，連聲音都像是呢喃的細語似的：「對……對不起……」

心一郎：「快別這樣！女神請先保重自己……咦？」

話未說完，忽然發現自己又回到了那個純白而且寒冷的房間？

心一郎：「這到底……怎麼回事？」

事件X

即使用盡一切手段，仍是無法確認到底是誰、又是用甚麼方法入侵？再加上國際情勢嚴峻。古式村試最後決定先將小組根據地，轉移到山口縣的岩國航空基地。這裡同時也是日本F35隱形戰機的駐紮地，和美國海軍陸戰隊基地，算是兩國共同使用的重要駐點。

幾乎就在同時「事件X」爆發了！更是兩國終於無法避免交戰的起因。

但詭異的是，後世的歷史學家甚至對於到底是哪個事件，最後導致了這場大戰，都爭執不休。

最直接的因素，當然是由於北韓發射飛彈與核子試爆，又毫不掩飾其對於西方世界與對日本的挑釁所致。

但是……

也許是因為支持台灣的獨立建國的關係。

也許，是因為主權爭持海域內，天然資源的開發問題。

也許是雙方漁民，在海上的糾紛引起的。

也許，是因為國際運動會上的，某國刻意的羞辱所致。

也許是因為某國的文化，認為另一方要永遠為二次世界大戰負責的關係。

又或許、只是某方的擴張意圖早已表露無遺，而另一邊再用曖昧的態度想藉此逃避麻煩多年後，也已到達極限了。

總之……

事件X發生後，氣氛已緊繃到一觸即發的極限。

於是在這時美國最友好的動作，也像是刺激局勢的導火線了。

在表面上還宣布「完全將防衛的自主權交還盟友」，並「堅定地支持長期友宜」。於是在宣布「調整」還外駐軍的同時，也運交了一項最重要的軍售。因此兩位女軍官來到這個倉庫，幾個打開貨櫃內，滿滿地都是飛彈。

珍妮弗：「就如同你們的要求，戰斧巡弋飛彈，請點收吧。」

在二次世紀大戰後，日本簽訂和平協議，承諾不發展攻擊性的武器。再加上國際共識，禁止射程三百公里以上的飛彈買賣。因此巡弋飛彈，就成了日本軍購與自製武器的絕緣體。但如今美國軍售也連帶著政治上的宣示，等於對國際社會發出了許可，解除了日本軍備上的限制。

珍妮弗：「但是接下這批飛彈，就等於一切要自己承受了。真的、不再考慮加強同盟的作法嗎？」

如今再回頭，屈居別人保護傘之下？古式村弎咬了咬下唇，才能用平穩的語氣說道：「不必掛心了，就這樣吧。」

珍妮弗：「……就、這樣摟！對了，我和溫蒂已決定暫時要在貴國渡個假了。想要去沖繩玩玩，有沒有推薦的名勝？」

一個度假宣言，卻讓古式村弎不由得轉頭相對。珍妮弗與溫蒂，在這段期間可說全力以赴。身為重要技術人員，在戰爭時，應該會被要求先撤到安全地帶。但現在卻明言要跟著直赴最前線，更明顯是出於自己的意願。

就算是還有監控戰事的任務也好，古式村弎卻感受到一點朋友的溫暖。在稍微的考慮過後，拿出手機叫出資料：「你能讓上司、對這個睜隻眼閉隻眼吧？」

珍妮弗：「什麼東西？這是……戰斧？」

在螢幕上所顯示的，是一整排的戰斧巡弋飛彈，但是仔細一看，在細部上確有若干的不同。

古式村弎：「反正遲早曝光，就先告訴妳吧。這幾年中一直對貴國的武器進行反向分析，最後的結晶就是這『戰斧巡弋飛彈．仿』。基礎性能相差無幾，而且能和貴國系統結合。」

珍妮弗：「居然玩這手？嗯、要我在上司面前說好話的代價很高悠。」

確實日本打破國際規範先偷跑，古式村弎也一副擺明賄絡的態度：「沒關係，妳開價吧。」

於是珍妮弗握住古式村弎的手，用熱情的視線相對：「等事情結束、沖繩海灘旁的高級酒店、三天兩夜、就我們兩個、如何？」

古式村弎：「……」

這是豔遇……不、是為國犧牲吧？

◆

而在中國，既然戰爭的態勢底定。身負國內宣傳重任的部長更是盡忠職守，務必讓全國上下一心，共禦外敵。首先召集所謂的「愛國藝人」，進行座談等活動。

樂聲公：「將過去抗戰的歷史改編成的創作，雖然社會上說有些太過火。什麼『空手將人撕成兩半』、或什麼『能用腳踏車壓死敵人』、或者『丟手榴彈打飛機』等等的橋段太過誇張，所以還叫這種創作為『抗戰雷劇』。我說的沒錯吧？」

由於中國是一黨專政的結構，影劇創作都得要政府批准才能製作。因此在場的明星、導演、製作，聽到高高在上的部長這樣說。都繃緊了神經，深怕自己之前哪個作品，不小心踩到了政府的紅線。

樂聲公：「但仔細想想，這種『神劇情』也是娛樂大眾嘛。而且完全符合『民族大義』的正確方向。可以教育人民，什麼才是正確的『歷史責任』。所以我是這麼認為，這類的抗戰雷劇，也是我國『高度自由文創』的一種象徵啊。未來政府將多多支持，只要是符合民族大義，保證一定會獲得全國觀眾的肯定！」

專制政體下，還能針對某種主題「高度自由文創」？不用說，這一定是「民族大義正確」的題材。在場的影視媒體製作人，無不躍躍欲試！

與媒體界會議一結束，樂聲公更馬不停蹄，召集高級學府的師生進行座談會。務必主導民間到學界的輿論，能口徑一致對外。

樂聲公：「當此國家危難之際，中央黨委會是否合格發揮意識形態領導作用。貫徹黨的教育方針，成為黨組織的堡壘，加重視意識形態工作。將是國家存亡延續，最重要的基礎！」

在長期的一黨專政之下，這一代人早已習慣將國家的目標，當作是不可違背的聖旨。即使是標榜自由研究的學者，也早已定位自己並非研究事物的真相，而是做為執政者的輔佐而已。

但總有些異常認真，還努力研究的學生。

某大學的研究生：「部長您好，想請教您有關美國正在進行的『分布式殺傷』的軍事改革，我軍有什麼對策？」

又是這個議題？樂聲公心中不爽，但總算還維持風度：「這位學生還算是用功，提出的問題有深度。但是本部長可以在這說的很清楚，那些西方帝國主義者，竟敢在憑著游擊戰起家的我軍面前耍大刀？」

趁著一股怒氣，說的慷慨激昂：「居然想用包圍戰術來對付我海軍？告訴這位同學，我國海軍可不是吃素的，也不是被人嚇大的！

鷹擊82反艦導彈射程雖然才四十公里，卻是潛艇的王牌！

鷹擊83導彈射程有三百公里，叫那射程才一百多的魚叉飛彈認輸！

鷹擊12是世界獨步的超音速導彈！

鷹擊18是由慢轉快的完美飛彈！

鷹擊91專打雷達要敵眼盲！

鷹擊62射程有六百公里，誰敢放肆，一入東海就後悔！

長劍巡弋飛彈更是超過了二千五百公里！

同學，你知道為什麼東風彈道飛彈是『關島快送』嗎？因為射程有三千一百公里！要叫美國的航空母艦，連關島的基地都開不進去也出不來！」

說完還「哼」了一聲，才仰起下巴，驕傲地笑道：「這才叫那些東洋、西洋鬼知道，誰才是當今『世上第一的反艦導彈大國』！」

樂聲公不愧是位極人臣的部長，說起話來總是能激起民眾的愛國情操。現場其餘學生和教授，蹬時爆出熱烈的掌聲與歡呼。

但是那位研究生似乎還沒得到解答，不死心的問道：「可是在網路上的消息，美國似乎改裝了戰斧巡弋飛彈……」

樂聲公：「這是哪個學校的學生？」

實在不耐煩了，乾脆直接打斷對方的話。樂聲公部長：「『請』師長好好教育教育！這種長他人威風滅自己志氣的，就是墮落的亡華滅族思想！」

話說的嚴重，於是那研究生也不敢再發問了。

但在散會之後，那研究生卻還是找了自己的指導教授，將心中的疑問一股腦傾訴：「雖然一直在說自己的導彈有多好、但實際上的『效率』卻很不透明。如果可以，希望能就這個專題繼續研究。」

指導教授卻能體會：「唉、現在這樣，和二戰前軍國主義者的狂熱，又有何分別呢？你想做這主題就做吧，不過做完先別聲張，我這先看過再說吧。」

在狂熱的民族主義中，學術研究也是高風險的工作。

◆

在大海另一邊的台灣，也有人從高風險的作戰中歸來，還很高興呢。

阿蜜提：「呵呵、居然有機會對戰『明王』！打的過癮、回本了！呵呵呵！」

終於來了

一（it）　門（mn̂g）　價（kè）　土（thóo）　都（to）　戇（gōng）

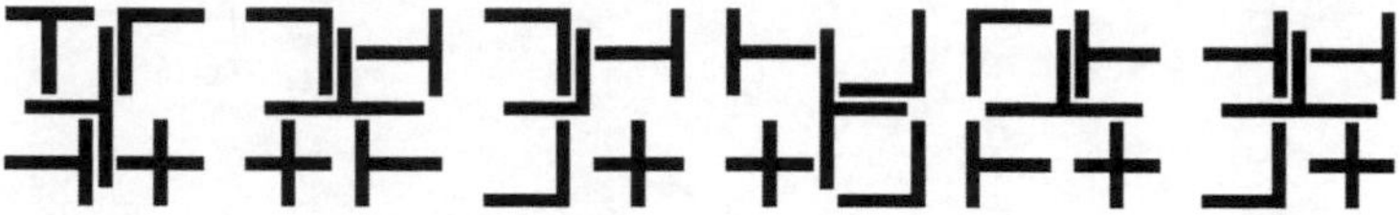

人（lâng）　口（kháu）　數（siàu）　角（kak）　倒（tó）　想（siūnn）

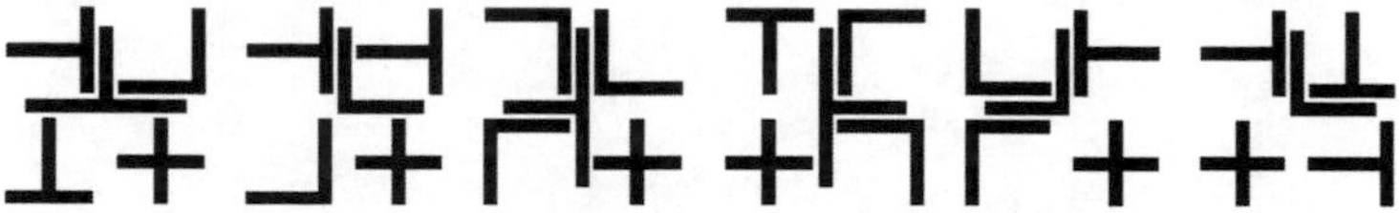

反（huán）　相（sio）　存（tsûn）　一（it）　至（tsì）　稱（tshing）

背（puē）　爭（tsenn）　一（it）　塊（khoʼ）　水（tsuí）　王（ông）

出（tshut）　角（kak）　底（té）

刀（to）

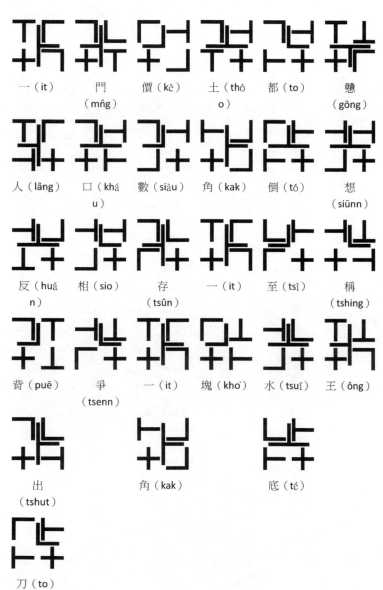

這個阿美族的女巫、阿蜜提，居然和三大明王鬥法，還能活到現在？還跑到了總統官邸，高興地吹噓大戰如何精彩？

連愛貓小姑都聽得心裡發毛！這女巫能在總統官邸來去自如，森嚴警衛、現代保全系統猶如虛設，絕對稱得上「世界最強」的實力。吞了口口水鎮定心神後，指著桌上的紙問道：「所以，這就是『未來』？」

那張紙上，有著幾行用奇異符號寫成的句子，一旁有人用鉛筆標上漢字與羅馬拼音。

這就是未來？卻是誰的未來？

阿蜜提：「我的『大語符紋』是閩南語的文字，一旁的羅馬注音，是叫呆魚法師寫的。」

愛貓小姑：「幸好有注音，但這究竟……說實話台語用詞好多啊。戇（gōng）想（siūnn）、價（kè）數（siàu）還算簡單。土（thóo）角（kak）是地上的意思吧？反（huán）背（puē）是背叛之意？」

阿蜜提：「還沒說一塊錢的，『一（it）塊（khò͘）』，其實連教育部的字典與網站內都沒有，幸好我的『大語』還能拚出來！想請問教育部，是想對台語的教育怠慢到何時？」

愛貓小姑：「……我會督促他們的。但是言歸正轉……如果這是廟裡的籤詩，明顯是個全滅的格局。」

阿蜜提：「是啊，知道這是應驗在敵人身上，感覺不錯吧？」

愛貓小姑：「……」

阿蜜提：「那我直接問這一句，等戰爭打完，妳想怎樣做？」

愛貓小姑：「我不懂妳的意思？」

阿蜜提：「我這麼說吧，台灣未來如不需擔心被中國併吞，其實也不必一直爭取美國自由派的支持。現在的例子。南邊的菲律賓總統，以緝毒為名殺了幾萬人，卻還是美國的重要盟友。而以前的執政者在『228』開始的殘忍統治時期，卻還是自由世界的『燈塔』呢。不論過程多殘忍，只要最後的結果，『有點像民主國家』就行了。」

說完還用揶揄的眼光看著愛貓小姑：「我猜、妳一定也想過吧？」

這是哪一種言論？竟當著由人民選舉產生的總統眼前說出？但這阿蜜提的眼光卻似乎散發著某種誘惑，竟讓愛貓小姑在恐懼之餘，內心似有某種慾望在悸動？

好不容易掌控心緒，才能咬牙說出：「眼前難關還沒過，妳到底在慫恿什麼？真不愧是人見人懼的女巫！『蔣』、阿蜜提、都印！」

阿蜜提：「我不喜歡這個名字！」

雖然言詞強硬，但態度卻略見畏縮？這讓愛貓小姑心中肯定：「果然是！所以當年『蔣』總統為了發展原子彈，而找上那位神祕女巫後，其實還留下了另一個『遺產』！」

發現被人抓住把柄，阿蜜提咬著牙一陣冷笑。隨即瞪著眼前的總統，說道：「我一點也不喜歡妳！也沒投票給妳！」

愛貓小姑：「那真是抱歉了。」

阿蜜提：「但妳的確有那個『天時』！什麼也不必做，就能度過難關。在這之後……呵呵呵……」

冷笑著往後一跳，人竟往窗外飄飛？阿蜜提：「在這之後……即使妳不動手，別人也會動手的！呵呵呵、我真希望看看所謂的『民主自由』，到底能走到什麼地步……呵呵……」

倒飛出窗外，人影逐漸模糊消失。果然是符合女巫身分的退場，只留愛貓小姑獨自沉思。又將身體縮成一團，捲在沙發上。明明天氣溫暖，但只覺得全身發冷，冷的忍不住發抖。

忽然官邸的總管敲門：「總統女士，抱歉打擾了，國防部有緊急狀況。」

愛貓小姑幾乎是從沙發上彈起！某種第六感，心跳不停加速，一種山雨欲來的前兆！

國家存亡的關鍵日，終於來了！

◆

心一郎：「又是這個房間！」

純白、光亮、寒冷、孤獨，更讓心一郎有種更奇異的感覺：「在這房間、我好像是『人』？」

確實一般的時候，比較像是和心忍特零「合體」。沒有人類手腳或心跳呼吸等，而是會直接感受到飛機部件互動的回饋。但反過來，在這房間時，就可以感受到自己「人」的身體。只是不知為何，除了眼球還能稍微轉動觀察四周，呼吸還勉強的加快一點之外，竟是全身動彈不得！

心一郎：「這到底是……怎麼回事？難道、是死亡嗎？」

忽然感到無比的恐懼，甚至想到：「或許自己實際上已死了！現在這一切，說不定只是黃泉路上的幻影？」

極度恐慌，卻連慘叫都無法做到！

然而下一瞬間，又回到了機庫之內。

澐之護：「望月君！沒問題的，我在這裡！」

即使護國女神就在一旁安撫著，但這次的體驗真實無比，驚悚的震撼，讓心一郎只能虛弱的求助：「我……到底怎麼了？那個房間……到底是？」

澐之護：「……對不起、望月君，我不能說……」

回答居然是「不能說」？心一郎忍不住看著這美麗的女神，到底是對著他隱瞞了什麼？

但澐之護，卻是一臉因為歉疚而就要哭出來的模樣：「對不起、請你諒解。任何有關於世界未來命運的『天機』，我都不能告訴你。」

語氣一頓，有著保衛家國使命的女神，終於哭出來了：「對不起，望月君！」

也許穿越歷史與文化，都不變的真理就是，男人一看到美麗的女子哭泣，就退讓了。心一郎：「對不起，是我不好。不該讓女神為難……女神？」

眼前的澐之護身形，竟乎似雲霧遇到強風般，消散在當場。過了一會又復聚合，但模樣身形卻變得模糊不定，而且成了半透明的樣子？連說話的聲音，都變得像是從遠方山谷傳來的回聲一樣模糊：「那女巫的法力……很厲害。我的元神，可能快散了……」

少年聞言大驚，正想說什麼來安慰時。澐之護已帶著哀戚的表情說道：「現在太虛弱了，無法一直聚成形像。」

說完探身一撈，竟讓少年的零體虛浮在心忍特零之上，又緊緊的抱住，獻上了深深一吻。唇上傳來的觸感，真實且溫暖，讓心一郎意亂神迷。但眼前女神的身影緩緩消失，只雙眼透漏著無比的信任：

「我會一直在這裡，我會陪著望月君到最後的。只是命運的時刻……終於來了。戰火無可避，天命不可違……望月君別被幻象迷惑。唯有戰勝侵略的邪惡，保衛家園，才能守護神佑子……」

說到最後，聲音與人影都已渺不可聞：

「……心忍特零、必能不負『最強戰機』之名……」

「因為人家一直、一直都……」

「相信望月君！」

說完其身影已消失了，心一郎也發現自己又回復和心忍特零融合的樣子。只能隱約的感覺到，女神僅剩的一絲微弱的氣息。

◆

在晚上，又經歷了兩次可怕的幻象。但總算有了心理準備，艱難地度過了這一天。更萌生一種想法：

「就算現在，全是頻死前的幻覺也好。即使是這樣，還是要守護神佑子！」

沒錯！即使是夢，也不希望看到神佑子遭遇不測。

虛虛實實的夾縫間無法分辨真偽，心一郎唯有用這樣的意念來支撐自己。終於這樣到了清晨，忽然感到，有人正在撫摸著心忍特零的機體，竟是東鄉蒼月？但、也有點不一樣？

心一郎：「今天東鄉小姐的眼光，好溫暖？」

即使透過冰冷的光學儀器鏡頭，也能感受到東鄉蒼月不若以往的冰冷銳利。似乎情緒處於動盪的狀況，而且有些……性感？

趕忙甩去這有些過份的非想，心一郎還是很奇怪，東鄉蒼月為何這樣早過來？今早沒有任務啊？只是女子卻一反常態的，緩步環繞著心忍特零，還輕撫著機身。即使透過金屬蒙皮，少年都能感受到，那屬於雌性的柔軟玉掌。

忽然東鄉蒼月停下了，眼神卻更加溫潤，輕輕喊出：「『心』……」

這一聲，吐音與一般說話略有不同，略有加重音的單字。卻讓心一郎心頭狂跳，連飛機內的迴路都狂亂不已！

「這……這是神佑子的叫法！以前剛被收養時，神佑子一開始無法適應，與家人隔閡。後來逐漸融入，卻奇怪的都不叫我『哥哥』，而是叫一聲『心』！她家鄉的腔音有些特殊，那聲『心』也奇特之極，別人難以模仿！絕對沒錯！但是……但是……為何東鄉小姐會這樣叫？」

不但如此，東鄉蒼月的神情之複雜。失落、迷惘、懷疑、又像是某種喜悅？又似乎有種吸引力，讓心一郎與之相望，竟連靈魂都為之顫慄。

好一會後，東鄉蒼月才閉上眼睛，用力的甩了甩頭，用自嘲的語氣笑道：「我在想什麼啊？搞什麼？怎麼會有這種事？我是精神不正常了嗎？」

一面笑著，一面自言自語，一抬頭卻又茫然：「但是……感覺真的……好像……」

到底，是感覺到了什麼？

又伸出手撫摸機體，像是想尋找什麼，東鄉蒼月整個神情恍惚：「『心』……」

「緊急軍情！緊急軍情！全基地進入一級戰備！」

「緊急軍情！緊急軍情！全基地進入一級戰備！」

「所有隱之雷行動小組成員，立刻到作戰會議室報到！」

時機、真是抓的太好了！

結果讓心一郎和東鄉蒼月，都只能像偷著約會卻被家長抓到的青少年般，狼狽地結束。

但發出廣播的長官，可沒那閒情逸致。在幾分鐘之後，古式村弎面對組員說出了震撼的宣言：「戰爭！終於來了！」

那一天早上　風雨前的寧靜

由於憲法的約束，日本在二次大戰之後所成立的軍隊，主要任務是防衛本國島嶼，因此稱為海上自衛隊。雖說編制與各國海軍無異，但指揮中心不稱為司令部或參謀部，而是「統合幕僚監部」，而指揮官就稱作「統合幕僚長」。

而在這場以海戰為主的戰爭中，時任的統合幕僚長卻因為某個原因。深受日後歷史學家，與為了考試所苦的學生喜愛。卻飽受文學家的批評，其批判的言論甚至累及其家人。

安山首相：「幕僚長、『海老原大將』……實在不得不說，您的名字實在是太獨特了。」

超容易記憶，卻完全沒有特色的命名。統合幕僚長、海老原大將：「多謝首相關心，但現在情況緊急，是否先讓下官簡報？」

幾乎禿頭的光頂，矮胖的身材與雙下巴，再加上肥厚的嘴唇。海老原大將全身都符合「腦滿腸肥」的定義。唯有一對大而明亮的眼睛，卻是很漂亮的雙眼皮，而且睫毛還又長又捲。一般的說法是，只看雙眼的話，就完全是美少女漫畫中的腳色。

所以當海老原大將擺出認真表情，但雙眼卻不斷放閃時，常常會讓其他人不由自主地想笑。安山首相倒是好不容易忍住了：「還請幕僚長仔細說明狀況。」

事件X之後，雙方氣氛一直緊繃。

就在早晨，中國福建沿海有大量的漁船出海，卻非前往漁場。而是在近海集結，逐步編成較大的編隊，預計目標將是具有領土爭議的島嶼。

安山首相心有所感：「尖閣群島、或者又稱為釣魚臺列嶼是吧？等事件過後，這個爭議已久的小島，名稱將正式的確立了。」

歷史、只尊重勝利者的命名。

海老原大將：「如果沒有其他的阻礙，預計那些漁民，將在中午左右到達。現在的問題是，中國在後方的準備動作。」

點擊投影地圖，並標誌出相關的資料：「中國海軍現在最驕傲的，就是三艘航空母艦。與一萬噸的大型神盾級驅逐艦。現在分成三個艦隊，公布說是正在東海在進行訓練。但位置的巧妙，卻剛好卻在北邊不遠處環繞著。其訓練的船艦，竟然也包含二萬噸級的船塢登陸艦，以及七千噸的神盾級驅逐艦。三個艦隊的總數，超過一百艘。而且空軍也動作頻頻，進駐沿海機場。」

安山首相：「直接說出你的估計吧！」

海老原大將：「目前下官的推測是，對方以漁民先行挑釁掀起事端為由，演變成空軍互相交火的狀態。而海軍以30節（時速58公里）移動，緊接著衝突後，到達尖閣（釣魚台）群島周邊海域。」

聽到這裡，所有參與會議的閣員都面無血色。在兩國角力多時之後，終於要面對攤牌的一天。

海老原大將：「不但如此，中國的飛彈二炮部隊，也有調動的跡象。目前除了往東南方沿海集中之外，也有少部分往東北沿省移動。」

安山首相恍然大悟：「往東南沿海移動的，不但是希望對沖繩基地進行打擊，也預備要在稍後對台灣進行攻略作戰！而往東北的飛彈單位……難道、北韓也準備配合其行動，對我方發射飛彈！」

海老原大將點點頭：「首相果然厲害，所以本人想在這問一句？首相是希望保衛國土安全？還是希望殲滅敵人？」

在場的其他政府閣員、官員與軍官，對幕僚長的問話後，全都一頭霧水。

但是安山首相卻深深吸了一口氣，堅定地說道：「幕僚長這個問題問得很好！我國不比中國，戰略資源有限。如果調動所有資源防衛本土安全，或許能做到完美無缺的防禦，甚至今天就這樣將頭低下去表態恭順，就不會有任何人員的損失。不過……」

說著臉色更見嚴峻：「我國乃是海島，若是南方航路被截斷。未來只有屈居人下，任其予取予求。在這裡沒人喜歡戰爭，但今天的勝負，將左右未來的國運興衰。唯有讓人知道我並非可欺，才能贏得世人的尊敬。」

說完環顧眾人，發現有人眼神堅定，激起了愛國的鬥志。也有人眼神閃爍，明顯意志不堅。但是最要命的是……

安山首相：「這、海老原幕僚長、您的眼神實在太『閃』了！雖然很失禮，但請不要這樣看著我好嗎？」

日本的最高軍事將領、海老原大將那讚賞的眼光，讓人聯想到漫畫中的女主角。但又配上本人絕對的禿頭大叔形象。想不起一身的雞皮疙瘩也難。

海老原大將：「實在抱歉了，這眼睛是天生的。這樣好嗎？」

說著將一只墨鏡給帶了上去，瞬間……

安山首相：「變成老年版的魔鬼終結者了？不過，至少還可以接受。」

於是、後世的劇作家，都不約而同地將這位幕僚長設計成一種「丑角諧星」。但在當時，當事人可無法知道未來的發展，可能也沒有那心情。

海老原大將：「總之，既然已決定要奮戰到底。那眼前的選項就簡單了。通令第一線的海巡船艦，準備衝突！」

◆

而另一邊，中國平民作息一如往常，沒有任何人發現，這將是歷史的一天。但在總部，羽日主席和核心官員已是徹夜未眠。

羽日主席：「這一天，將成為後世人所稱頌的一日。」

睡眼惺忪的眼睛，卻有個深不見底的執念。羽日主席說話時，都忍不住因為激動而微微發抖：「今天以後，全世界都會記住。我族能立足世界五千年，決不是好惹的！就是今天，我們將一雪敗於大海的恥辱，並驕傲地統一國家，重奪東亞第一強國的光榮，成為世界無人可藐視的大國！」

雖然後世有歷史學家認為，羽日主席這一番話，不小心將「雪恥」放在「統一」之前，因而洩漏了心中真正的意圖。但在當場，這一番話卻激勵了眾臣的愛國情操，甘願赴湯蹈火甚至獻出生命也在所不惜。

羽日主席：「漁船工作隊已赴前線了，傳播隊準備好了嗎？」

樂聲公所負責的，正是將現場轉播給民眾，好讓全國頭仇敵愾，共赴國難。此時更是戰戰兢兢，絕不容有失：「報告主席，所有的轉播都準備妥當。必能將畫面傳播各地，讓全世界都知道，我軍乃是護國護民的『王者之師』！」

萬事具備了，於是羽日主席下令：「通知漁船工作隊！『烈士』計畫啟動！」

◆

而被列為目標之一的台灣，因為某種原因。竟在日本之前，就發現了正要進行的機密行動。

於是在聽完專業的簡報分析後，身為總統的愛貓小姑下了決斷：「我們、什麼也不要做！」

那一天上午　處處人算不如天算

對於即將開始的侵攻，台灣總統、愛貓小姑卻決定：「什麼也不做，不要發布消息與聲明，也不用加強戰備。」

這一決定讓閣員們一片譁然！

趙將軍：「報告總統！再不動手，一定會打敗仗啊！」

錢院長：「請國際調停，也是個辦法。」

孫立委：「難道總統想逃走嗎？那以後會選不上啊！」

李顧問：「即使投降，敵人也無法被愛感動阿……」

就在眾人發揮台灣的傳統，進行永遠不可能整合的會議時。一國之首卻鐵了心，招來侍衛隊，「苛啦」、「苛啦」幾聲，將四周的門窗都上了鎖。

愛貓小姑：「我並不是說笑，從現在起，全部不准進出！也封鎖對外一切聯絡！連我也在這陪著你們，『什麼事都不做』！」

趙／錢／孫／李：「……」

大敵當前，既不反抗，也不求助、不逃、更不投降。對於愛貓小姑至完全違反常理的舉動，有人用

「坐以待斃」來形容，有人讚賞其「不動如山」。有人批評她只躲在日本的身後，坐收漁翁之利。但也有戰略學者稱讚，能做到如此沉著，絕非一般蠻勇之徒可比。

但不可否定的是，在這場戰爭中，台灣就憑著「什麼也不做」，獲得了最大的戰果。

而歷史沒有記載的是，當時在椅子上縮成一團的愛貓小姑，手上卻握著神祕的女巫所傳來的紙條。嘴中也輕聲地喃喃自語道：

「阿蜜提……」

「我信妳這次……」

◆

原定的計畫，是讓漁民和日本海巡隊，在將近中午時發生衝突。雖然台灣與日本基本上時區差了一小時，但都在結束上午工作的休息時間，也能將其效益放到最大。

但這一天的海流，卻不知為何特別的激烈，最後導致漁船隊的集結也超過預定時間。

「預計將會延遲到當地時間，下午一點到二點之間。」

確定了狀況後，現場不少官員建議先集結艦隊，待衝突發生後立刻投入，可壓縮對方反應的時間。但張上將極力反對：「在衝突事件前先行集結，等於是告訴對手將要發動戰爭。雖然有小益小利，卻可能讓整個策略功虧一簣。」

這番推論有理，但羽日主席卻仍是猶豫不決。只是過了不久，一份情報卻讓攪動整個大局。

「美國的近海戰鬥艦艦隊，群聚在台灣南方海域。」

一時間總部大為緊張，難道最後還是驚動了美國海軍？

雖然中國近年來大力擴充軍備，但仍不及美國精良。因此戰略構想是在單挑日本的狀況下，以全國之力取勝！絕不可發生美、日兩國海軍合流的狀況。

在檢閱情報後，確定是進行訓練。甚至在三天前有發出新聞通告，這一日將在其海域進行訓練直到下午。只是為何沒人注意到這通告，卻也百思不解。

張上將於是再次建言：「近海戰鬥艦故名思義，是屬於在近海作戰或掩護登陸的通用艦，在大海中與遠洋艦隊對峙的戰力有限。但如美國想強勢介入，仍是一種難纏的對手。我們應該先不要驚動這對手，照原定計畫是為上策。」

在思考利害後，羽日主席只得忍住躁動的心。，下令照原定計畫，卻延後進行。更忍不住怨嘆：「真的是，人算不如天算阿。」

◆

太平洋的另一方，半個地球之外。

策劃這場戰爭的始作俑者之一，美國總統、大亨。正坐在著名的高級富豪俱樂部、馬拉阿哥[42]的金碧

42 海湖莊園（西班牙語：Mar-a-Lago），是位於美國佛羅里達州棕櫚灘的一處美國國家歷史名勝，1985年，被唐納．川普（第45任美國總統）收購。

輝煌大廳中，一邊喝著高價金箔雞尾酒，一面看著大螢幕中，衛星傳回來的資料。

大亨：「嘿！白宮真是寒酸，還是這裡好！」

其神情應該是布滿著虛榮與高傲吧？但實在看不清楚……因為大亨下令在屋內搭建了高台，自己高高坐在頂端，頭頂距離屋頂只剩一寸。由下望去，一面對其有如帝王一樣的氣勢佩服不已，一面又擔心那人一不小心，會意外的頭撞天花板。

而且……

「總統後面的頭髮，被電扇吹起來了。」（輕聲）

「對、以前也說過的問題，更嚴重了[43]。」（輕聲）

「……」

當然，遠在天邊的大亨，可聽不到這些評語，指滿意的看著在下方的心腹、三軍統帥、狂犬，與情報總監、天使。

一席軍裝，渾身殺氣的狂犬將軍，在這富麗堂皇的大廳中隨意一站，竟給人一種征服者的錯覺。也許是因為其所散發的強力氣場，適足以壓倒紙迷金醉的柔弱。不知不覺中，一旁的僕役也受到感染。站姿立正挺拔，神情堅毅專一，說比正規軍人也毫不相讓。

居然還有女性僕役躲在一旁，滿臉通紅的偷看？

但另一個天使，問題就大了。身為ＣＩＡ的情報總監，一身高級西裝也沒欠缺禮數。但那副神情之冰

43 2018/02/24新聞、罕見 川普自曝後腦勺快禿了（https://tw.appledaily.com/new/realtime/20180224/1303084/）

冷中夾著哀戚，讓所有人都感受到了一種剛失去親人的痛苦。結果就是所有的僕役都設法躲著這天使，導致一邊冷清，身後沒人的場面。

身為老闆的大亨，面露微笑看著這一幕，心想：「以後找人扮演狂犬，說不定能招攬客人。嗯、天使就免了，但用來對付『奧客』可能不錯。」

就在計畫著未來生意時，天使卻先開口：「竟然能巧妙的設計這場戰爭，總統先生的策略，實在令我欽佩。」

大亨一向喜歡被奉承，更是笑得樂不可支。但過了一會，卻向狂犬將軍問道：「為何你確定，中國會將全部艦隊集中在東海？」

狂犬：「因為歷史。」

歷史？還未發生的事，怎麼會在歷史記載上？

而狂犬此時這將軍眼露精光，明顯是為了戰爭而心動不已：「中國的民族性，非常倚賴『數量』的優勢。因此從『尼布楚』、『援助北朝鮮』、『珍寶島』、『八二三炮戰』到『逞越戰爭』。都在一處戰場裡，集中全國之力開打，以求取最大的優勢。相信這次也不例外，會一次過集中龐大艦隊，以求震懾對手。而且……」

遙指海圖投影，繼續說道：「那個菲律賓總統，是個投機的騎牆派。他想在經濟上拿中國好處，又害怕最後被吃乾抹淨。於是在軍事上偏向我國，一口氣租借五處軍事基地。但就這樣，羽日主席決不會信任菲律賓。台灣南邊也許會有軍艦出現，但其目的絕對只是祥攻，或牽制我軍而已。如果羽日主席犯下戰略錯誤，反而在南邊部屬重兵和我軍對抗。那要是南方對我軍無法戰勝，北邊又失利的話，這場戰爭就會在

『戰略』基礎上一敗塗地！」

大亨：「那些近海戰鬥艦的演習，是你下令的？」

狂犬：「是的、總統先生。近海戰鬥艦[44]不但速度快，而且能當運兵船用。萬一真的戰事發展出乎我等意料之外，要進行援助台灣，或是直接撤出我僑民，都非常管用。」

狂犬此話一出，引來大亨冷眼相對。天使更直接說道：「現在大戰還沒開打，就先預測會出錯嗎？」

但是沉醉於戰爭的將軍，此時盯著戰場海圖出神。連上司與同僚的質疑，都當作是微不足道的雜音：

「戰爭，永遠不講理又不合理，沒有所謂的神機妙算……」

「只有人算不如天算……」

◆

即使是策劃這場戰爭的人，都不敢說掌握全局。身在其中的，更是當局者迷。

安山首相與海老原大將幕僚長，此時正推敲各種戰場可能性，然而變數層出不窮，反而更讓人迷惑。

最後海老原大將建議：「變數太多，不管如何，先讓隱之雷小組就位，然後再看著情況應變吧。」

這是個正確、而且單純的軍事建議。

只是此話一出，兩人心中閃過某種感應。就像是腦中有預知，或是耳邊有著看不到的精靈在低語一

44 Littoral Combat Ship，LCS，又稱近岸戰鬥艦，是美國海軍下一代濱海區域（靠近海岸）作戰的水面戰艦。

樣。讓這一相一將忍不住互望一眼，只是「理智」卻壓住兩人的嘴巴，不約而同將這詭異的感覺掩蓋起來。

海老原大將：「……請首相下令，『心忍特零』、『原型機一號』到沖繩待命，支援小組就位。」

由於隱之雷的攻擊戰術，並非由單獨戰鬥機行動如此簡單。而是需要三軍同時協調。因此能夠發動的層級，並非古式村弎一個中校可以決定。

安山首相：「……就這樣吧！我需要戰略上的參謀建議，叫古式中校到總部協助。」

古式村弎不但是海島原大將在軍校校長時的得意門生，其實也是安山首相的「非公開地下情人」。但知道內幕的幕僚長，也不說破這一層，指點頭說道：「遵命，隱之雷小組出動！」

奇的是這一瞬間，兩人腦中又同時閃過「此乃天命」的聲音。只是四周一望，又虛虛幻幻不見真實。於是理智再一次壓制，各自行動去也。

那一天中午　出擊　此乃天命

這一天的早上，身為小組領導的古式村弎宣布緊急軍情後。更下令後勤人員全面再次檢查裝備，而四位主角飛行員，則在基地自由活動休息。

古式村弎：「儘量休息一下，今天會需要你們全力以赴。」

話雖如此，但現在情勢緊張，激發腎上腺素，怎可能輕易地放鬆下去？不過、可能還有一人……

虎次郎：「哈哈、來玩塔羅牌吧。」

隨即就在軍官的休息室和女士兵們打成一片，最後連神佑子也加入了。能隨時讓人放鬆心情，大概就是虎次郎最厲害的超能力。

神佑子：「所以這次抽事業……嗯、是『戰車』！又是這張牌？」

一旁的女兵也插口說：「神佑子中尉好像很容易抽到戰車？」

神佑子：「和戰車有緣嗎？我是飛行員耶！」

另一個女兵卻說到：「大姊可能是『巨蟹座』的。」

神佑子：「是沒錯啊，妳怎麼知道？」

虎次郎：「呵呵、這是因為『戰車』這張牌，與月亮屬巨蟹座之間有很大的關連。尤其巨蟹座的堅強意志力，更是戰車必備的特點。所以大部分戰車牌的設計，肩膀上都有弦月。戰車這張牌在事業的代表上，正是『攻無不克』。果然完全展現出神佑子妳的鬥志！」

神佑子在這段期間所表現出的積極鬥志，早已獲得的眾人一致的推崇。

女兵：「那、大姊的感情世界呢？」

神佑子豪爽的個性，早和所有人打成一片。很多時候，私下連稱呼都免了。

虎次郎：「這很難說耶……如果是巨蟹座的話，因為這星座的意志力非常強，也非常的自律，所以不容易將感情表現出來。但巨蟹也是『月亮』的代表，常常會出現不安與迷惑的情感。所以想知道的話，不如再抽一張牌？」

說完依照塔羅牌的規則洗牌、搭牌，神佑子也沒什麼意見，正想隨手抽一張時，東鄉蒼月卻走進來說道：「古式中校說有事找妳，立刻過去吧。」

神佑子：「真是……東鄉妳幫我抽一張。」

話說這可以代抽嗎？但是神佑子也不管那麼多就跑走了。

虎次郎：「有什麼要緊事嗎？」

東鄉蒼月：「不知道，只說是神佑子家中的事情要轉達。」

由於今日處於戰備狀態，照例不能直接對外聯絡。所以如果個人家庭有急事聯繫，軍中長官會先過濾，然後再代為轉達。

但東鄉蒼月看到桌上的牌，卻皺了皺眉說道：「你們還真有閒情逸致？怎不趁時間多檢查一下裝備？」

面對質疑，虎次郎一皮天下無難事，笑著回答：「哎呀、那有東鄉小姐和高進大哥在管，小弟還需要操心嗎？」

確實高進武雄和東鄉蒼月，即使在休息時間也會不耐其煩的仔細檢查裝備。只是這虎次郎的態度，簡直是賴皮。

虎次郎：「做人要誠實，反正再加一點努力，也比不上高進兄和東鄉小姐的完美。倒是神佑子請妳幫忙抽一張，就玩玩吧。」

東鄉蒼月：「我又不需要愛情指導……」

說到一半，卻不知為何忽然卡住。雖然臉上仍是看不出表情，卻隨手抽出了一張牌。

虎次郎：「隱者……這張牌不得了，沒想到東鄉小姐竟是如此深情之人。」

東鄉蒼月：「給我好好解釋！」

虎次郎：「當然！塔羅牌在順位與逆位，有著不同的含意。但是隱者這張牌在代表愛情時，順位是『不滅的愛情』，而逆位是『別人無法理解的寂寞』。但兩者的意義，卻都是為了一份深情而忠貞不逾。所以能抽出這張牌的東鄉小姐，絕對是用情至深的……東鄉小姐？妳在聽嗎？」

雖然別人在呼叫，但東鄉蒼月此時卻是呆呆地看著牌，陷入自己思緒似地喃喃自語：「別人無法理解的……不滅愛情嗎？」

就在這時，廣播再次響起。

【隱之雷行動小組　第一會議室集合】

◆

澐之護：「望月君！望月君！快清醒過來！」

聽到呼喚的心一郎，好不容易才能凝聚心神，卻發現自己正在那白色房間中。那純白、寒冷、孤獨的房間，只有自己躺在床上不能動彈。不過這次卻不太一樣，心一郎竟是被澐之護抱著，漂浮在那房間半空。

但是此時的澐之護女神，也變得虛弱而且憔悴，身形更似半透明的雲霧一般，似乎被風一吹就會消散似的。

心一郎：「女神、這到底是？」

澐之護：「……對不起、望月君……」

心一郎：「啊？」

澐之護：「對不起、但是為了守護國家、還需要望月君堅持一下……」

說完女神帶著心一郎往上飛起，穿越屋頂躍入黑暗……忽然，心一郎又回到心忍特零的機體。

【心忍特零　啟動】

但這次有些不一樣，周圍的工作人員充滿緊張氣息。而凡人無法看到的澐之護女神，也在一旁陪著。

澐之護：「望月君、無論如何，我都會陪你到最後。」

現在基地中周遭地勤忙碌，心忍特零與原型機一號同在一個機庫中裝備妥當。連高進武雄也穿妥壓力服，也一旁監督著。卻無一人發現，在心一郎身旁的女神。

不多時傳來熟悉的聲音，其他三位飛行員主角也來了。

一看到神佑子，高進武雄便說道：「有聽到你家人的消息了，請節哀。」

神佑子：「為什麼由長官傳話的消息會走漏？還傳錯了！我祖父是病危，還未過世啦。」

高進武雄：「啊！在這致歉了。」

心一郎此時仔細看去，只見神佑子嘴角緊閉，眼眶竟微微泛紅。想來要在家人病危時還要出任務，心理負擔可想而知。

而虎次郎，還是那副屌兒啷噹的模樣。

但光學鏡頭與東鄉蒼月的視線交會時，全身電路竟猛然一跳！那向來冰冷的視線，如今竟是凌厲如烈火。更像是有種熟悉又虛無的共鳴，在瞳孔的深處呼喚。讓心一郎似乎想起了遙遠的過往，卻又抓不到重點。

但是當古式村弎踏入機棚時，即使沒有命令，所有人卻極有默契地同時停下工作，站直了靜靜地注視著。

古式村弎先不講話，環顧四周，只見堅定意志與無畏勇氣，似乎透過視線與自己互相激盪。於是深吸一口氣，說道：「各位、就是今天了！國家存亡、興衰榮辱，全看我們今天表現如何？」

說得直接，聽者無不熱血沸騰。連身為鋼鐵戰機的心一郎，都感到內部機油溫度升高。

古式村弎：「對方現在海上集結漁船，後方則準備好軍艦與飛機。一但開戰，則擁有壓倒我軍數量的優勢兵力，以及能夠直接襲擊我國的長程飛彈！唯一的勝算……」

「只有我們『隱之雷』，能夠潛入敵軍重重防護，給予雷霆般震撼一擊！」

語音一落，美女軍官的眼鏡之後，似乎散發出實質的懾人力量，直催起濃濃戰意。

古式村弍：「依照訓練編組！『原型機一號』的正駕駛是『高進武雄』，電戰官是『毒蝮虎次郎』。『心忍特零』的正駕駛是『望月神佑子』，電戰官是『東鄉蒼月』。現在奉首相與幕僚長下達命令，往沖繩等候進一步指示。」

「出擊！」

猛然回應後，接下來眾人的動作可稱為一陣「狂風」。有秩序、有方向、卻是耗用全身餘力，以為過多的消耗，能帶來一絲絲更好的效益似的，但只讓現場充塞了陽剛的力量，與一種鼓舞人心的躁動。

神佑子也被這氣氛感染，這次進入機艙是用一隻手扶住旁邊做支點，整個人翻躍而上，幾乎是用落下的姿勢，「摔」入駕駛座的。

心一郎：「應該很痛吧？」

但當事人卻毫無感覺，反而用更快速的動作完成準備。同時心一郎竟然感覺被電擊？

電流的來源，居然是東鄉蒼月。心忍特零的電腦操控介面，是感應駕駛員眼球動作與視線焦點來操縱。只是今日少女的雙眼卻散發驚人的能量，在電腦迴路與心一郎的靈體間竄流著。

心一郎：「好厲害、是東鄉小姐的意志力嗎？」

但總感覺，似乎還有別的？

神佑子：「心忍特零準備完畢！請牽引車導引至跑道！」

雖然也可在機堡內啟動引擎，靠自己推力滑行到跑道。但為了安全起見，一般都由牽引車牽到定位。

只是機堡門一開，心一郎卻嚇了一大跳！密密麻麻，全是神話世界的腳色。

帶著長長鼻子的面具，手持蒲扇，背後有翅膀天狗。頭戴黑帽、身穿狩衣、右手持釣竿、左手抱鯛魚的是惠比壽神。啊！那周圍六人，有長鬚老者，帶著牡鹿、白鶴，難道是壽老人？又看到黑臉的應是大黑天，那美女應是辯才天。難道是七福神全到了？

還有圍著紅領巾的狐狸，應該是稻荷神吧。又像是獅子又像是狗的，就是狛犬了？

此外還有形形色色，各式各樣、威武的神祉、像是妖怪的神祉、像是動物的神祉、有龍、有虎、有鳳凰、連之前的明王也出現了。

但卻沒有任何人發現，基地已充滿了神明與妖怪。超自然之物浮在半空，佇立地上，與人類交錯，穿透建築物，卻對心忍特零畏懼似地，始終維持一段距離。

然而女神卻飛到現代隱形戰機的上方，喝道：「吾、乃護國女神、澐之護！如今將與心忍特零號戰機，共同出擊南方！有八百萬神明為後盾，必能擊退來犯敵軍，守護國家！」

霎時群神振奮！人類聽不到的歡呼響遍天際，風神、雷神更鼓風放雷助威！

神佑子：「似乎有雷聲？會下雨嗎？」

東鄉蒼月：「無所謂！我們能在全天候下作業。呼叫塔台、心忍特零飛行準備完畢！」

虎次郎：「呼叫塔台、原型機一號飛行準備完畢！」

無線電的另一端傳來古式村弍的聲音：「知道了，在起飛之前交代最後一件事。你們知道緊急彈射座椅，只有在三種狀況下作業嗎？」

心忍特零和原型機一號的緊急逃生彈射椅是同型的，因此虎次郎回答：「能將自己彈射逃生，或是將同伴彈射出去……還有？」

神佑子：「飛機解體時會自動彈射。」

古式村弎：「沒錯！雖然軍令盡忠職守，但記住！危險時一定要保住自己的性命！希望你們能平安歸來，那比什麼都重要！」

「遵命！長官！」

「塔台聯繫、心忍特零由三號跑道起飛，原型機一號跟隨在後。」

這時心忍特零對準跑道，兩旁竟是有神有妖，或躬身行禮或扶地跪拜。而心一郎更感受到，駕駛座上的兩位女子，所傳來的堅毅鬥志。還有在飛機背上虛浮的女神，所傳來的關照。

「就是現在了、望月君、我會一直陪著你的。」

「我一直、一直都相信你慾……」

【心忍特零　引擎動力全開】

【心忍特零　起飛】

這一刻、歷史開始轉動……

神佑子：「心忍特零、請求起飛。」

塔台：「心忍特零、起飛許可（Clear For Take Off）。祝凱旋歸來！」

神佑子：「心忍特零、出擊！」

「出擊！此乃天命！」

那一天下午　衝突　虛與委蛇的調停

那裡有個在二十世紀前，不曾出現在地圖上的小島。那小島既無淡水也無物產，當然也沒有任何居民。如今因為人類的政治，一方認為這是「歷史不可分割的神聖領土」，另一方則認為是具有「關鍵地位」的戰略要衝。因此當代兩個大國，竟然為這定義上的「撮爾小島」掀起一場大戰。

從中國出發的漁船，一開始是零散的，但到了下午二點，已集結成隊，逼近了有領土爭執的海域。日本的海巡船也依照慣例，進行驅離的任務。但這次有些不一樣，漁船數量多，而且出現了不少沒見過的生面孔，更明顯不是為了捕魚而來。

日本海巡官，通過無線電向上級回報：「他們將船速全開，路線設定對準海巡船而來。不少漁船插上了旗幟，船員高聲大唱愛國歌曲。這一次是準備好的衝突！請問長官要如何處置？」

回答也只有簡單明瞭的一個字：「打！」

於是在兩國長期對峙後，具有實際意義的衝突，就在這沒有淡水的撮爾小島旁拉開了序幕。

這時候，在日本指揮部。
日本首相、安山曉三郎：「結果會如何呢？」
統合幕僚長、海老原大將：「情況將會很血腥，這是對方想要的。」

◆

同時間，在中國總部。
中國主席、羽日：「就要開始了，都準備好了嗎？」
部長、樂聲公：「報告主席，都準備好了！必能將日本海軍血腥殘殺我國漁民的畫面，公諸全世界！」

◆

現場、的確血腥！
那是、以小型漁船，去對抗軍艦等級海巡武裝艦艇的亂局。
那時、充滿愛國心的漁民奮不顧身，幾乎以肉體衝撞鋼鐵。
那邊、海巡軍官面對難纏的平民，終於動用了武力。
剛開始是加壓水柱，但面對的是毫不後退的狂熱，最後仍是動用了機槍。打壞了漁船動力機關，才以為可以稍微抑制其行動時。卻看到愛國漁民跳上船頂，一面大喊「祖國萬歲」，一面卻引火自焚。
海巡隊長急中生智：「快、快用水柱沖過去！如果澆熄火頭，或許還有救……」
「轟然」一聲！
就在所有的救援手段施展前，不知為何發生劇烈爆炸！還在燃燒的人與船，立刻全成了碎片。

◆

而這一切，以無時差的速度，佔據了中國所有的媒體畫面。甚至當那漁民站上船頂時，已有播報員叫出「他要自焚了」這樣的預告。
「難道電視台能預言嗎？不然怎麼知道下一分鐘會自焚？」
「假設、假設一下不行嗎？」
這樣的猜測與研究，餵飽了日後無數的歷史研究者，也成了永不止息爭議。
但在當時，中國全國上下被一股憤怒情緒掩沒！根本來不及細想，也沒有討論的空間。
「倭寇！歷史的敵人！」
「那裡五千年前就是我們的領海！」
「是時候要他們知道，我國海軍不是吃素的！」
「戰爭！是我大國崛起的時候！」
同樣的言論，不斷在媒體中無限的翻攪！當全國都幾乎沸騰的同時羽日主席發出了公開的聲明：

「這是對我民族的屈辱！對我神聖不可分割領土的侵犯！本主席在此宣布，並不叫『烈士』的鮮血白撒，要盡全力討回公道！」

慷慨激揚的宣告，也等於對眼前的情勢定調，於是狂熱的步調進入了新的階段。原本中國對於民眾集會與遊行，有著非常嚴格的控管。但今日卻一反常態，全國各大城鎮都出現了「愛國」的遊行。甚至有對特定國商會與企業，進行破壞之事實，卻也不見公安人員制止。

◆

這一天，時間午後兩點。兩國的空軍，此時頻繁的在那區域來回。雖然還未發射飛彈，但各自出盡伎倆。或是貼近對手嚇阻，或是用雷達瞄準嚇唬。別說可能不小心走火，即使是意外撞機，也不奇怪的狀況。

安山首相：「幕僚長，請分析一下狀況！」

海老原大將：「報告首相、尖閣群島（釣魚台）距離台灣約170公里，到我國宮古列島約200公里。距離中國本土約340公里，到沖繩僅450多公里。」

說著一面將相關資料顯示在螢幕上，一面說道：「目前自衛隊在沖繩、宮古和石垣島有部屬戰機。而除了以上三處外，再加上靠近台灣僅112公里的與那國島等處都有雷達站與陸戰隊。假設萬一台灣遇到侵略，石垣的空軍最快二十分鐘即可支援，也可為其後提供援助的路線。因此想要成功攻佔台灣，必須在政治上讓美、日兩國袖手旁觀，或者能用強力壓制宮古、沖繩的支援，否則最後大軍將被拖垮在海上。因此中國的戰術，是在東海集中壓倒性的軍力，正面擊潰眼前的敵人。」

但這時第一個極大的變數，卻發生在八千公里之外。

太平洋另一邊的美國發出正式通告，希望能進行調停，讓事件和平落幕。

知道美國希望調停，羽日主席嘴角竟不自覺上揚：「這些的西方人，每次出手調停、談判，都讓我們有機會佔到更好的優勢。回覆說，我們接受調停。同時……儘快讓艦隊進入位置。讓美國那群笨蛋，把對手拉到談判桌上浪費時間。到時他們才知道，五千年的文化，啟是那樣簡單！」

四周一片歡呼聲，過去經驗使的在場眾人相信。西方世界的外交調停，根本沒有用處，更能讓己方的軍隊，獲得寶貴的時間。但歷史也證明，歷來國際調停，只會讓野心家獲得更多的優勢。

只是、無獨有偶。

在日本這邊，安山首相也下達命令：「回復美國，我們接受調停，但什麼承諾也不要給！趁這段時間趕快將軍力調度完畢。」

海老原大將回覆道：「遵命，現在海自已依照『致命小隊』的戰術完成組訓。只要隱之雷行動小組能發揮作用，那我軍就有一線勝跡！」

安山首相：「幕僚長您剛剛說什麼？」

海老原大將：「原來的『分布式殺傷』，並不是個很正確的翻譯。因此我稱為『致命小隊』戰術。」

致命小隊？安山首相忍不住哈哈一笑：「沒錯！這才是表達了正確的戰術含意。那、幕僚長，我們的致命小隊，現在如何布置呢？」

海老原大將：「目前我軍都是以四艘戰艦為一護衛隊，兩個護衛隊、八艘戰艦為一護衛群，因此暱稱

『八八艦隊』。現在主力一共有四個護衛群，也就是三十二艘各型戰艦。至於艦隊分布……」

說著直接動手調出資料：「原本已大湊與舞鶴為基地的第三護衛群，已南下到九州附近。而以佐世保基地為母港的第二、第四護衛群則航向種子島、奄美大島佈陣。以橫濱為母港的的第一護衛群，則開往鹿兒島途中。最後我軍將面對尖閣群島（釣魚台），在我方的島嶼掩護下，形成一個距離在三百到一千公里不等的弧線。」

「這弧線、就是『致命小隊』的攻擊發起線！」

在現代的革新戰術下，攻守的標準距離有了完全不同的感念。

海島原大將：「由於我國目前欠缺陸上飛彈發射車，因此實行戰術要靠海上自衛隊的MK41垂直發射系統。目前32艘戰艦共有1016發射管，但因為還需要顧慮到防空、反潛等需求，戰斧巡弋飛彈的裝載……剛好五百發。」

安山首相：「航空自衛隊呢？」

海老原大將：「航空自衛隊有各型戰機８０５架，但是現在實在沒有時間，只有少數進行過空中發射戰斧巡弋飛彈的實驗，反而不如原本已有垂直發射系統的海自。」

安山首相點頭表示理解，隨後問道：「對方呢？」

海老原大將：「以目前的情報來看，中國的艦隊有計畫的散在港口和海上各處。估計最後將集結包含三艘航空母艦在內，超過一百五十艘各型船艦。空軍則調動了最多二千三百架各型戰機，以及初估一千枚彈道飛彈。」

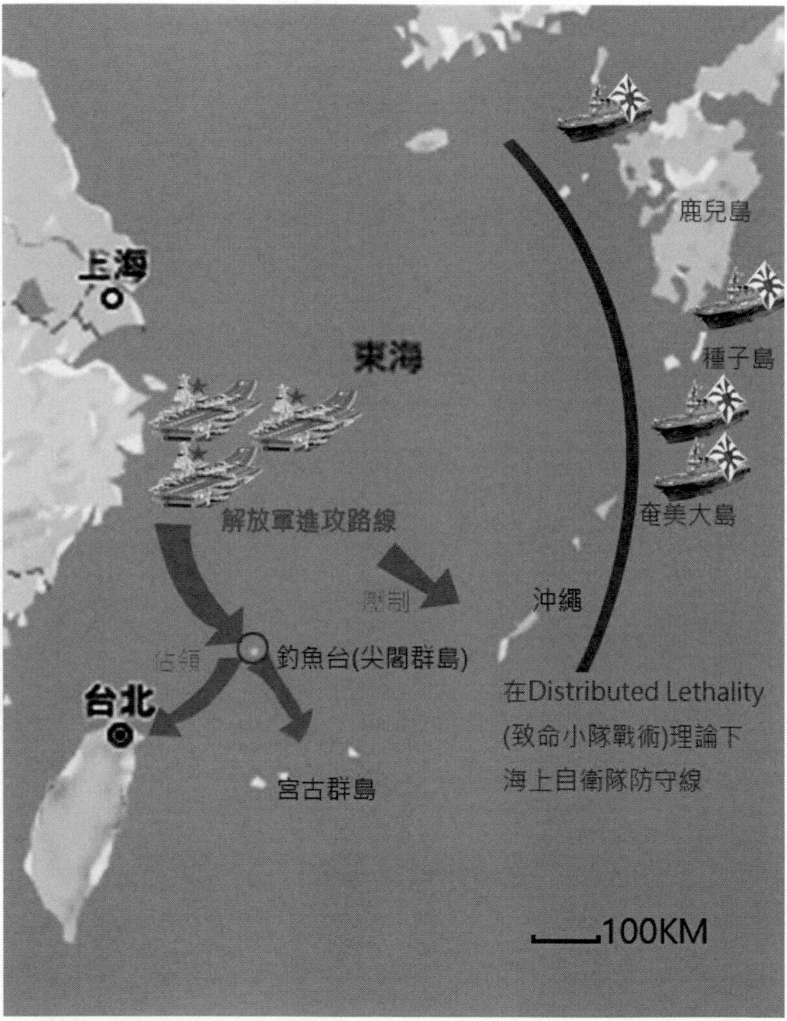
鹿兒島
上海
東海
種子島
解放軍進攻路線
奄美大島
壓制
沖繩
佔領
釣魚台(尖閣群島)
台北
在Distributed Lethality
(致命小隊戰術)理論下
海上自衛隊防守線
宮古群島
100KM

光聽到此處，不只安山首相，連周遭的官員都倒吸一口涼氣。不只數量上居於壓倒性的不利，而且雖然說直昇機護衛艦是「類似航空母艦」，但畢竟還是無法起降戰機。更不要說，雙方戰機數量的差距。而且因為戰後條約的限制，日本無法發展遠距離的彈道飛彈，更遑論核子武力。這樣、還能打下去嗎？

就在心中惶惶不定時，卻聽到熟悉的聲音。

「古式村弎中校報到！」

戰機一昇空，古式村弎也第一時間轉往總部。

海老原大將：「隱之雷行動了？」

古式村弎：「是的！報告長官、依照目前情勢。已下令心忍特零直接往戰場、尖閣群島（釣魚台）前的敵艦隊處偵查。原型機一號則繞一趟鹿兒島，協助規劃一條戰斧巡弋飛彈的進擊路線。」

海老原大將點了點頭：「那TACOM機呢？」

古式村弎：「做為支援的TACOM機一共十八架，現由兩架C130運輸機搭載。已往鹿兒島方向飛行，隨時進行支援。TACOM操控與任務規劃，下官委託美國的珍妮弗中校協助。」

幕僚長聽到後，轉過頭來。雖然帶著墨鏡，古式村弎還是感覺的到那明亮的少女漫畫式大眼，正水汪汪地瞪著自己。

海老原大將：「與美國的協約可沒包含這一項，你確定能信任對方？」

古式村弎：「是的、校長！我認為這是最好的決定！」

古式村弎也是海老原大將在擔任軍校校長時，所培養出來的優秀學生。但現在的情勢微妙，嚴格說美國在此時也亦敵亦友。在關鍵時刻從背後捅刀的可能性，也不能說沒有。

安山首相：「沒問題、我支持古式中校的決定。」

說話同時，外務省（相當於外交部）送來了中國所開出的要求。不但一如所料的要求嚴逞執法的海巡官兵，還要求將沖繩與宮古等島設為非武裝中立區，並要求駐守公安等。最特別的是，勳告中還大力抨擊台灣「袖手旁觀」、「等同共犯」，竟一併要求台灣解除武裝，等候調查。

這份文告可說是得寸進尺的典範，更讓在場官員氣憤不已。但安山首相卻淡然說道：「就這樣回復，說我還在仔細的考慮，請耐心等待回復。然後……」

「動作加快！戰爭要來了！」

◆

狂犬：「所以中國最後選了使用傳統戰術，進行大艦隊編制。以神盾級和類神盾級驅逐艦為骨幹，護衛著航空母艦。以數量和編制而言，將形成緊戒區域約三百公里，作戰圓周約二百公里的大艦隊。進擊的路線則利用中國沿海地形與空軍掩護，逆時針航向尖閣群島（釣魚台）。一但佔據了尖閣群島（釣魚台）海域，就可支援陸戰部隊，對台灣和宮古群島進行搶灘作戰，也可壓制沖繩方面的守軍。但是……」

大亨：「又來了！英語文學中的『但是（but）』，簡直是萬惡的連結詞，趕快說吧。」

狂犬：「但是，他們必須捱過新時代海戰革命的攻擊。」

這個回答，讓當今世界的第一強國領袖，忍不住哈哈大笑。還轉頭對著情報局的頭領問道：「我們再次確定中國主席、羽日根本不會看到新戰術的理論？」

情報的天使一點頭：「我向你保證，總統先生，就如同之前的報告所說。」

這樣公式的回答中，一定包含了某種奇怪的要素。讓這大亨笑得更是開懷，甚至高高舉起了雙手：

「那我們就繼續廢話，然後看好戲（Show Time）嘍！」

◆

可惜的是，廢話無法帶來和平。在大海上空，戰火一觸即發！

那一天 廢話後 開戰

雖然高層還在談判，但基層士兵的戰意早以蔓延。

當天雙方不約而同地，增派戰機在爭議空域巡邏。但由於雙方艦隊都還未到定位，於是雙方的飛行員也都接到了類似的指令：

「遇到敵人要用實力宣示主權，遭到攻擊時立刻還擊，同時絕對避免任何引發戰爭的行為。」

「……」

「……」

「誰看得懂這種前後矛盾的命令啦！」

◆

可惜古往今來，每每在弔詭的戰爭前夕，軍事指令詞意錯亂乃是常態。而混亂的文辭，就會帶來混亂的結果。

雙方的飛行員在爭議的海域上遭遇，先是互相追逐、阻擋、展示技術示威，隨後演變成類似實戰演習的互相較勁，然後一些年輕氣盛的飛行員打開了火控雷達瞄準恐嚇對手，然後……

「該死！我不小心射出去了！」

「笨蛋！保險套用規則都忘了嗎？」

「射……中出……射中出問題怎麼辦？」

「幸好、體外……在對方機體外爆炸了！等等？全衝過來了！」

「可惡！想要輪×嗎？看我顏×這群混蛋！」

最後，血氣方剛、慾望過剩的軍人們，也不管長官的指示，就先進入了交戰的狀態。在漁民衝突後兩小時間，空中交火規模逐步擴大。海面也有雙方警備船與漁船互不相讓的周旋，雙方都出現了死傷。

中國早已有所計畫，這時不斷透過公眾媒體傳回傷亡的影像，激發全國的抗戰情緒。

這時傳來捷報！由於中國海軍的「強大艦隊」，已經「充分了解人民的意志」，於是全軍出動「震懾倭寇」！

接著傳來日本方面空軍與海警，因為中國艦隊逼近而撤退的消息。全國民眾振奮歡呼，還佔據街頭，一面盯著電視的戰報一面慶祝勝利。在多年的黨政媒體洗腦後，全民族似乎都忘記了，有戰敗的可能性。

在中國總部，樂聲公更是高興地大叫：「報告主席、現在全國都沸騰了！」

而羽日主習更是在此時，直接連線到艦隊的旗艦司令部上訓話：「現在全國同胞都在等待海軍官兵能一雪國恥，達成重大民族目標！本主席也期待各位的豐碩戰果！」

在這二十一世紀初期的所謂「航空母艦戰鬥群」，是以具有神盾級系統的戰艦，與一般的驅逐艦層層護衛著中心的航空母艦，再加上空中的戰機與預警機，以及海中的潛艇，展開半徑超過二百公里的防衛圈。

因此當艦隊在釣魚台＝尖閣列島北方一百多公里處完成集結時，日本的壓力不言而喻。唯有將防線後撤，並加強戰備一條路。

但是、就是有這種能潛進堅固的防衛圈中，還不會被發現。被軍事專家斥之為「開外掛」一樣存在的事實。

神佑子：「躲在雲中看不清楚，但下面到底有多少船？」

神盾級戰艦的相位雷達系統非常敏感，能捕捉雷達反射在「昆蟲以上、飛鳥以下」的隱型戰鬥機。但是這個時候，心忍特零的位置，就在艦隊中心的上空，卻完全沒有被發現。

◆

後世的機械專家，這樣解釋道：「像是實驗原型機這樣，處處以手工仔細校調的機械，常常做的比大量生產的產品還要優秀。心忍特零隱形戰機、就是做好的例子。」

◆

事實上，這一天也確實讓轉生的少年，打心中佩服著設計團隊。

心一郎：「之前認為『你』不像飛機，實在是太對不起了。」

由於過世在二次大戰中，因此觀念中的飛機，就是有著螺旋槳、和明顯平直的機翼那種。但是心忍特零卻採取機翼與機身融為一體的設計，更為了不反射雷達波，而刻意塑造不連續的曲面。因此整體造型，曾被心一郎認為「這能算是飛機嗎？」

但如今在這裡，不論是下方艦隊的相位雷達，或是左近預警機的圓形天線。交織的雷達波，可說是形成了無形波紋的「大海」。心一郎卻只是看清水流的方向，小心調整了飛行的角度，滑入海裡，連一點水花都不會濺起。再加上女神、澐之護招來的雲氣，遮蔽飛機的身影。竟然就這樣隱蔽在敵人上空，達成了不可能的偵察任務。

東鄉蒼月：「航空母艦三、萬噸神盾驅逐艦二、七千噸神艦驅逐艦十二……各型一般船艦共七十艘，兩萬噸級登陸艦五艘。總數確認，共一百六十六艘大小戰艦。」

神佑子：「一百六十六艘……」

即使是美國自豪「世上最強的第七艦隊」，也不過五十多艘戰艦。

神佑子：「這次對方真的是精銳盡出！咦？」

【命令　心忍特零　原型機一號　至安全點與加油機會合】

◆

就在下方，史無前例地的龐大艦隊，對於已在上空偵查許久的心忍特零，仍然是毫無知覺。

◆

約莫三十分鐘後，心忍特零與原型機一號，在安全地帶與加油機會合。無線電也毫無滯礙地，和在C130上等待的珍妮弗、溫蒂，與人在總部的長官、古式村弎聯繫上了。

神佑子：「真可怕！居然能集合這麼多戰艦。」

虎次郎：「嗯、戰機比1：4、戰艦比1：5、我軍壓倒性不利。」

高進武雄：「我一個打十個沒問題！」

古式村弎：「所以你是擊墜王啊！東鄉中尉呢？有沒有什麼想法？」

東鄉蒼月：「報告長官、請別打擾。」

古式村弎：「咦？」

東鄉蒼月：「下官正在腦力激盪，希望心忍特零的戰術電腦，能計算出勝利的模式。」

「……」

但其實不只東鄉蒼月，心一郎此時也忍不住頭痛的呻吟：「這、東鄉小姐怎麼了？」

一向視線冰冷的東鄉蒼月，現在的眼光卻似乎散發著某種能量。或者可稱為是灸熱的意志，透過眼球偵測的技術傳來號令，要心忍特零全力驅動電腦，甚至要超越原本設計的極限。

在空中漂浮的女神，連忙伸手輕撫機體，絲絲的雲氣讓電腦的計算晶片及時降溫，心一郎才舒了一口氣。

澐之護卻說道：「凡是有天命的神兵利器，往往能引導其主人生出超越常人的感應。也許這就是命運，望月君、請集中精神，在本神的加持之下，讓心忍特零與東鄉蒼月小姐超越自然的極限，一探勝利的天機。」

女神說完，竟然身形穿透過合金外殼，與心一郎＝心忍特零合而為一！霎時間戰術電腦以不可思議的速度運作，電子迴路充斥著過載的悲鳴。

澐之護：「望月君請凝聚精神，專注、專注、專注……」

女神的話語，有著領導精神的作用。心一郎於是勉力集中意志，讓東鄉蒼月的火熱視線帶動所需要的指令，指令驅動無數的運算，運算轉化成抽象的含意，然後在一片虛無的思考宇宙中尋找結果。

忽然竟出現幻影？是神佑子小時候，第一次踏入望月家的樣子？是神佑子第一次呼喊心一郎的時候？是神佑子受傷、哭鬧、高興、撒嬌的時候？為何會看到這些？

但再過不久，心一郎終於能專心致意，所有幻覺消散，由抽象的預感中浮現了答案。

◆

海老原大將：「妳說這是心忍特零計算的結果？」

古式村弎：「是的！報告長官、這是我的組員所做成的作戰計畫！」

在總部中，氣氛微妙。

海島原大將再次瀏覽了計畫，才用狐疑的神情說道：「這、古式村弎中校，我知道心忍特零的戰術電腦是頂尖技術結晶。但這個範圍實在太大，變數也太多……」

說著卻眼看著安山首相，並將相關的資料展現在大螢幕上。而首相也是神情凝重，最後決定：「我要和小組成員通話。」

【總部電訊　接通】

安山首相：「這裡是總部，我是首相、安山曉三郎。」

「長官好！」

安山首相：「幕僚長保證，現在的電訊絕沒有被截聽的可能。所以我想直接聽聽，妳們所做出來的作戰計畫！」

剛剛用電腦運算出這計畫的美女飛官於是回答：「報告長官，我是東鄉蒼月中尉，這份作戰計畫是我用心忍特零的電腦算出來的。」

安山首相：「好、請說！」

東鄉蒼月：「對方艦隊數目雖多，但是有相位雷達且可以做為指揮中心硬體的。包含航空母艦、萬噸級驅逐艦、以及其他具備神盾系統或類神盾艦艇在內，一共只二十五艘。」

安山首相：「嗯？」

東鄉蒼月：「所以應該先由較遠的我方艦隊，發射二百枚戰斧巡弋飛彈。同時出動所有的TACOM無人機做為引導，以防GPS訊號被截斷，並預備做電子戰特攻。第一波攻擊，全針對這二十五艘神盾級戰艦進行強襲！再以計算的時間差，由更靠近戰場的艦隊，發射剩下的三百枚戰斧巡弋飛彈。」

過度精密的作戰計畫，而且其宏偉程度令人乍舌，讓所有人都陷入了思考。

東鄉蒼月繼續說道：「這時較遠方的艦隊，可趁機先做補給。如果敵軍的神盾艦群，能挺過第一波飛彈的攻擊。那後發的三百枚，就挑沒有神盾系統的戰艦，設法擴大戰果。但是、依照心忍特零的戰術電腦計算，有超過87％的機會，這二十五艘神盾艦群，會完全扛不下我們所開發的，用電戰飛彈掩護隱藏的飛彈，也叫『合法掩護非法』的戰術（詳情請見「攻略神盾02」章節）。那接下來的攻擊，就叫對方今天在尖閣群島（釣魚台）前，嘗到『全滅』的命運！」

話說完，但尾音似乎震動每一個人。連安山首相也不免猶豫，遂看著幕僚長，希望能提供專業意見。

海老原大將：「……其實我軍艦隊已就位了。這個戰術，發動的時機不能太晚。只是一但發射飛彈，在國際上就會被認為是正式宣戰……」

「我、我、我是美國技術顧問、溫蒂！請首相大人聽我說幾句話！」

安山首相：「請說。」

溫蒂：「我曾經把心忍特零的戰術電腦拆下來，和同型電腦交換，或是裝到其他飛機或單獨運作來對照。結果發現相同的硬體，在心忍特零上面所計算出的結果。不但截然不同，而且準確的難以相信。以本人220的智商來看，只有一個結論！」

安山首相：「什麼？」

溫蒂：「答案就是『心忍特零能思考』！『他是活的』！首相先生，總之……珍妮弗妳幹嘛？」

珍妮弗：「對不起，首相先生，小孩子的想像力……哇！」

超級高八度的尖叫，加上一聲清脆的「啪斯」聲響，就像是布料撕破的聲音。因為溫蒂和珍妮弗，都在飛行中的C130運輸機上。更讓眾人一陣緊張，不知是否出了什麼意外。

卻聽到溫蒂的聲音：「不用220的智商，也可以看出『它』是在幫你！所以不用去管是為什麼？或者是什麼人做的？只要相信心忍特零，就可以得救！唉呦……珍妮弗！」

珍妮弗：「把我的胸罩還來！」

乒、乒、乒、乒～

「……」

外務省傳令：「報告首相，這是外務省傳過來的。是R總理在克里姆林宮親筆寫下，又傳真到大使館。說是一定要交給您……咦？首相？」

安山首相：「剛剛情緒起伏太大，表情有點奇怪。好了、R總理說什麼？他也想在調停中分一杯羹嗎？」

外務省傳令：「這、看得懂……可是不太懂……」

現在的公務員素質有這麼差嗎？

安山首相忍不住一把將那張紙搶過來，一看之下卻忍不住哈哈大笑，又展示給另兩人看，那傳真紙上只歪歪斜斜地寫了「頑張って（日文：加油）」。

這張著名的傳真，後來被收藏在大學展覽室中。也被後世歷史學家，認為是R總理政治手段高明的一個證據。

忽然警報響起，一連串確認後，發現是中國對準近海發射彈道飛彈，而且公開聲明是在進行「演習」。

安山首相：「我們擔心戰爭，對方只當是演習。還是羅斯福總統那句話，『任何人都不能靠撫摸，把老虎馴服成小貓』。只有全力以赴，沒有退縮的後路了。」

於是……

就在那顆「演習」的彈道飛彈落海後十分鐘，安山首相正式宣告全國進入戰爭狀態。

樂聲公：「那些小鬼子，不知天高地厚還夜郎自大，這次一定要打的叫他們天皇以後拜黃帝做祖先！」

眾人聽得哈哈大笑，雖然是無稽的戲謔，但強迫被征服的種族改變信仰與文化的體系，卻是中國的一貫歷史手段。

安山首相發聲明後不到五分鐘，接著羽日主席也發表正式通告。譴責日本「不顧歷史正義、挑起戰端」，並譴責台灣「助紂為虐」！

接著電視畫面轉到了彈道飛彈部隊，正在準備的畫面。

羽日主席：「就是現在！我國將一掃敗在海上的恥辱，崛起成全面的大國！」

一聲令下，彈道飛彈部隊負起第一擊的重任，在全國百姓的歡呼聲中，飛彈呼嘯沖天，目標是遙遠的島國本土。

而巧的是，幾乎同一時間，在日本鹿兒島附近的艦隊，也算準了敵方衛星偵察的空檔，發射了飛彈。百枚以上的飛彈竟似能思考的動物一般，在空中一轉身，就往千里之外的敵方艦隊目標而去。飛彈貼著海面、遮掩低調、難匿其蹤、竟連在附近的漁民，都沒發現剛與現代的頂尖武器擦身而過。

海老原大將：「我們這一仗，可說給了『決勝千里』這句話新的註解。預計飛行時間85分鐘，剛好在目標區日落時到達。」

安山首相：「所以……日落後，我們就知道勝負了……」

後世、將這場戰爭稱為「85分鐘戰役」。短短的時間中，將展現現代戰爭的殘酷。

85分鐘戰爭　沒有安全地的國土

溫蒂：「快、快、快！我們動作要快！要趕在敵方干擾GPS訊號前，把TACOM部屬完畢！」

TACOM無人機的速度和戰斧巡弋飛彈相若，而現在C130運輸機的位置，剛好在整個進擊路線的中點。現將分別飛往路線的兩端，並在特定的地點等待。

溫蒂：「每一架TACOM等到飛彈群後，就依照下一架TACOM所發出的訊號與之會合，十八架TACOM就這樣串起一條導引路線。就算GPS衛星訊號被干擾，戰斧巡弋飛彈依然能在難以辨別地貌的大海上，往正確的方向前進。」

珍妮弗：「然後TACOM們一起陪伴到目標，就作為電戰的特攻消耗品嗎？」

原本TACOM是日本為了實驗模擬巡弋飛彈，而製造出來可以自行降落在機場，反覆使用的無人機。但今天，注定不會再回到地面了。

珍妮弗：「TACOM、向你們致敬！後會無期了。」

天空此時一片晴朗，只是人類的廝殺罪孽，卻汙染了這片美麗。

中國同時部屬三艘航空母艦，與空中的四架預警機為中心。更調動超過一百五十架艦載戰機，加上陸續由大陸方向出動的戰機，開始壓制沖繩與石垣的日本空軍。攻勢經過精密的計算，大批的戰機成波狀、有秩序的進攻和撤退。在極短的時間內，考驗防守方的極限。

不但如此，壓力還將更上一層樓。

「彈道飛彈攻擊！」

「巡弋飛彈攻擊！」

中國擁有「東風」系列的彈道飛彈，與「長劍」系列的巡弋飛彈，能夠進行長距離的攻擊。但現在竟然同時打到？

檢視情報後確認，中國的重型轟炸機偷偷前進到較為附近的空域，在相當近的距離發射長劍巡弋飛彈。不但如此，中國艦隊也發射艦射型的巡弋飛彈。算好時間與彈道飛彈同步攻擊，務求同時間以最大的火力攻擊沖繩與石垣。

面對如此強橫的攻勢，沖繩基地指揮官卻從上級長官那得到無情的回應：「在外海的艦隊，不會支援沖繩方面的作戰！」

在奄美大島外海的艦隊，此時已接近將沖繩納入防空範圍的界線。如能前進協助防空，那守軍的壓力就會減輕許多。

但是海老原大將臉色嚴峻的回答：「綜觀全面的情勢，必須讓海上的艦隊處於萬全的狀態，才有反擊的希望。現階段駐軍以防守、保存戰力為主。希望余克盡軍人的本分，死守到底！」

說得容易做的難，後世流傳的一首兒歌，唱著：「飛飛機、飛飛機。飛得太高被打下來，飛得太遠被打下來，飛回來也找不到家，都被打得坑坑洞洞。」

當天生還的飛行員，常自嘲是「浮動戰車」。就因為空中的敵軍太多，最後必須一起飛，就沿著地形低掠。只有和自家防空砲火結合掩護的情況下，才能伺機進行反擊。完全不敢飛到高空迎擊，以避免陷入一對多纏鬥的局面。

似乎打得很無奈，但卻也沒那麼不堪。當羽日主席檢視戰報時，還真是嚇了一跳：「我軍的戰損比較大？」

張上將：「報告主席，這是必然的結果。」

也不管羽日主席臉色不善。張上將繼續說道：「原本的計畫，就是以數量壓垮對方的防線，犧牲較大是必然的。何況我們被打下的戰機雖多，但也給對方無法彌補的戰損。再繼續下去，遲早耗光敵軍的防守能量。」

話雖如此，羽日主席卻是不能接受的樣子，更下令出動壓箱寶的王牌。

「對沖繩發動『狼機攻擊』！」

所謂的『狼機攻擊』，是軍事上的奇想。將舊型的超音速戰機，裝上簡單的導向裝置，就成了指向性非常差的無人戰機。當然這不能拿來協調攻擊用，但卻可以用作消耗對手防空飛彈，或擾亂雷達的用途。因此羽日主席對這樣的奇異構想非常喜歡，並下令著手進行。

對於這樣的奇思狂想，軍方反對的聲浪不小。但由於國家主席堅持，加上評估後，認為用來攻擊台灣這樣處於絕對弱勢的對象，也有不小的震懾作用。最後以舊時的退役戰機為基礎，建成了超過三千架的無人機隊。

張上將：「請恕下官反對，這『狼機攻擊』是預訂用來威攝台灣的。為何要提前使用？」

羽日主席：「那台灣現在有威脅嗎？」

這問題反讓張上將一下答不上來，自衝突以來，台灣的狀況簡直是匪夷所思。發布了確定的消息，讓人們知道總統、愛貓小姑本人還在公署內。但接下來的行動，卻讓人抓不著頭緒。既沒加強戰備，也沒有要投降的跡象。卻也不和任何一方接觸。努力地將島內的秩序維持到最好，但像是掩起自己耳朵，假裝這場貼近身邊的衝突不存在似的。

雖然不論任何時代的歷史學家或是政治家，都對愛貓小姑這招「不應之應」有著諸多的批評。但也無法反駁，這一天台灣的確用「裝聾作啞」的策略，開創了未來的道路。

羽日主席：「我看這台灣是想看風向，哪邊打贏就倒向哪邊。如果現在沒有打勝，就沒有下一步可言了。」

張上將也無法反駁。表情在臉上僵硬了幾秒鐘後，平息了自己的情緒，回復軍人的從容說道：「是、一切依主席的吩咐。」

於是在現代化的戰場中，出現了最混亂與血腥的一幕。

接到司令部傳來情報，我軍的隱形機正監視著對方艦隊，並發回情報有大量無人機進行攻擊。

能待在敵方的中心位置，只有心忍特零做的到。但在當時還是機密。

沖繩與石垣方面的守軍自是不敢大意。將守備的範圍再縮小，除了直接撲向基地的威脅外，其他的全不理會。雷達螢幕上出現超過能估計數量的戰機，用音速以上速度衝來。然而再過不久，情況卻比想像還要血腥……而且滑稽。

「他們到底是要飛到哪裡去？」

「是在繞圈圈嗎？」

「咦？那邊是撞機了嗎？」

「是有飛機墜落到他們自己艦隊裡了嗎？」

「……」

由於這套戰術，是以在一般空域中，塞入超過的戰機數量來迷惑對手。又同時要求己方戰機，混雜其中發動攻勢。結果就是，發生多起自家戰機在混亂的陣式中撞機的意外。但中國的飛行員，竟還不畏死，悍然要執行攻擊任務。當然造成更多的犧牲！

石垣島防衛司令官，在這殘酷的一天後，於日記上寫道：「設計這種沒有人性的戰術，與下令執行的人，都應該下地獄去。」

然而再當場，守備與攻擊雙方，最後都不由自主被這瘋狂的戰術捲入，只能在混亂中勉力求生。

◆

當天，日本的嚴峻的挑戰還不只如此。

為了保全艦隊的實力，海老原大將命令四隻護衛群都躲到了列島背後的海洋上，以免被對方的戰機襲擊。但就算如此，竟還是不能避免。

「偵測到彈道飛彈！落點在本艦附近！」

日向號直升機護衛艦的艦長，馬上就理解了威脅：「這是中國的反艦彈道飛彈！立刻通知護衛艦進行攔截！本艦進行迴避運動！」

所謂彈道飛彈，是將飛彈打上高空，到達大氣層外，然後再俯衝對準目標落下的飛彈。因為再重返大氣層時，會因為高熱產生無法使用雷達或無線電的狀況。所以其誤差精確度，更是動輒數十、數百公尺到幾公里都有。

但是中國卻宣稱，發展出能精確導引，進行攻擊航空母艦的彈道飛彈。全世界的專家當然質疑，這是否符合科學的邏輯？但看來，日向號就要親身體驗這傳說中的武器了。

日本的艦隊護衛群都是八艘戰艦，其中有一到兩艘是神盾級驅逐艦。

此時護衛的神盾艦，偵測到來襲的二枚彈道飛彈，並隨即發射飛彈攔截，將目標擊毀在高空中。

但就在以為可鬆一口氣時，第二波攻擊，八枚飛彈緊接襲來。

「二枚之後，是八枚嗎？」

日向號艦長心中泛起不祥預感，但眼前也只有咬著牙進行攔截。當神盾系統再一次不負眾望，將來襲飛彈打落後，二十二枚彈道飛彈出現在雷達上。

日向號艦長：「混蛋、偏偏在這個時候！全員進行迴避運動！」

由於所屬的第三護衛群，正是發動第一波、二百發戰斧巡弋飛彈攻擊的要角。因此其裝備的314具發射管，只剩一百多發存量。其中還有近五十發的反潛艇用火箭，再扣去剛剛攔截所用，所剩的還須預防對方向本土發射飛彈。於是就算冒險，也必須保存戰力。

但結果似乎有驚無險，二十二枚至近彈的落點，介於15～35公尺之間。

只是副官卻憂心忡忡的表示：「過去美國的潘興二型（Pershing II）彈道飛彈，也是能對固定的地面物標，做到30公尺的精度攻擊。現在等於是將這誤差值搬來對付移動目標。雖然要命中時速30節（約58公里）的日向號，機率和簽樂透差不多。但、就是有倒楣運中樂透的時候。」

就在這時，下一波攻擊、四十枚飛彈來襲警報響起。

是要發射飛彈攔截？還是賭對方簽不中樂透呢？

◆

面對移動目標力有不逮，但面對固定目標就可怕了。這一天，日本全國土都受到了彈道飛彈的攻擊。不但較南方的縣市遭到直接的攻擊，連原本以為不會受到攻擊的北方，也遭到中國跨越他國國境的彈道飛彈攻擊。攻擊的目標不只軍事設施，還包含了發電廠、交通公路、鐵道以及重要橋樑。其落點與彈數之多，最後迫使防衛的飛彈，只能選重點集中保護。

甚至連國家重要設施，也不見得安全

安山首相：「志布志灣？國家石油儲備基地？」

九州南方的志布志灣，自冷戰時期便設置了石油儲備基地，以防北方的俄羅斯攻擊。但今日的威脅來自南邊，於是成了容易的標靶。

海老原大將：「為了預防這種情況，已進行了儲油的分散作業。現在基地內的儲油，不到原本的二成，受害其實沒那麼嚴重。放手這一塊，就能替其他重要目標提供更多保護。」
就在這時警報響起，竟是總數超過六百的巡弋飛彈來擊。巡弋飛彈的速度是次音速，比八倍音速甚至以上的彈道飛彈慢得多，直到現在才打到。強烈的爆炸，搖晃整棟掩體。天花板的燈管紛紛掉落，引發不少慌亂！

◆

「不論如何，敵人將本土當作主要目標，沖繩當作候補，就是我們的機會！」
沖繩防衛指揮官，在當時這樣鼓舞士氣。當然那時他並不知道，這番說話，讓他成了後世小說家筆下的「沖繩候補指揮官」。雖然是錯誤的以訛傳訛所致，但大眾的印象卻根生蒂固，甚至連教科書都幾度錯誤的引用。
好不容易，停下了那對雙方都危險的無人機群戰術，中國再次組織攻勢。卻遭受到不明的攻擊，而損失慘重。雖然雷達沒有發現，但有飛行員目擊了對手。正是日本的F35閃電二式隱形戰機，已悄悄地離開本土，加入攻防戰了。
但這只讓沖繩方面高興了幾分鐘，由心忍特零傳回訊息，確認中國的隱形戰機參戰的情報。
中國也有自製的殲二十隱形戰機，更是當時世界噸位數最大的隱形戰機。對比F35閃電二式，雖然一般評價在電子設備上有差距，但仗著機體大、載重量高。能武裝的對空飛彈，幾乎是對方的兩倍。號稱是當今世上，擁有最強武裝的隱形戰機。

結果兩邊都不約而同的將空域空出來，讓雙方的隱形戰機像是中世紀的武士對決一樣，大顯身手一較高下。

一接觸對手，F35仗著雷達與電子設備反應迅速，先發現、先射擊。但卻發生了讓人傻眼的狀況，飛彈上的尋標裝備，不論是依靠主動雷達或紅外線追熱裝置，都不足以鎖定隱形戰機。結果對方快速轉彎，就讓飛彈簡單的落空了。

接著攻守交換，殲二十用四顆飛彈回敬，卻也一一落空。

現代化的飛彈，竟然完全的沒有作用。幾次交換攻防後，雙方甚至想用傳統的空中纏鬥＋機砲射擊來決勝負。只是機砲在進入噴射機時代後，因為雙方的速度過快，技術上面臨難以瞄準的困難。在雙方都具備超機動的能力之下，更是難以建功。

安山首相忍不住問：「難道沒有辦法對付隱形戰機嗎？」

帶領隱之雷小組，古式村弎也算隱形戰機戰術的專家了，這時卻搖著頭說道：「沒辦法！雖然相位雷達的敏感度，有可能『察覺』有隱形戰機在某個區域。但目前科技，還不足以做到鎖定瞄準，也無法有效引導武器。除非……有隱形戰機無節制發出大量的雷達波，讓別人能用雷達源作為導引的依據。但就如你所見，不管是敵、我雙方，都避免做這種蠢事。雷達波的使用極有節制，不讓對方有機可乘。」

還思考著科技的優缺，但這時司令部卻劇烈震動，燈火更閃爍不明。六百枚巡弋飛彈的攻擊，考驗著平日防衛建設的品質。

同時前線竟出現了戰果，也是戰損。

羽日主席：「撞機？」

張上將：「是的，是我軍與敵軍的戰機相撞。」

經過查證後，發現雙方並非是在纏鬥中相撞。而是從各自的戰場中撤退時，由於雲霧的阻隔，視線不良，雷達又無法示警，結果發生了擦撞的意外。不確定雙方飛行員是否有跳傘，現在也沒辦法去搜救。

沖繩防衛指揮官，忍不住喃喃自語道：「所以這個時代的隱形戰機，撞機的機會，比被打下來的機會要大得多了嗎？」

只是戰場瞬息萬變，沒有感嘆的時間。沖繩基地忽然發現，依賴作為定位的GPS[45]訊號，居然被截斷了。

心中不禁暗叫糟糕！沖繩防衛指揮官大吼：「我軍GPS被截斷！這是敵軍準備侵攻的徵兆，全體準備地面戰！注意對方空降部隊和陸戰隊搶灘！」

現代運輸少不了GPS的導引，如果單方面被截斷，對部隊運動的影響不言而喻。中國艦隊雖然還在靠近尖閣群島（釣魚台）的海上，龐大的艦隊以時速30節移動，隨時進入可以支援空降部隊或陸戰隊的範圍。

「現代的戰場，一小時內就可發動猛烈的攻擊，一天之內就可以毀滅國家。如果有宅男宅女今天賴在床上，明天再起時，整個國家已經不一樣了。」

在晚年將這一段體驗，寫成人人皆知的世界級文學鉅著、「喪國之宅」的宮古島防衛司令官，在這時只絕望的心想：「這是最後了嗎？」

45 全球定位系統、Global Positioning System。

但是……

遠方豬隊友的蠢動，卻打亂了全局！一直詭異難測的北韓，竟然在此時發射了飛彈！

羽日主席：「哼！也該是時候了，希望敵人會以為那是核子彈頭。」

原本的計畫，也是希望用北韓的飛彈試射與核子試爆威攝，讓美、日兩國恐懼，並雙手奉上勝利。

但張上將再檢視了數據情報後，卻用比豬肝還難看的臉色報告：「主席、北韓的金湧，剛剛發射了一顆帶有『核子彈頭』、『實彈』的彈道飛彈！落點預計在太平洋靠近西邊。」

實彈！核子彈！將首次在二十一世紀的大氣中爆炸了！

85分鐘戰爭　神諭　預兆　暴雷雨

在這場戰爭中，心忍特零一直穿梭在敵人艦隊的上方，監視與提供情報。但即使有像是「開外掛」的反雷達隱形能力，還是不敢隨便在敵方艦隊區域發出無線電波。而是先飛到安全的遠處，傳達情報後，再回到監視位置。那天就在截聽到對方將派出隱形戰機，並離開傳遞情資時，收到了北韓發射核彈的消息！

神佑子：「北韓是想引發世界大戰嗎？」

東鄉蒼月：「要比瘋、總是有人更瘋阿……來了！」

心忍特零雷達所偵測到的震波，標誌著二戰以後，首次有人將禁忌的科技，用在實際戰爭中。飛彈飛越戰場東南方，落在不至於傷害到任何一方的公海裡，再貫入相當的深度後爆炸了。僅有限的輻射發散至空氣中，海嘯也並不強烈。

東鄉蒼月：「似乎很好地控制了爆炸大小，說是魯莽，卻也計算精密。但即使沒造成傷亡，所達成的心理威嚇效果卻無可計量。就下來高層的態度，實在讓人擔心了。」

神佑子：「擔心？」

東鄉蒼月：「要是害怕的話，會選擇和敵方談判吧？而現在的情勢之下，對方必然予取予求……」

話還未說完，心一郎已偵測到神佑子的心跳與血壓急遽加速，更忽然以視線裝置打開了通訊評道……

◆

在同時、北韓公營電台發布消息：

「我們的天縡領袖，今天對於帝國主義者發出了怒火的通告。若再不投降，將成為歷史的灰燼……」

在那時代，北韓與中國已是世界最後的兩個社會主義國家。再加上地緣相近，因此兩國確實有互相倚靠的必要。但是其領導人、金湧，卻是史上最難推測的獨裁者之一。即使是盟友，也弄不清楚他的想法。

樂聲公：「這個死胖子，完全沒有提到我國，只顧著宣揚自己的偉大？」

張上將：「本來是嚇一嚇就好，根本不必上實彈啊！」

姜國師：「如此一來，整體情勢已是一攤渾水。」

原本計畫是北韓射飛彈助威，但沒想到竟送過來這樣一顆震撼彈！

羽日主席：「這隻……『豬』！」

用極端不雅的名詞來形容一國領導者，還是自己的盟友，但在場眾人無不點頭贊同。

羽日主席：「笨豬！他以為核彈能隨便打好玩的嗎？這下國際觀點，一定會以為是我國授意的！原本的民族大義之戰，現在變成觸犯禁忌的侵略！但如今日退後，只怕未來再無如此機會！真的是『豬』！現在我們只有……撐下去！命令前線所有將士！如有退後者，軍法處置！」

還真成了騎「豬」難下，沒有慎選隊友，得到慘痛教訓。

然而姜國師卻笑道：「也不全是壞事，如果對手因為恐懼而退後。那我們就撿到了最大的便宜。」

◆

足以滅世的巨響震驚千里，更瞬間傳遍地球的另一邊。在這網路的時代，任何情報都會變成聳動的新聞標題，進而引響無數只看標題不看內容的讀者，最後左右國家權力的頂峰。

大亨平時狂妄又囂張，但現在也必須緊盯著輿論的走向：「你們看看現在網路上的評論！『世界警察？坐看世界毀滅』、『懦弱的肥佬』、『美國無計可施，大亨束手無策』。最糟糕的是這個！『處理無能！大亨斷絕連任之路』！」

說到這，忍不住怒氣勃發：「開玩笑！這已經不是保衛和平與民主了，而是關係到本人的『選舉』！下令太平洋艦隊集結！通知中國與日本立刻停火，我要插手再次調停！」

美國的太平洋艦隊，是當代最強的海軍。若以強勢介入，足以讓任何人退後。

狂犬：「但我們好不容易才設計這一局，要是在這沒讓他們打到底，豈不全然白費了？」

連大亨也忍不住歪著嘴，心中嘆息不已。雖然看起來像是意外的衝突，但確實是自己一步步在暗中操盤。

如今給這樣一搞，可說前功盡棄。忍不住咆嘯：「狂犬你你立刻擬定『佔領北韓』的計畫！這次是認真的！要是佔領有困難，乾脆直接毀掉他就行！」

說完還決怒火難熄：「那胖子喜歡核彈？我們不如丟核彈！之後說是他們自己的核設施意外就好！」

那人權呢？大亨這種想法，連愛好戰爭的狂犬都忍不住皺眉。

但另一邊，天使在檢視情報後，卻有所發現：「也許……我們不必暫停，只要讓輿論去注意其他的聲音就可以了。」

大亨：「其他的聲音？」

天使：「少女奮戰的聲音。」

◆

遠在太平洋那端都如此紛亂，當事國就更難保持冷靜了。

安山首相：「通知美國，我國遇到無理的殘忍攻擊，需要國際調停。」

海老原大將：「不行啊！」

幕僚長此時幾乎要哭出了，用少女漫畫等級大眼裝滿淚水：「三十分鐘！再三十分鐘，戰斧巡弋飛彈就要給敵人致命一擊了！剛剛是因為落在無人的公海，所以沒有攔截。再一次，標準二式一定能夠在大氣層外就摧毀敵彈……」

安山首相：「即使沒傷人，對自然環境就沒引響嗎？下令將飛彈自爆，部隊停火，等國際公評吧。」

看來事情無可轉圜，但古式村弎卻在此時打開了通訊頻道與擴音器，同時說道：「下最後決定前，請先聽聽這個吧。」

「司令部、我是望月神佑子中尉，現在正在核彈爆炸的現場上空！」

居然、是神佑子的發言？男人們還未能反應過來時，已聽到美女飛行員發自內心的吶喊：

「今天、侵略的敵人竟用強勢軍力，與核子武力要我國投降。但我就在核爆的上空，想告訴那群混蛋。『我絕不退後』！聽到沒有？我就在核爆的上空，但我會繼續奮戰！我……」

「「「『絕不退後！』」」」

絕不退後！直接的詞句，不會會錯意。也一時間在司令部內，眾人心中，泛起無形的漣漪。

安山首相：「這……這是？」

古式村弍：「神佑子中尉擅自打破無線電緘默狀態，等回來我會記過。」

海老原大將：「還在戰場中？」

古式村弍：「不用擔心，時間很短，不致洩漏心忍特零的行蹤，安全沒有問題。真正有問題的，是我們這些高層。」

接著，美女軍官用凌厲的目光看著非公開的情人：「首相先生，您也知道眼前這爆炸雖然驚人，但絕不是對方可以無限制使用的招式。實際上，這是一種極端的心理戰，但這裡唯一會讓我們恐懼的，只有『恐懼』本身而已。」

意志堅定、無可動搖的信念透過眼鏡籠罩全場：「之所以民主國家常在國際協商中吃虧，正因為他們都將自己的安全交到了別人手上。那不管是敵人還是朋友，都不會尊重無法自立的人！今天，只有一條路可走！」

「天助自助者（God helps those who help themselves）！」

萬古不變的真理，沒有鬥志、不能自強、連神明都不屑一顧。

其正氣凜然，更感染在場每一角落。

眾人注目下，安山首相緩緩站起：「我們……」

「繼續撐下去！」

司令部響起一陣歡呼聲，並不嘹亮，在這一刻卻滲透每個細胞。之前的迷惘，完全消失無形。

更由於某種因素。在核爆現場上空，卻絕不退後，鼓舞著士氣的美女飛行員事蹟。在短短幾分鐘內，竟是傳遍了世界網路。其形象就如此深植人心，與歷史故事之中。

◆

東鄉蒼月：「神佑子妳剛剛，真是嚇死我了！」

似乎還沒說夠似的，神佑子依然氣鼓鼓地樣子：「抱歉、一時情緒激動，打開頻道就罵出去了。哼！最多回去後記過！話說回來，妳也沒阻止啊？」

後座的電戰官，是有辦法截斷電訊吧。但東鄉蒼月：「說得很中聽阿！如果能鼓勵那些高層，也不錯啊。」

只是人類聽不到的，卻震撼整個世界。心一郎：「剛剛……那是什麼啊?!」

實在難以形容，神佑子透過無線電的發言，理應沒有音波只是電訊的傳輸。但卻掀起了看不見的漣漪，更讓心一郎、澐之護女神都被這浪潮衝擊地狼狽不堪。接著奔流越傳越遠，越來越大，最後……

成為穿越現實天地物質，更轟然充塞無形世界的狂嘯！

人類耳朵沒法聽到的，在神靈與非自然的世界中，以更勝於核彈的音爆不斷迴響。

澐之護：「這是……『神諭』！」
心一郎：「神諭？」
澐之護也不禁動容：「並非一定由神所說，也可能是凡人的號召。但只有在命運的時刻，由上天所註定的人選才能說出……將會引響世間命運，能要天地眾神尊從，改變歷史的話語……神諭！神佑子、就是千古注定，預言中要傳達『神諭』之人！」
有這種事？心一郎忍不住看著神佑子。是命運、讓神佑子在此時說出神諭嗎？正想再詢問，卻發現了奇怪的陰影。
心一郎：「那是什麼？有東西在每一條船下方，貼著海面，黑色的。」
在中國的艦隊下方，不知何時竟出現了有些像是變形蟲，又像是黑霧一樣的東西。單看中國的官兵沒有反應。神佑子與東鄉蒼月也沒有察覺，就知道這不是人類世界的自然生物。
澐之護：「……不知道，在這待著，我去看看。」
說完飄然而下，要貼近海面一探究近。但只靠近，那團黑色的生物身上，竟張開了一個個、或紅或黃的眼睛，還伸出有利爪的觸手，讓護國女神也不敢硬碰。
不過這一下卻激發那生物的怒氣，海面上邪潮洶湧，黑氣之間極速交流翻騰，竟連天空大氣都為之震動，雷聲霹靂烏雲聚集，猶如末日將臨。
就連護國女神也為之膽寒，倉皇逃回大叫：「望月君！快走！」
【氣候異常警告　氣候異常警告】
東鄉蒼月：「神佑子！拉高！拉高！」

即使不用說，也看的到這異常的氣候變化！神佑子大喝一聲，某種力量透過操縱桿與心一郎共鳴，心忍特零用史無前例的速度爬升。就在戰機的後方傳出了驚天巨響與閃光，瞬間籠罩了船隊的，是人類從所未見的超級暴雷雨！

◆

二十一世紀初期，人類世界正因為燃燒了過量的石化燃料，而陷入了全球暖化與氣候異常的危機之中。

在戰後，氣象學家檢驗過相關數據後，更乍舌的確定：「在當天三十多分鐘的降雨量，竟然超過當地半年份降雨總和！」

有關於大雨形成的原因、為何當時的氣象觀測無法預告、等等等等的學說，更是充斥了後世的科學界。

但有一種不負責任，又單純的說法，卻是在日本的民間廣泛的流傳，而且屢屢成為文學家與神話故事的題材。

其用語和數百年前，一掃侵略者的颱風、「神風」相對。

這場雨，被稱作「魔王的暴雷雨」，或簡稱為「魔雨」！

◆

而擁有三艘航空母艦與過百艘戰艦，理論上能強行穿越颱風，號稱是人類所組成的「史上最大單一艦隊」。如今卻在突如其來的「魔雨」之中，被可怕的降水量與激烈海流拖累了腳步。雖非動彈不得，但實在寸步難行。

在綜合相關的數據後，氣象專家結論：「這樣的大雨，不會持續三十分鐘。」由於現在有明顯的優勢，而且如此暴雨對方也很難攻擊。於是羽日主席做出決定：「艦隊速度放慢，以自身安全航行安全為優先考量。空軍、火箭軍繼續壓制敵軍，空降部隊、登陸部隊延後作戰，因考慮到即將日落，全體準備夜戰。」

經過長期艱苦的訓練，中國軍人對夜戰也非常有自信，於是紛紛進行出擊前最後的準備。當中還發生一點小插曲，原本漁船工作隊要在艦隊到達釣魚台（尖閣群島）時，同時登島並在上面揮舞國旗。但這場暴雨規模超過所能承受的範圍，事件開始的大隊漁船，就這樣全數覆沒，幸好人員都已登上靠近的軍艦庇護。

但、也不知是幸運、還是不幸。

◆

而此時，羽日主席也趁機填補外交上的失誤：「立刻給我派特使、送出公文國書去給那個胖子！告訴他如果再有動作！不必等帝國主義者，本主席就親自出手剖開他的×肚！」

真的是氣得七竅生煙！如果北韓的金湧站在此地，大概會立刻被拖出去槍斃吧？一眾屬下，更是不敢在此刻自找沒趣，連互相說話的聲音，都刻意地壓低。

其中一個參謀，正謹慎地向張上將報告：「之前東風飛彈攻擊時，這第三護衛群只能耗用少數飛彈防衛，極可能是其垂直發射系統有裝載其他飛彈，所以反飛彈用的標準防空飛彈有限所致。」

張上將：「所以呢？說重點！」

參謀：「那裡面裝的，應該就是『戰斧巡弋飛彈』！再檢視過往紀錄後，認為很可能是再一小時前，趁著衛星掃描的空檔發射了。但現在問題來了，已將近一個小時，那飛彈去哪了？」

然而才說完，這參謀一抬頭，正對著張上將。

張上將在笑？笑的邪惡、笑的陰森、笑的恐怖、笑的似乎是沉積已久的慾望，忽然獲得了滿足的機會！

只一瞬間，卻又只見那張撲克臉。

張上將：「有問題嗎？」

參謀：「……不、沒有。」

似乎也沒有其他人看到，更像是自己錯覺一樣。不禁想到：「笑起來那麼可怕，難怪平常不笑。」

◆

不只交戰雙方，R總理也盯著這場世紀之戰，決不放過任何訊息。看到眼前的態勢，忍不住詢問海軍司令：「如果你們遇到這種大雨，要怎麼辦？」

得到的回答是：「沒辦法做任何事，總理大人，自然是無法抗拒的。」

R總理又詢問情報與外交人員：「台灣是否有動靜？」

「沒有！台灣似乎想做足縮頭烏龜或鴕鳥，完全沒動靜。」

「難不成，是嚇昏了吧。」

說話的同僚原還想出言譏諷，但R總理森冷的眼光，讓所有人都不敢嘻笑。

曾在黑暗的情報戰場中，生還歸來的R總理知道，只要牽扯到台灣，就必須考慮到一個超自然的女巫。那這場可怖的暴雨，會否就是『她』的傑作呢？

正自思考時，護衛、伊洛芙娜卻拿著一張紙過來。R總理對電子儀器不太信任，如有重要的資訊，就還是使用紙張傳遞。

只是一看之間，這位統治著當今人類最大面積領土的國家元首，卻是猛然跳起大吼：「這裡不用看了！所有閣員，將軍以上軍官、立刻到會議室集合！」

眾人一時不知所措！

「總理不看完眼前的戰役？」

「怎麼回事？」

「政變了？核電廠爐心溶解了？」

R總理也不拐彎抹角了，向所有人一揚手上的紙頭：「這場戰爭的勝負已定，不用再看了。南方的歷史古國即將改朝換代，我們要及早因應！」

這下不少人看到那張紙上的內容，是中國的報紙剪報，旁邊附有翻譯：

「月前在車內燒炭自殺，並引發火燒車，被燒成焦屍的男子，已確定就是著名的國際專家『海鷲博士』。海鷲博士曾就職於××學院的戰略研究所，過去是國家智庫的一員……」

85 分鐘戰爭　魔　魔　魔

這自然災害對雙方都一樣致命，三架中國殲十六電戰機，居然也在暴雨中失事墜毀。

這三架電戰機一直擔任艦隊上空的警戒任務，也是偷溜進來的心忍特零，要小心躲避的對象。神佑子於是笑著說道：「這可好，不用再玩躲貓貓遊戲。」

東鄉蒼月：「但這雨實在太大，連雷達和偵測儀器都受到影響。」

神佑子：「對方在雨中應該更辛苦吧，有何不好嗎？」

東鄉蒼月：「我在想等下戰斧巡弋飛彈過來，要怎麼辦？」

這問題問的神佑子不禁一呆，戰斧巡弋飛彈的最後導引，是由本身的光學偵測系統來執行。如果是一般的大雨，還不至於遮斷紅外線等感應。

但是，面對這樣史無前例的天災呢？

心一郎更是驚魂未定：「這是什麼鬼東西啊？」

澐之護：「不知道，但肯定邪惡。」

「才奇怪是誰那樣吵？原來是妳這小女神。不過妳沒搞錯優，那些是『邪靈』！」

這熟悉的聲音，讓少年與女神立刻神經緊繃：「阿蜜提！」

號稱有魔王等級實力，台灣的女巫、阿蜜提！

澐之護大為緊張，立刻轉頭面向聲音來處，表情卻忽地呆然？

情況詭異，心一郎一面轉動光學鏡頭，一面大叫：「女神、怎麼了？」

只是這一看，自己也忍不住發怔。

那是章魚吧？

之前看過的章魚怪、三小（實在很好認，頭上有寫），居然變得像是熱氣球一樣，八隻腳還交織成個籃子讓阿蜜提坐在裡面，就這樣漂浮在遠處的雲層上？而且只一下子，三小的章魚皮膚忽然變的透明，最後帶著女巫也一起消失再空中。

但確定的是，人其實還在那裡。阿蜜提：「章魚的皮膚能變色，實在是大自然的『隱形』高手。不想被人類看到，就非常好用。啊、言歸正轉，下面的那群東西，是『邪靈』！」

澐之護：「邪靈？是妳召來的嗎？」

阿蜜提「淬」了一聲：「我才不會召喚那種東西呢。邪靈分不清敵我，只會依照嗜血的本能行動。所謂『請神容易送神難』，這麼多邪靈，肯定需要大量的人命作為祭品，才肯回到地獄去。」

女巫的說明，讓澐之護忽然激動不已：「難道是要用我國民的鮮血，作為邪靈的祭品嗎？」

一咬下唇，澐之護決定：「阿蜜提『小姐』，妳是台灣人對吧？」

阿蜜提：「終於知道要加敬稱了？我是台灣的Amis（阿美族）女巫，所以呢？」

澐之護：「這次中國的目標，不但要侵占我領土，也要吞併台灣。唇亡齒寒，希望妳……」

還沒說完，卻被哈哈大笑打斷。雖然看不到表情，但這笑聲卻充滿嘲諷的意味。

阿蜜提：「妳知道台灣的歷史嗎？為何會認為那島上的人，一定會喜歡效忠國家？」

心一郎聽到這女巫這樣說，心中居然產生了某種動盪？

原本是二次戰前長大的日本少年，當時的社會觀，就教育人民國家至上，人人都要盡忠報國。但也因為如此，國家讓人民捲入了永不停息的戰爭，心一郎更因此失去親人、甚至自己的性命。

這女巫的態度，就像是某種弔詭，似乎正確又不算正確，但在少年的耳中，叮咚亂響的節奏似的很不好聽，卻又聽得出某種含意，只是要明說，卻又說不出來。

澐之護：「妳連自己的國家都不屑一顧？」

阿蜜提：「嗯、說明白吧。本人只任性的為自己而活，『國家民族怎樣的，叫他們去死吧』！我想幫就幫，不想幫……嘿嘿嘿……」

原本就隱藏了身形，這句話說完，更是任憑如何呼喚，卻是音訊也全無。

澐之護：「視天下蒼生死活，國家存亡如無物……魔……」

這次心一郎也同意，任性為之，果然這阿蜜提很有魔女的格調。

卻聽東鄉蒼月說道：「神佑子，轉到安全通訊地點，期間我試著用戰術電腦策劃一個方案。一旦準備好，就可通知大家。」

神佑子：「了解！」

語音一落，又感到東鄉蒼月的眼光，由一貫的冰冷轉為火熱的射線。同時澐之護也俯身與心忍特零融合：「看來只有靠自己了，望月君，加油啊！」

於是心一郎放下自己個人思考，再一次與人、神合力度過眼前難關。

◆

安山首相：「往西？從中國的方向？」

古式村弎：「是的，心忍特零計算，西方的雨雲會先散掉。東鄉蒼月的計畫是，更動戰斧巡弋飛彈最後的飛行路線，繞向西方。同時東邊卻進行二項攻勢，一是中國在艦隊與沖繩方向之間，有部屬四架預警機。想請高進武雄和原型機一號，反過來利用這場暴雨掩護，將這四架預警機打掉。」

自一開戰，沖繩方面就想對付這四隻預警機，但幾次攻擊都被對方化解。現在這天災，反而出現了能逆轉乾坤的天賜良機。

聽到這裡，幕僚長、海老原大將默默地坐到一旁的電腦上，與數字搏鬥。而古式村弎繼續說道：「在這之後將TACOM無人機隊調到中國艦隊東邊，等預警機一被攻陷，就進行電子戰特攻。這樣敵軍目光將全部集中在東邊，主力飛彈最後會反過來從中國艦隊的背面，給予艦隊致命的一擊。」

看著這份計畫，古式村弎也吞了口口水。自開戰以來，從心忍特零丟出來的策略，一個比一個冒險。現在就連直屬的長官，都不敢百分百的擔保。

安山首相：「能確定雨雲消散的時間嗎？原型機一號能順利突襲嗎？這麼多飛彈從人家的門口溜過，能不驚動對方嗎？」

海老原大將卻插嘴大喊：「我支持這個計畫！」

說著將墨鏡取下，看著兩人說道：「二〇一七年四月時，大亨當著羽日主席的面，下令用59枚戰斧巡弋飛彈攻擊敘利亞。當時敘利亞也有與今日中國部屬相同的S400防空系統，但完全沒能防禦，甚至連察覺都沒辦到。今天我們的飛彈上，還施以避雷達波塗料，而且目標區離中國海岸足有三百公里，成功的機率非常大。再來、要在層層護衛中，打掉對方的預警機。除了擊墜王『高進武雄』之外，也找不到第二人選了。至於天候……」

遲疑了一下，繼續說道：「她們、心忍特零在現場，應該有觀察到我們不知道的事吧。現在無法仔細報告，也沒有時間。但本官願意賭上一切，我信任『心忍特零』的計畫。」

似乎、冥冥中有某種共鳴，三人的耳邊在此刻，似乎都聽到有人低語「此乃天命」。但三人都決定對這樣的幻聽置之不理。

過了一會，安山首相呵呵一笑，說道：「幕僚長你那少女漫畫的大眼，配上肥肚光頭的把式，簡直無敵！既然軍事專家贊成，那就這樣辦吧。」

海島原大將：「謝謝首相！下官只更改一點。我們的艦隊現在已聚集在沖繩的海域，準備好要進行第二波攻擊。不妨將攻擊發起命令，一併交給原型機一號。這樣當飛彈發射，吸引預警機注意力的同時，也是最好的下手時機。擊毀預警機後，原型機一號就直接前進，導引第二波飛彈準備攻擊。」

◆

東鄉蒼月：「以上、你們還有問題嗎？」

高進武雄：「開玩笑？給我空戰的機會，還能有什麼問題？」

虎次郎：「而且還能下達攻擊指令，榮耀啊！再過一分鐘和你們交錯。」

神佑子：「啊！有看到了！」

為了執行這項計畫，於是心忍特零北上，先一步和第一波攻擊的飛彈以及TACOM無人機會合。而原型機一號，則相反往南下投入戰場。現在雙方來到交會點，如過去訓練時的默契，各自翻轉機體擦身而過。

虎次郎：「交接摟，二百枚飛彈，十八架無人機，全交給妳們了。」

神佑子：「加油了！給我們看看『擊墜王』的實力！」

高進武雄：「那還用說？」

東鄉蒼月：「祝武運昌隆。」

迴響著男人好戰的呼喝，原型機一號加速衝向戰場。

這時神佑子卻不安的問道：「東鄉、妳為何肯定，到時雨雲會散去？」

東鄉蒼月：「我不知道！」

神佑子：「什麼？」

東鄉蒼月：「但是心忍特零的計算如此，我們跟著做就成了。不准懷疑！」

神佑子：「……」

果然，戰爭既不合理又不講理。只是轉生為隱形戰機的少年，卻了解其中的道理。

心一郎：「女神妳……要和邪靈硬拚？」

看著她渾身散發的鬥志，這問題是多餘的了。

澐之護：「不用擔心，我可是『護國女神』！區區邪靈算什麼？」

剛剛不就被打跑了嗎？

但心一郎卻乖乖閉嘴，這飛機旁的一神二人，三個女子都不是會退縮的類型。忽然間，覺得那個女巫的「國家民族怎樣的，叫他們去死吧」，似乎又動搖少年的內心。只是自己也知道，並沒有足夠的智慧來解開這一謎題。

前方卻忽然吵雜，抬頭一看。

咦？天空飛的、有飛彈、無人機、仙女、神明、鴨天狗、奇怪的鳥、某種魚、一顆頭？狐狸會飛嗎？還有像龍或是鳳凰一樣的生物……

數不清的神明與妖怪，呼應神諭的召喚，前來協助飛彈的護衛！

雖然人類眼睛看不到無形的協助，但東鄉蒼月忍不住大喊：「二百枚戰斧巡弋飛彈，十八架TACOM無人機，全數到達！失落率是『零』！了不起，簡直是奇蹟！」

神佑子：「好厲害，不愧是虎次郎！啊、高進哥也很厲害！」

◆

戰後，有軍武專家這樣分析：

「即使是當代最強的美國，戰斧巡弋飛彈在經過長距離路程後，都會出現將近一成左右的戰損。但當天日本卻在GPS衛星訊號被封鎖的狀況下，跨越一千多公里，無法使用地貌辨識系統的大海，還能做到百分百的妥善率。戰術規劃之精密、平時保養裝備之仔細、與訓練之精實，都由此可見一斑。」

◆

飛彈一到，東鄉蒼月立刻忙著操作數據的設定，好一會才說道：「敵軍編隊，自爆雨後就幾乎沒改變。現在已經輸入各自作戰的路徑與計畫了。接著，就看天命吧。」

口說的輕鬆，但目標的船艦一共二十五艘。二百枚飛彈均分，每艘船八顆。其中又分成四個一組的兩組。當最後進入用光學影像導引的階段，一組會發出電戰干擾波，一組則全程靜默。路徑更是巧妙安排，全程靜默的會比發出電戰干擾波的稍快一點命中目標。希望能迷惑對方，又讓對方手忙腳亂時，造成八顆全中的最好效果。

現在二百枚巡弋飛彈轉了個彎後反向西行，他們將以低空溜過理論上已是中國控制的空域，從敵人意想不到的方位奇襲。

而這邊心忍特零率十八架TACOM無人機編隊，直線前往原先的戰場。預計將會比繞路的飛彈，更快一點抵達。

這時……

【指令　第二波攻擊開始】

【第四護衛群　戰斧巡弋飛彈　發射】

【第二護衛群　戰斧巡弋飛彈　發射】

神佑子和東鄉蒼月不由得停住了呼吸，不用呼吸的澐之護女神和心一郎則瞪大了雙眼。關鍵的一刻，可能決定全局的勝敗，更關乎戰友的安危。

【敵　預警機編號1　擊毀】

【敵　預警機編號4　擊毀】

【敵　預警機編號3　擊毀】

……那還有一架呢？原型機一號怎麼了？等了……好久……好久……就是沒有消息……

神佑子忍不住叫道：「喂！這……」

【敵　預警機編號2　擊毀】

【原型機一號　祝心忍特零武運昌隆】

神佑子：「這！咳、咳、咳、混蛋！咳、咳、害人家擔心、咳、咳、不！是嗆到，嗆到了！」

東鄉蒼月立刻整理數據：「計算後，第二波攻擊將與第一波攻擊相隔約九分鐘。所以我們到時候，要在九分鐘內偵查敵軍的狀況，並對第二波的飛彈編定計畫。」

神佑子：「東鄉、妳看！」

一抬頭，那黑色雨雲就在那裡。還很遠，用噴射機都要一段時間。但散發著不祥氣氛，絕對並非自然之物。

澐之護猛然喝道：「以護國女神之名！召喚雲龍、雲虎！」

召喚令下，雲龍、雲虎現身！又隨著澐之護的手勢，各分成九個，隨即又各自和十八架TACOM無人機融為一體。

神佑子：「護國衛民！」
澐之護：「此乃天命！」
「出擊！」

◆

這場戰爭即將進入最後一刻，而戰爭中對於中國未來引響最大、最關鍵的一幕，卻在遙遠的總部上演。其主角，將影響中國未來百年的國運走向。

當然、在當時的人無法得知未來。只知道一國元首的憤怒，是非常可怕的。

羽日主席：「你……再說一次！」

張上將：「下官建議，立刻撤軍。」

眼看羽日主席沒有回答，張上將於是自顧自地說道：

「到目前為止，我軍並沒有對日本部隊做到決定性的打擊。而且剛才預警機的襲擊，絕對是敵人大舉反撲的前奏。恕下官直言，再打下去，極可能就此丟掉現有的優勢，甚至造成無謂死傷。如果現在收手，則可用現有戰果，在政治上逼迫日本政府讓步。更可以用不尋常的暴雷雨做藉口……」

羽日主席：「藉口?!什麼藉口?!用航空母艦不能淋雨做藉口嗎?!」

氣得真是七竅生煙，羽日主席忍不住拿起杯子，「框」的一聲摔破在張上將腳前，又破口大罵：「枉你身為軍人，居然如此貪生怕死，還敢在這裡振振有詞？難道不知道陣前逃兵是要槍斃的?!」

張上將：「報告主席！下官並非臨陣脫逃，而是在克盡參謀人員的義務。」

居然還敢頂回來？羽日主席氣的臉色鐵青，怎麼也不知道這張上將，今天怎麼會說出這些大逆不道的話？而且由於過去張上將等於是左右手一樣存在，眼下竟不知道要如何處置？

這時姜國師過來，在羽日主席的耳邊說輕聲說話。眼見主席首肯之後，姜國師連頭也不回說道：「解除張上將一切職務，先回公署閉門思過！好好反省自己說錯了什麼話，日後再嚴加處置！」

對此張上將表現服從，一個敬禮後轉身便走。卻聽到四周開始出現一些譏笑，嘲諷、冷言冷語……想當然爾，在這樣的場合說這種話，絕對會成為所謂眾矢之的。一群打落水狗的小丑，更是毫不客氣。

但其實現在最想笑的……是張上將本人！

「現在房間裡的，就是直言利害，卻被驅離的『忠臣』！以及愚昧戰鬥，造成國家敗仗的『昏庸領導』了。那只要等著下次權力改組的機會……呵呵……」

越想越得意！這一刻，張上將是用全身的力量，才能壓制住臉部的肌肉。如果稍有動作，想必會發出過度愉悅的表情。

直到總部的偏門，被貶職、將要丟官的失敗者，衛兵往往狗眼看人低，要求對方自偏門離去。但張上將不理會背後的說三道四，卻自己來到偏門前。開門對面的走廊，因為大家都覺得晦氣，所以空無一人。直到這裡……

張上將才放鬆嘴角，讓臉頰愉快卻不檢點的拉起，眼角想必上翹了，牙齒也從張開的嘴唇間露出，舌尖濕潤的吐出熱氣，鼻尖甚至不自然的揚起。自我感覺，也許看來已非人類的面相。

開門時的空氣清新，卻似乎有種權力的腐臭味。

85分鐘戰爭　落日的流星

這場戰爭由中國的瘋狂攻勢開場，但自從這惡魔般的大雨之後，日本就搶回了步調。而且必須承認的是，最後的反擊，更是人類的勇氣與自然的運氣，結合的最佳例證

摘自*N.Y New Times*的當時社論

◆

在神佑子與東鄉蒼月眼前的，是以三艘航空母艦為中心，試圖打破世界權力平衡的有史以來最龐大的艦隊。

而在心一郎與澐之護女神的眼中，在船艦底部所依附的邪靈，更是噬血邪惡的地獄生物。若放任這個結合橫行世間，最後將成為日本的末日。

只是不知是否巧合，對方此時也開始騷動。戰艦上的官兵努力在豪雨中加強戰備，邪靈卻是發出可怕的鬼哭，還不時由水面下伸出觸手。偶爾有官兵失足落海，竟立刻被邪靈吞噬！

神佑子：「他們已經發覺第二波攻擊了。」

東鄉蒼月：「沒錯，希望沒發現快要到的第一波攻勢。」

第一波攻勢可是關鍵殺手，對準了防空與指揮中樞，如果成功將使整個艦隊就此半身不遂。

心一郎：「那些邪靈好像更囂張了。」

澐之護：「應該不是感覺到我們，而是某種血腥的氣味，讓他們瘋狂了。」

頓了一下，又對著心一郎說道：「今天、心忍特零一定會因此戰，而獲得『史上最強戰機』的榮耀。」

心一郎：「為何說這個？這一戰還沒完呢？」

澐之護卻面露微笑：「因為我一直都相信望月君，一定能做到的。」

雖然心有疑慮，但女神的笑容似有無窮溫柔。讓心一郎的迷惘消散，代之以可稱為「勇氣」的決心。

但不只如此，澐之護忽然伸手一攬，竟輕挽著心一郎的頭浮出心忍特零的機體，並送上深深一吻。任由少年不知所措，女神似有含意的微笑。然後卻倏地轉身直奔戰場！

神佑子，「合法掩護非法戰術的聲東擊西戰術開始！」

東鄉蒼月：「『戰術』一詞連用兩次，而且也沒確定戰術名稱啊。」

神佑子：「誰管他！開戰！」

此戰役的最關鍵時刻！

進後世歷史也沒有記載的是，第一個投入戰場的，並不是人類。護國女神、澐之護以最高的速度衝飛到雲層之上，接著一聲清嘯，竟直破厚厚烏雲而下，一道曙光照耀中，懸浮在龐大艦隊的正中央。

在原本末世一般的黑雲爆雨中，竟然有一束陽光照射？幾乎所有的艦隊官兵都看到了這個奇景。但卻沒有多少時間與閒情逸致了，只幾秒後，海流忽然洶湧亂竄，水面不但起霧，更像是要和爆雨爭戰一般，猛烈糾纏又狂暴地排斥，即使是現代化的艦隊，此時竟在這天候異象之中絲毫無法自主！

◆

氣候專家後來這樣說：

「這就是要形成『熱帶氣旋』或是『水龍捲』的徵兆！那個區域已下了近三十分鐘的暴雨，此時只要有一點光線，溫度有一點改變，就會對氣候產生非常大的影響。中國艦隊，可說是目擊了人類觀測史上難得的氣候異常現象。」

◆

而澐之護，卻以僅有的一絲光線為能量，不但抵抗著邪靈，更似要在這區域召喚出自己代表的雲氣。只是黑暗邪靈勢力龐大，女神之力堅持的辛苦萬分。心一郎更是心急：「澐之護！女神！」

還有人幸災樂禍，雲端傳來嘻笑之聲。是女巫、阿蜜提：「呵呵、妳這是找死、不自量力的小女神。」

不知為何，這女巫的譏笑，似乎沒有人類能聽到，心一郎和女神卻聽得清清楚楚。

但澐之護也不理會，更用盡全力，誓要在這場正邪之戰中堅持到底。

神佑子：「東鄉！妳有看到嗎？」

東鄉蒼月：「有！氣候異常、天助我也！TACOM無人機，上！」

趁著天賜的機會，TACOM無人機發動電子戰袢攻！戰術非常簡單，十八架無人機用車輪隊形，輪流對著敵方艦隊施放干擾電波。務求將對方的注意力全部吸引到東邊，好讓飛彈能從西邊襲擊。

但是中國艦隊的指揮官，此時不敢相信自己的眼睛：「螢幕上有、一百、二百……五百……還有更多飛彈？還有戰機？」

人類聽不到，卻擾亂機械運作的。是龍吟！是虎嘯！十八雲龍雲虎附身無人機之上，其威吼震撼人類的先進設備，更是這戰爭關鍵中的關鍵。

「發射飛彈攔截！發射！發射！」

中國艦隊的武裝齊全，單論火力，幾可說是當代世界第一。此刻一聲令下，無數攔截飛彈射出，目標卻是……不存在的目標。在亂槍打鳥之下，攔截飛彈已非常大的比數浪費，才終於打到一台無人機。

東鄉蒼月：「把TACOM無人機拉開！能拖一秒是一秒！」

消耗對方的時間和彈藥，就是作戰的目的。心忍特零於是拉開戰線，要將TACOM無人機和對方飛彈都澈底消耗殆盡。

場中卻傳來一聲驚呼，竟是澐之護逐漸力有不逮，一隻邪靈的觸手穿過防衛，利爪狠狠在背上劃了一下。

心一郎：「澐之護！女神！」

阿蜜提：「喂、喂、妳這樣下去真的會找死呦！」

台灣的女巫如此提醒，但護國女神充耳不聞，只一個勁的苦撐。過不多久，肩膀與腹部又再度中爪。

阿蜜提：「該死……混蛋……喝！」

這女巫大喝一聲，竟然讓暴雨雲層雷電交加，海上邪靈也一時退縮。雲中央的破孔大開。心一郎更看到幾隻章魚腳伸了下來。

阿蜜提：「快抓住三小的腳上來，不然妳真會找死啊！」

但是、澐之護卻是仰望著天空，在雲端破洞上的阿蜜提，搖了搖頭後，就閉了雙眼專心的進行法術。

直到這時，阿蜜提和心一郎才發現澐之護的想法。心一郎更是擔心的大叫：「不要啊！女神！不要這樣！澐之護！澐之護！」

但任憑如何呼喊，這次澐之護閉著眼不再理會。只默默承受著，四面八方的邪靈攻擊，不一會已是體無完膚。外圍雲龍、雲虎似乎也被主人的精神感染，其呼嘯聲中竟有悲壯之感。更操控無人機橫衝直撞，讓中國艦隊狼狽不堪。

東鄉蒼月：「TACOM失控了！」

神佑子：「失控就失控！上啊！」

另一邊、眼看女神情況危急。半空中一隻章魚腳，竟長長地由雲端洞口延伸而下，護衛著澐之護和邪靈對抗！

三小：「嚕嚕嚕嚕！」

阿蜜提：「……」

三小：「嚕嚕嚕嚕嚕?嚕嚕嚕！」

阿蜜提：「……」

三小：「嚕嚕！嚕嚕嚕！嚕嚕嚕嚕嚕嚕嚕嚕！嚕嚕！嚕嚕！」

阿蜜提：「好啦！好啦！我知道啦！居然被一隻章魚罵！妳這小女神想找死是嗎？我成全妳！召喚排灣族（Payuan）巨人巴里（Palji）前來助我！」

要在這現代戰場招喚巨人嗎？心一郎連忙讓電腦尋找資料。

【解析　巨人巴里　台灣神話　排灣族傳說中的巨人】

只聽的一聲震動千里的巨吼，又似人類的狂嘯，又似天際的悶雷！雖然在層層烏雲之上，心一郎也感受到了那股強大的威力。

阿蜜提：「小女神，巨人巴里的紅眼睛，見者即死，千萬別看我這邊呀！」

說是不理會他人生死，卻又擔心別人安危。這個女巫，果然很難捉模。

阿蜜提：「三小、好好抓住巴里！巴里、目標是海面上的邪靈！小心別掃到那個女神，給、我、殺呀！」

心一郎聽到，腦中不由得浮出，那隻章魚怪、三小，在空中抓著巨人的腳，讓巨人倒吊著俯瞰海面的構圖。而實際上，或許也是如此。

在澐之護一側的海面，忽然反應出兩點紅光。並非像是雷射一樣有射線光束，反向是聚光燈一樣，在目標上聚焦。但這兩團紅光似乎有可佈的力量，邪靈凡被照到，只發出幾聲怪叫就消散無蹤。隨著巨人巴里的視線移動，紅光到處邪靈無不退散。不但雨勢開始減緩，澐之護更終於能聚集了大量的雲霧。

而心忍特零這邊，只聽的悲鳴不斷，ＴＡＣＯＭ無人機終於全數犧牲。

神佑子：「謝謝嘍TACOM……還有多久？」
東鄉蒼月：「估算時間一〇九秒！可以了，撤！」
功德圓滿，心忍特零轉頭撤退。心一郎卻聽到了呢喃也似的呼喚，轉頭只看到，傷痕累累，而且幾乎透明，與身旁雲霧融為一體的澐之護。
心一郎：「……女神……」
只見澐之護臉露笑容，雖然疲憊，卻又溫暖。只是聲音似有若無：「……我一直……一直……相信望月君……」

【護國女神　澐之護　力盡】

就在眼前，澐之護的身影完全消散在霧氣中。心一郎再也忍不住，發出人類聽不到悲慘哀號！
精神感召呼應，那股霧氣如同有生命一樣，鑽入中國戰艦內部，滲入電子儀器深處。幾乎所有高科技的雷達、電腦、等等、等等、竟全都因為濕氣而停擺？

◆

大氣物理學家，非常清楚這種現象：「這霧氣不是真的由外面滲透進來，而是因為之前已經下了三十多分鐘的大雨，所有船艦室內外濕度極高。一旦溫度變化，會全面性大規模的蒸發。看起來，就像是霧氣無所不在一樣。」
但是這樣，會讓軍艦的電子儀器失靈嗎？

在幾年之後，由知名電視台激請專家，重新設計了完全一樣的狀況。確定了在當時的條件之下，的確沒有任何電子儀器可以不受影響。

「其實平時之所以不太注意到這點，是因為這些精密的電子儀器，也都有除溼的裝備。以中國軍隊的規格而言，只要再經過兩分鐘，所有設備就可以正常運作了。」

這位專家隨即嘆了一口氣。

「但就是沒有這兩分鐘啊……」

◆

！！！『嚎』！！！

像是鬼哭神號的尖銳，是戰斧巡弋飛彈釋放電子戰干擾電波的特色。但讓心一郎回頭的，是另一種不祥的第六感。

凶兆的呼喚，所有邪靈又從海面上竄出！但是這次目標明顯，竟然直接爬上了軍艦，在來來往往，又看不見危險的士兵水手間，流著口水等待。

一種徹骨的恐懼，讓心一郎再也不敢回頭，更同時明白：「那些邪靈！並不是再等著別人，而是再等著這個艦隊的官兵！史無前例的龐大艦隊，今天將留下史無前例的鮮血！」

到這時候，說什麼都晚了。

中國艦隊此時完全亂成一團，之前還有情報，在沖繩的敵軍發動攻擊。因此在百忙之中，還設法將僅剩的防守能力對準東方。完全沒有想到會有人從祖國的方向進擊。

只有一些當時在甲板作業的水手，目睹了這一幕。這場戰役的傷亡率之高，也是歷史罕見。

其中一位，少數的幸運生還者，在他的回憶錄中這樣寫道：

「那時候好不容易雨停，我們一上甲板，就看到濃霧也散的很快，甚至可以看到快速暗下來的天空下，逐步沉入大海的落日，完全反映在深藍色的水面上，美的就像是畫一樣。但同袍立刻發現，有東西拖著尾巴，從夕陽中飛來。像是流星一樣，真的很美。一顆、兩顆、一群、是在夕陽海面的流星雨，美的不可思議。」

「等我們發現那是飛彈所組成的流星雨時，不知道是否當時真的太美了。」

「所以我們，都忘記了要掙扎……」

榮耀的終焉

神佑子：「爆炸聲……」

東鄉蒼月：「對、我也聽到了。但怎麼可能？」

現在，可是離開現場數十公里，而且在高速飛行中啊。竟能聽到爆炸聲？

但是心一郎的感應器也記錄到了這股威力，而且確定就是從受到襲擊的中國艦隊方向傳來。只是目前高度幾乎貼近海面，無法確認狀況。

東鄉蒼月：「我們需要在九分鐘之內，做好第二波攻擊的計畫。」

神佑子：「沒錯、拉高高度偵查。」

輕輕一推操縱桿，心忍特零已快速爬升。

東鄉蒼月：「沒有任何相位雷達的電波，我們可以再靠近點。」

其實就算是布滿雷達波，對心忍特零也是沒用。但對於第二波攻擊的戰斧巡弋飛彈而言，還是一種阻礙。只是現在下方卻是一片混亂，在剛進入夜晚的海面上，靠光學儀器和被動接收的電波，實在很難確定到底發生什麼事。

但可以確定的是，剛剛二百枚戰斧巡弋飛彈，的確造成了重大的傷害。

東鄉蒼月：「將雷達全開！我們還是弄清楚狀況，有危險再逃不遲。」

隱形戰機是為了不被偵測到而設計的，如果自己無限制地散發雷達波，那可說是一種自己曝露位置的蠢事。但反過來說，如果有時間，當然可以用被動截收的手段來分析，現在時間緊迫，主動雷達還是必須的。

【主動相位雷達　全開】

東鄉蒼月：「……看來還真是一團混亂。過濾攻擊目標……航空母艦兩艘、大火、沉沒中。」

神佑子：「不是有三艘嗎？還一個呢？」

東鄉蒼月：「……沒有、不見了！」

這瞬間，透過視線指揮裝置，心一郎看到了神佑子發呆的眼神，以及東鄉蒼月猶豫是否犯了錯誤的表情。

神佑子：「難道是……等等、這不科學啊！」

的確有些違反科學，幾萬噸的鋼鐵，就這樣在眼前消失了。但心一郎更注意到，在原來航空母艦的位置旁，兩艘神盾護衛艦也不翼而飛了。以此為中心，周圍不在攻擊名單上的護衛艦，幾乎都有不小的損傷。共有五艘翻覆，另有兩艘更不自然的互撞交疊在一起，雙雙陷入大火中。

東鄉蒼月：「萬噸級神盾驅逐艦、一艘大火，其餘下沉中。七千噸級神盾艦、五艘大火，其餘下沉中。其他目標……呼……呼。」

發出了不明的聲音後，東鄉蒼月有些顫抖地說道：

「確認所有目標全部命中，連帶傷害其他船艦約十四艘。相位雷達電波……不對！現在敵方艦隊上空，已沒有任何的雷達波。」

沒有任何意義，但神佑子也因為呼吸急促，而發出「呼」「呼」的聲音！

東鄉蒼月：「……可以肯定的是，敵方艦隊的指揮以及防空，都已經瓦解了。」

確定的戰果，讓神佑子忍不住高聲歡呼來慶祝。為了這次侵攻，建設多年的龐大艦隊，卻因為沒有跟上海戰思維的革新，而面臨了敗北的命運。但反過來說，用五百枚戰斧巡弋飛彈來進攻166艘戰艦，全滅又似乎是很合理的估算。

心一郎更忍不住想著：「女神、澐之護女神、這都是妳的功勞，妳看到了嗎？」

不論對方還有多大野心，今晚之後，其海軍都得走上漫長的重建之路了。澐之護的犧牲，也不愧了「護國女神」之名。

忽然電腦開始急速的轉動，東鄉蒼月的視線，帶動戰術的運算，制訂將剩下的敵人打入地獄的計畫。而套用幾組模式後，心一郎竟找不出下方的艦隊，有任何生還的可能。

這時無線電收到訊息，是中方總部下令，所有船艦、飛機一率撤退。在現場，有的船立刻轉向撤退，也有不聽號令，還想多救一人的船艦。但第二波攻擊，只剩九分鐘不到。不論選擇哪條路，似乎也沒有多少差別。

只一股不明情緒忽然襲罩著心一郎，引響所及，連帶干擾電腦的運作。

神佑子：「東鄉、怎麼回事？為何不能完成飛彈的設定？電腦出了問題嗎？」

東鄉蒼月：「不、是因為『一念之仁』！」

神佑子：「聽不懂耶、怎麼回事？」

東鄉蒼月沒有回答隊友，卻喃喃自語地說道：「雖然殘酷，但這就是戰爭！如果現在不能讓侵略者明白要付出鮮血的慘痛代價，那對方一定會掀起更大的禍亂！此時對敵人仁慈，就是對自己殘忍。希望能明白，這是不得已的。」

咦？這到底是在對誰說話呢？神佑子才想開口詢問，心忍特零的電腦卻回復了正常。

東鄉蒼月：「快點！我們沒多少時間能浪費了！」

接著立刻在制定彈海戰術，對每艘戰艦也精細安排。已三百枚飛彈對剩下不到一百四十艘敵艦，針對每一艘船都布置了至少二枚飛彈，更以一枚實行電戰干擾，來掩護另一枚全程靜默的戰斧巡弋飛彈進攻。極度精細的規劃，沒有漏過任何細節，也確定沒漏掉任何殲滅敵人的可能，至此東鄉蒼月才將進攻計畫，封裝壓縮成訊號包傳出：「好！直接傳給原型機一號，再由他們那邊做設定，我們的任務完成……」

【警報　飛彈來襲】

突然其來的攻擊，沒有反應的時間！但神佑子竟然還是閃電般將飛機一扭，原本會命中機體中心的飛彈再後方爆炸！雖然碎片打入其中一隻引擎，卻避開了最壞的結果。

不、很難說真的避開了！碎片隨即卡住渦輪，一顆引擎毀了！

【自動滅火系統　啟動】

【威脅判定　敵軍隱形戰機】

只有這個可能了，東鄉蒼月也知道犯了什麼錯誤：「可惡！我們雷達開的太久……雷達關閉，是敵方的隱形戰機嗎？」

中國的重型隱形戰機，裝備的飛彈數目是世界之冠。現在這個情況，更不是心忍特零想遇到的對手。

神佑子：「好歹任務也完成了，現在只要逃……」

【警告　雷達鎖定】

對方忽然雷達全開，只剩一顆引擎，更讓心忍特零很難靠調整姿勢來躲避雷達波。但還有更糟的事！

【警報　飛彈來襲】

【警報　飛彈來襲】

飛彈兩顆，而且發射的方向，和使用雷達的戰機不同。

東鄉蒼月：「隱形戰機！三架？」

神佑子：「混蛋！」

再一次，神佑子與心一郎之間發揮了驚人的默契。只剩一顆引擎的心忍特零，卻以高速翻轉下墜之勢閃避二顆飛彈，還能再貼近海面之處取回平衡，一轉身便往東方逃竄。

後方上空斷續閃爍的雷達波，證實剛才的推測。

東鄉蒼月：「隱形戰鬥機！三架！沒錯了！」

神佑子：「還是那句話！混蛋！」

人類的感應，真的很微妙。即使沒有看到對手，一股報仇的殺氣，卻透過黑夜的虛空散發出來。

但眼前這一戰根本沒有勝算！

沒有武裝的戰機VS全世界武裝最強的戰機！還是以一對三！更何況一具引擎受損，現在速度還不到平時一半。

心一郎：「神佑子！東鄉小姐！快棄機跳傘啊！」

【戰術建議　棄機】

神佑子：「心忍特零的電腦是否壞了？別秀不可能的事啊！」

東鄉蒼月：「沒錯！往東接應上原型機一號！只有這個辦法！」

【戰術成功機率　14.55%】

神佑子：「拚了！」

東鄉蒼月：「沒錯！」

心一郎：「糟糕！這兩個女人不聽人話啊！」

可惜棄機彈射的指令有限制，沒辦法由電腦獨自發動。

但在這時，前方卻出現小船？

神佑子：「漁船？怎會在這裡？」

【判定　美國間諜船】

美國？還算是盟友嗎？瞬間某種想法閃過心一郎的腦袋，但是東鄉蒼月，則是立刻動手了！

【正駕駛　彈射】

心忍特零的彈射逃生座椅，是可用電鈕自己彈射，或是協助另一位飛行員逃生。神佑子直到玻璃艙彈開，才發現東鄉蒼月的意圖。但也只來得及大叫一聲，人已被彈飛，並張開降落傘了。

【望月神佑子　生存機率　98.77%】

心一郎：「太漂亮了！接著東鄉小姐……」

東鄉蒼月：「我不會逃的……」

心一郎：「不行啊！妳要趕快彈射！」
東鄉蒼月：「我不會逃的、我不會逃的！」
似乎是和看不到的人對話，又像是在喃喃自語。東鄉蒼月卻越說越是激動：「這、這一次！我絕不會逃！『心』！」
又是這個叫法？是以前的神佑子，那個應該在東京大空襲時喪生的神佑子，過去呼喚心一郎的叫法。但這聲呼喚似乎有某種魔力，讓心一郎思考停頓了幾秒。直到發現對手已追到近處，才猛然回神。剛才彈射座椅，還是驚動了追兵。但東鄉蒼月卻操縱飛機一個大動作橫滾，像是宣示自己存在似的。
心一郎猛然醒悟：「是為了吸引敵人目光，避免他們去攻擊間諜船嗎？來了！」
【警報　飛彈來襲】
翻滾之勢忽停，小角度的急轉，讓飛彈又落空。更在三個追兵眼皮下，再次隱入黑暗之中。調整方向，對著剛升起的月亮而去。東鄉蒼月：「『心』、這一次、我不會逃走的！」
前方皎潔的月光，此時照著美女中尉的毫無疑惑的神情：「我絕不會逃了！『心』、像以前你說的，我們一起到月亮去吧。」
一起去月亮，也是過去神佑子小時候，和心一郎說笑的話題。這個東鄉蒼月到底是？
【戰術成功機率　9.22%】
考慮到座艙罩已彈飛，隱形外型已遭到破壞，撐到友軍支援的機率自然下降。
但即使成功率不到一成，心一郎卻熱血沸騰：「拚了！」
將所剩無幾的引擎推力全開，調整姿態的飛行電腦更是全力以赴。一人一機向著月亮，搖搖擺擺的逃亡。一路上幾次與追殺者擦身而過，終於也就要進入原型機一號的支援範圍了。

但其實，這才不過幾分鐘而已。卻是轉生為心忍特零以來，心一郎首次出現了「透支」的狀況。

而東鄉蒼月雖然還在駕駛，精神狀態卻明顯越來越迷茫，最後竟哭了出來：「『心』、我有好多話，想要告訴你……」

心一郎：「不要在這時候……唉、實際上也不知要怎樣說話啊……」

忽然，殺機重重！

無法抓到心忍特零蹤跡，對方於是不理會隱形戰機的守則，將雷達全開！

重型隱形戰機的雷達，並不下於神盾艦的密集電波。更對準了特定的區域，完全封鎖活動的空間。

就算是很勉強的避開，但對手卻越來越靠近。終於、一道雷達波束，從開放的座艙罩上反射出去！

心一郎才叫了一聲：「糟糕！」

三台戰機已鎖定了心忍特零，俱都將雷達全開，還打開了雷射鎖定，即使這樣會暴露自己的行蹤，對方也誓要先報艦隊毀滅之仇！

心一郎：「東鄉小姐快跳機！」

東鄉蒼月：「不！這一次我絕不逃走！」

對方一架戰機此時發射了兩枚飛彈，第二架也發射了兩枚，最後一架三枚！

【警報　飛彈來襲】

【警報　飛彈來襲】

……

七枚飛彈緊追在後！

東鄉蒼月猛力拉動操縱桿，油門全開，大吼：「這次我絕不逃！『心』！」

突變奇生，二架中國隱形戰機竟在這時爆成兩團火球！捕捉到隱形戰機所發出的雷達波，有人在後方偷放飛彈。來的鬼鬼祟祟、避無可避，而且完全沒有露出身影。

想也知道來了狠腳色，最後一個追殺者連忙關閉雷達，並轉身迴避。但一道白影卻閃電般出現在後，是原型機一號！

也許這世上，只有號稱「擊墜王」的高進武雄，才有辦法在高速噴射機的領域，還使用機砲這種二次大戰的武器。幾次火光閃爍之後，中國戰機的座艙罩成了碎片。失去了靈魂的戰機歪斜一旁，向著遙遠的海平面緩緩飄去。

高進武雄／虎次郎：「快點！快跳傘啊……」

！！『嚎』！！！

佔據無線電的，是戰斧巡弋飛彈的電子戰干擾。最後的攻勢，將正式敲響殘餘艦隊的喪鐘。

但這也許，也是心忍特零的輓歌！

一面大叫「我絕不逃」的東鄉蒼月，一面竟能靈巧的操縱飛機，連避四枚飛彈。心一郎卻知道在電腦計算下，避過第五枚、第六枚飛彈的機率都只剩個位數，避開最後一枚飛彈的機率將是「零」！

此時心念電閃：「再見了、東鄉小姐。」

【飛行姿態電腦　關閉】

現代的戰機由於採天生不穩定設計，都需要飛行電腦進行姿態補正。現在心一郎卻在劇烈運動之中關閉了電腦，還對驅動機翼送出大量雜訊，讓動作違反空氣力學。

【警告　安定面過載】

【警告　扭力承受過載】

【警告　機翼損毀】

【警告　方向舵損毀】

東鄉蒼月：「『心』！」

心一郎：「妳要活下去。」

【警告　機體結構損毀】

【警告　機身解體】

【警告　機身解體】

【機身解體　自動彈射啟動】

終於、在極小的時間差中，先一步將東鄉蒼月彈射出去。

女子哀號的呼喚與第五枚飛彈的爆炸同時響起，烈焰和震波立時吞沒心忍特零！心一郎只來得及，讓電腦跑出最後一個計算。

【東鄉蒼月　生存機率　91.76%】

心一郎：「很好……」

【心忍特零　擊墜】

「上一世死於大火，這一生也不例外嗎？」

被熱炎包圍的心一郎，將死之際，一生回憶如走馬燈閃過……赫然發現！

望月心一郎、當天由那場大火中生還了！

將心一郎身上的木材推開，又用力將人抓起。澐之護：「你還能走嗎？我們要走出去！」

與心一郎年齡相若的澐之護，當時參加街仿自助隊的工作。看到心一郎衝入了火場，竟也跟在其後衝進來救人。好不容易兩人都成功逃生，但後來也找不到神佑子的下落。烈焰無情，估計是無生還希望了。

原本澐之護的家中，歷代都是神社神主。著名的法師預言，這一家血脈，未來將會誕生拯救國家的聖女。於是大將軍賜予雲龍圖與雲虎印，並修建神社流傳供奉。但國家戰敗，連神社都付之一炬，卻也不見救國聖女誕生。在戰後，重建神社更是毫無希望。

也許是某種緣分，在那艱苦時代。心一郎和澐之護，就這樣互相扶持，一步步的走了過來。最後也結為連理。說不上富裕，但也過得安穩，兒子女兒都很爭氣，一家和樂融融。

但是當最小的孫女出生時，心一郎卻如遭電殛。那女嬰，因為某種理由，竟讓心一郎想起神佑子？就像是有某種感應似地，心一郎的內心肯定，這女孩一定是神佑子轉世。

最後在取得兒子與媳婦的同意後，女孩命名為「望月神佑子」。

更隨著年齡漸長，一舉一動、神韻細節、無一不是神佑子的翻版，讓心一郎深信不疑。

但這時澐之護的健康卻逐漸惡化，互相扶持一生的伴侶，卻眼看就要先走一步了。在病床上，澐之護說出了最後的願望道：「那神佑子，可能真的是我家中預言的護國聖女，你要幫我照顧她。」

心一郎隨即答應，更當場向神明請求：「請讓我，守護神佑子吧！」

「啊、望月君、你想起來了？」

在火焰中出現的，是澐之護。但那屬於女神的白千衣與紅緋裙都消失了。完全坦承的澐之護，伸出雙臂環抱著心一郎：

「望月君，我們要走了。」

這時，第六、七發飛彈才不分先後的命中，劇烈的爆炸，推送著心一郎和澐之護飛向高空。

卻沒有一絲害怕與迷惘，心一郎立時明白，那是因為自己的肉身，已在那白色的安養病房中，悄悄地安息了。

望月心一郎　善終

伸手抱著澐之護，那是扶持自己一生的溫柔，雙眼忽然忍不住濕潤：

「我做到了！我做到了！我守護了神佑子！」

而懷中的澐之護，也是熱淚盈眶：

「我知道、因為我一直、一直、都相信望月君啊！」

兩人要去的地方，應該是比皎潔明月還遙遠的那一邊吧。

俯瞰人世，萬賴靜寂。

只剩海面上，綿延不絕爆閃著璀璨的花火，彷彿等不及似的，揭開歷史新一頁的序章。

全書完

番外　遲來的報告

就在東海戰事緊急，全民上下群情激憤，紛紛將自己比喻為保家衛國、守護歷史的勇士時。卻有一名老教授異常的低調，避開了街道上，校園裡激動的氣氛，獨自鑽回老舊的書房。

這老教授拿出釘裝好的報告，看著不禁臉露笑容：「來吧、讓我看看年輕人的精采思考吧。」

一展開，第一份報告標題竟是！

「我國將因為過度的言論管制，而輸掉新時代的海戰」。

沒想到第一句就如此勁爆，教授連忙復查是誰這樣有膽。看了名字後，不禁微微點頭：「啊！原來是那個在樂聲公部長面前，也直言不諱的研究生啊。」（請參閱章節：事件X）

想到自己指導的學生，居然有這樣叛逆的勇氣。教授也說不出是欣慰還是擔心，緩緩展開這份報告。

◆

自二次世界大戰以來，之所以航空母艦成為最可怕的海戰武器，主要在於其上的戰機延伸了攻擊的距離，超過了任何艦砲的射程。其攻擊距離，就是最大的武器。

世紀末期，飛彈的射程越來越遠，尤其巡弋飛彈的射程可超過戰鬥機的作戰半徑之後。也有不專家，試圖用巡弋飛彈來取代戰機成為海戰的主角。可惜都因為導引方式的缺點，而功虧一簣。

直到今日，終於出現了關鍵的科技。

Multifunction Advanced Data Link，簡稱MADL，翻譯成「無線通訊與多功能資料鏈路」。約在二〇〇〇年左右由美國發展，預計用來連結F22與B-2等隱形戰機之間的科技。但根據維基百科的資料，美國最後在二〇一〇年取消了在F22上使用此科技的提案，而先在F35上先行試用。可以這樣想，MADL實際上類似軍隊版的「藍芽」通訊技術。能夠在特定的硬體之間連結，交換資訊並進行硬體機能設定的工作。這項科技，是今天所有海戰革新的關鍵核心技術。

◆

教授看到這，忍不住拿起身邊的智慧手機，心想：「所以今天海戰之所以發生革命，是因為軍隊開始用『藍芽』了嗎？」

想想又覺得跑題了，於是繼續看下去。

◆

傳統上之所以將飛彈裝在飛機上，有兩個很重要基礎。

一是利用飛機本身的功能，如航程、雷達、飛行員的判斷等等。

二是需要利用「接線」，將相關的資訊數據輸入飛彈，也就是所謂「瞄準發射」的程序。

傳統上是以一架戰機帶著一到多枚飛彈，進行攻擊敵方船艦的任務。但既然ＭＡＤＬ能夠像「藍芽裝置」一樣，對著飛彈作設定的話，那飛彈就不需要掛載在戰機上了。

反過來說，過去因為要考慮到戰機的承載能力，飛彈的設計與一次出擊的數量都受到限制。現在可以讓雙方在空中「無線」設定，於是反艦飛彈可往大型化發展。類似「反艦巡弋飛彈」這樣能獨自飛行長程，又能在終端利用戰機的引導，完成精確打擊的作戰，就在ＭＡＤＬ的支援下成為可能了。

不但如此，也出現了可能以一對多進行數據傳輸設定的可能性。

至此，相對應的新時代戰術構想出現二大支柱，亦即「遠程精確攻擊」與「高數量攻勢」。但是名稱Distributed Lethality，卻不只是說明這項科技的演進，而是展現了應對科技演變的戰術。以今日的科技，要面對大量的飛彈攻勢，還是沒有妥善的解法。目前的應對戰術，便是分散艦隊並不斷移動。

綜合以上觀點，於是得出了艦隊運動必須分散（Distributed），卻能夠致命（Lethality）的結論。中文也被翻譯為「分布式殺傷」，雖然有些不太正確，但已成為認可的名詞。

◆

看到此處，教授忍不住想到：「這是了不起的推論啊，而且也是祖國海軍真正需要的建議。那為何要的標題呢？」

看，卻震驚萬分！

◆

以下的分析，只能以到二〇一七年七月份的資料作為根據。在其後由於黨中央的指示，國家網路訊息管理更為嚴格。連ＶＰＮ（翻牆）都遭到禁止，因此後期的資料難以成為對照。前期的資料也有不少被刪除的，幸虧有網友認真的備份，現在可作為根據。顯示如果以二〇一五年一月為起點，那我國學術界已在八月左右，完成所有「分布式殺傷」相關的分析了。而且也有網友在利用ＶＰＮ翻牆後，所記錄的資訊。

以下連結，都放在備註欄。

最早在我國網路上，能夠找到有關「分布式殺傷」的資料如下：

【2015/1/16　美國海軍將採取「分散式殺傷」戰術，讓水面艦肩負更多打擊任務】（註1）

【2015/1/27美軍在海上試射中，用一枚改進後的戰術型戰斧飛彈命中美上目標的紀錄】（註2）

【甚至有網友紀錄了YOUTUB上的視頻】（註3）

到了二〇一五年的八月間，各種討論可謂切中要點：

【2015/8/10代號「遊戲改變者」　美軍造新飛彈對付中國海軍】（註4）

【2015/8/10戰斧飛彈成功驗證升級後任務規劃系統軟體】（註5）

【2015/8/11美改裝戰斧飛彈　瞄準中軍艦】（註6）

【2015/8/11計畫弄沉中國戰艦？　美改裝新型戰斧導彈】（註7）

【2015/8/11美國海軍謀劃如何弄中國軍艦】（註8）

【2015/8/14美軍推出更先進反艦武器　遠程反艦飛彈或被取代】（註9）

而到了二〇一六年的一月，又是另一波報導：

【2016/1/15雷聲公司成功測試「戰斧」Block IV新型導引頭】（註10）

【2016/2/19美國計畫這樣弄沉中國戰艦】（註11）

【2016/2/22海上戰斧-淺美國新一代戰斧遠程反艦型飛彈】（註12）

但這一切，卻在二〇一六年二月二十九日之後完全改觀。這一天，黨中央媒體透過不同管道，發布這篇文章：

【2016/2/29解放軍戰艦裝一致命武器　分散式殺傷力驚人】（註13）

這一份關鍵性的評論，將美國海軍的每一份改革作為，全都定位成「抄襲」。內容卻絲毫沒有探討相關的科技演進，也沒有實質的戰術討論。但是其引響，卻是無限的廣大。

這篇報導更在同一天，無時差地在不同媒體中轉載，明顯那是由國家網軍發布的評論。之後所有有關「分布式殺傷」討論，從此避免牽扯到戰斧巡弋飛彈的發展。結果就是其戰術討論變得架空而且虛浮，無法探討核心的精隨。

這樣的狀況，引響整個中文世界的視聽。在台灣甚至有軍事雜誌，將美軍全力推動的軍事改革，冠以「不起眼水面艦增強法」這樣的開頭。

在國內，只剩偶爾由非主流媒體透漏的消息，例如：

美媒宣稱中國海軍要小心，美軍造出了「超級」反艦導彈】（註14）

內容中，少見的點出了戰斧巡弋飛彈的新發展。也證實了戰斧巡弋飛彈在近幾年於美軍的發展性。

而其他的媒體中，甚至出現了針對性的狀況。例如在某一網站出現：

【2017/4/17【国外动态】美海军提出分布式舰队架构设想】（註15）

然而報導一出，第二天同一媒體再度舊調重彈：

【2017/4/18美軍二〇三〇年要搞「分布式殺傷」這是在模仿我軍戰法嗎？】（註16）

似乎要撇清責任似的，可以看出在這二年中，一但有類似解放軍可能受到分布式殺傷（Distributed Lethality）威脅的言論，有關當局就會立刻放出相關言論「消毒」的痕跡。

但以上的討論，卻都忽略了自二〇一五年起，分布式殺傷（Distributed Lethality）戰術與戰斧巡弋飛彈密不可分的關係，也沒有確實的討論到ＭＡＤＬ對整體戰術所帶來的革命性變化。

所有的資料能追溯到二〇一七年的七月份，在其後由於國家網路管理趨嚴，連ＶＰＮ翻牆都被禁止，因此無法獲得進一步的資訊。

但還是能從有限新聞中，發現道二〇一七年九月，美國已將第一島鏈的內部防務，全部交給日本負責。明顯地，雙方已能夠實行明確的戰術。

【2017/9/28対中衝突時　日本「第1列島線」防衛案を検討】（註17）

而直到了這時，眼看美國即將裝備新款飛彈，才終於在正統軍報上有了相關的報導。只可惜，仍未觸及核心議題。

【2017/9/28軍將列裝兩款新型反艦導彈　應對中國海空軍崛起】（註18）

以上演變可知，過度的控制言論，造成了內部對於軍事科技革命的認知有誤，甚至可能阻礙了本國的軍事科技發展。在此必須呼籲黨中央，正視相關的問題。不然戰場無情，一但在戰場上才面對真實的科技，就可能面對真實的戰敗結果。

◆

在看完後，教授緩緩地放下這篇報告。點了一支菸後，目光又渙散在迷離的雲霧之中。好一會才自言自語道：「太嫩了、還是太嫩了阿。」

捏熄了香菸之後，教授打開抽屜，拿出了簽字筆。卻一筆一筆地，將研究生的名字給塗掉了？

教授：「雖然……對於這些學生來說是很難理解，但是國家會有這樣管制言論的動作。那不是因為這些言論對國家有害……或是有益……」

說話的語音連自己聽起來，都有著不可以信賴的空洞似的。但是教授還是很認真地，將名字塗起掩飾後，又將這份報告慎重地放入抽屜的角落。

「國家之所以管制這些言論，是因為『國家不想聽』阿。」

將這份報告妥善收好後，教授心中卻覺得滿是陰霾。雖是盛夏，卻又忍不住加了件薄夾克，才出門想散心，卻又看到街道上的電視牆，海軍艦隊消息不明的報導。

「不想聽到，也不想看到吧……」

……，在心中瀰漫，讓教授蹣跚地穿梭在人群中，逐漸失落……

另一方面，交出了作業的學生，卻盯著銀幕上惡報，氣憤地大吼：「為什麼會這樣！早應該注意到了啊?!」

奔回房間，卻還是氣得渾身發抖：「這就是忽略新時代戰術的結果吧？可惡，因為輕視『分布式殺傷』，把艦隊集中起來，結果被飽和攻擊了……但是，為什麼？再這麼長的時間中，不斷的忽視情報呢？」

想到這裡，忍不住再次打開資料。一檢視一面猜想，忽然腦門一震：「如果是故意的呢？故意忽視明顯的情報？但是這樣一定會導致我軍的戰敗啊！到底是……」

想到這裡，竟不由得全身發顫。取出紙筆，開始描述一個故事。

一個叛徒，如何藏身在全世界組織最嚴密的政權中。更如何利用國家戰敗，來奪取最高的權力……

相關網路連結

註1　http://www.mesotw.com/bbs/viewthread.php?tid=46227&page= 1

註2　http://www.mdc.idv.tw/mdc/navy/usanavy/E-antisurface-BGM 109.htm

註3　https://www.youtube.com/watch?v=Jgv5ixxgTsQ

註4　https://read01.com/RQEadJ.html

註5　https://read01.com/0GOynz.html

註6 http://www.chinatimes.com/newspapers/201508 1 1000884-260301

註7 http://news.ltn.com.tw/news/world/breakingnews/ 1408019

註8 https://read01.com/n4jkzJ.html

註9 https://read01.com/6P236k.html

註10 https://read01.com/xmRdy2.html

註11 https://read01.com/adB4g6.html

註12 https://read01.com/M87mM.html

註13 http://military.dwnews.com/news/2016-02-29/5972 125 1.html

註14 http://www.readhouse.net/articles/250725588/

註15 http://mt.sohu.com/mil/d201704 17/ 1346 15 165_38 1202.shtml

註16 http://www.sohu.com/a/ 134768859_60127 1

註17 https://mainichi.jp/articles/201709 16/k00/00e/030/329000c

註18 http://dailynews.sina.com/bg/chn/chnmilitary/sinacn/20170928/ 19078070799.html

釀奇幻21　PG2007

守護の心神

作　　者　台嶼符紋籙
責任編輯　劉亦宸
圖文排版　詹羽彤
封面設計　楊廣榕

出版策劃　釀出版
製作發行　秀威資訊科技股份有限公司
114 台北市內湖區瑞光路76巷65號1樓
電話：+886-2-2796-3638　傳真：+886-2-2796-1377
服務信箱：service@showwe.com.tw
http://www.showwe.com.tw
郵政劃撥　19563868　戶名：秀威資訊科技股份有限公司
展售門市　國家書店【松江門市】
104 台北市中山區松江路209號1樓
電話：+886-2-2518-0207　傳真：+886-2-2518-0778
網路訂購　秀威網路書店：https://www.bodbooks.com.tw
國家網路書店：https://www.govbooks.com.tw
法律顧問　毛國樑　律師
總 經 銷　聯合發行股份有限公司
231新北市新店區寶橋路235巷6弄6號4F
電話：+886-2-2917-8022　傳真：+886-2-2915-6275

出版日期　2018年8月　BOD一版
定　　價　380元

Printed in Taiwan

國家圖書館出版品預行編目

守護の心神 / 台嶼符紋籙作. -- 一版. -- 臺北市 :
釀出版, 2018.08
面； 公分. -- (釀奇幻 ; 21)
BOD版
ISBN 978-986-445-270-5(平裝)

857.7 107011754

讀者回函卡

感謝您購買本書，為提升服務品質，請填妥以下資料，將讀者回函卡直
回或傳真本公司，收到您的寶貴意見後，我們會收藏記錄及檢討，謝謝！
如您需要了解本公司最新出版書目、購書優惠或企劃活動，歡迎您上網查詢
或下載相關資料：http:// www.showwe.com.tw

您購買的書名：________________________________

出生日期：________年________月________日

學歷：□高中（含）以下　□大專　□研究所（含）以上

職業：□製造業　□金融業　□資訊業　□軍警　□傳播業　□自由業

□服務業　□公務員　□教職　□學生　□家管　□其它_____

購書地點：□網路書店　□實體書店　□書展　□郵購　□贈閱　□其他

您從何得知本書的消息？

□網路書店　□實體書店　□網路搜尋　□電子報　□書訊　□雜誌

□傳播媒體　□親友推薦　□網站推薦　□部落格　□其他__________

您對本書的評價：（請填代號　1.非常滿意　2.滿意　3.尚可　4.再改進）

封面設計____　版面編排____　內容____　文／譯筆____　價格____

讀完書後您覺得：

□很有收穫　□有收穫　□收穫不多　□沒收穫

對我們的建議：________________________________

____

____

____

請貼
郵票

11466
台北市內湖區瑞光路 76 巷 65 號 1 樓
秀威資訊科技股份有限公司 收
BOD 數位出版事業部

(請沿線對折寄回，謝謝！)

姓　　名：＿＿＿＿＿＿＿＿　年齡：＿＿＿＿　性別：□女　□男

郵遞區號：□□□□□

地　　址：＿＿＿＿＿＿＿＿＿＿＿＿＿＿＿＿

聯絡電話：(日)＿＿＿＿＿＿＿＿(夜)＿＿＿＿＿＿＿＿

E-mail：＿＿＿＿＿＿＿＿＿＿＿＿＿＿＿＿